깡패 용사 성공담 16

Aneko Yusagi

아네코 유사기

박용국 옮김

이와타니 나오후미

방패용사 성공담 ⑯

인물소개

라프타리아

필로

라프짱

옥좌를 쳐다보니 낯선 청년이 왕관을 쓰고 옥좌에 앉아 있었었다.

목차

프롤로그 장례식

"이번 싸움에서 목숨을 바친 영웅들에게…… 경례."

봉황이 봉인되어 있던 지역의 성 앞에서 전 국가적인 장례식이 거행되었다.

이번 싸움에서 죽은 자들을 정중히 장사 지냈다.

내 마을 사람들도 몇 명 목숨을 잃고 말았다.

싸움을 위한 카드로 삼기 위해 키웠던 자들이었지만…… 그래도 전원 다 살아남아 주기를 바랐었다.

이제…… 그 녀석들을 더 이상은 파도와의 싸움에 동원하지 말아야 하나…….

이런 심정을 몇 번씩이나 맛보느니, 차라리 아예 전장에 내보내지 않는 게 나았다.

시체가 없는 아트라의 관 앞에 서서, 나는 조용히 침묵하고 있었다.

나는 라프타리아와 함께, 가만히 관에 꽃을 바쳤다.

포울도 나를 따라 꽃을 넣었다.

"……."

어째선지 쓰레기도 묵묵히 꽃을 바치고 있었다.

그 표정은 어두웠다.

쓰레기는 나에게도 포울에게도 아무 말도 하지 않았다.

그렇지만 나는 알고 있었다.

아트라를 데리고 후방으로 물러났을 때, 쓰레기가 치료 시설 텐트 앞에서 멍하니 서 있었던 것을.

아무것도 하지 못한 주제에 이제 와서 뭘 어쩌자는 거냐!

하지만, 쓰레기에게 분풀이를 해도 달라지는 건 없다.

화풀이는 소용없는 짓……. 아무것도 하지 못한 건 나도 마찬가지였다.

그리고 쓰레기가 범인이 아니라는 건 알고 있었다.

그 섬광이 봉황을 꿰뚫었을 때 쓰레기가 여왕 가까이에 있었다는 다수의 증언이 있었다.

그리고 무엇보다 쓰레기가 그런 짓을 할 이유가 없었다.

위치상으로 보아 아트라가 지켜 주지 않았다면 자기도 당했을 상황이었으니까.

"나는 싸울 거야, 파도에 맞서서."

포울이 나를 향해 선언했다.

"도망치면…… 그건 마을 녀석들의 죽음으로 이어질지도 모르니까."

"……그래."

포울다운 말이었다.

만약 내가 포울이었다 해도, 파도에 맞서 싸웠을 것이다.

모두를 위해서, 그리고 아트라를 위해서라도.

"형…….."

키르가 굵은 눈물방울을 흘리며 아트라의 관에 꽃을 넣었다.

"나도…… 싸울 거야!"

"하지만……."

내 목소리에, 키르는 라프짱을 어깨에 얹은 채 결의에 찬 눈매로 대답했다.

"형이 입버릇처럼 얘기했잖아! 죽을지도 모르는 싸움이라고, 애들 장난이 아니라고. 그러니까 모두 다 알면서 싸우고 있는 거야! 이제 와서 위험하니까 물러나라는 소리를 해 봤자 헛수고일 줄 알아!"

"라프!"

"맞아."

키르에 이어서 포울이 말했다.

"그 마을 녀석들은 모두 너를…… 형을 따라 싸우기로 다짐했어. 이제 막을 수 없어. 그 책임은…… 확실히 져야 할 거야."

"……알았어."

그래도 나는, 될 수 있으면 아무도 죽지 않았으면 좋겠다고 생각했다.

죽은 아트라를 떠올릴 때마다 고통스러운 마음이 비명을 내질렀다.

나는 그 녀석들에게 뭘 해 줄 수 있을까?

지금까지 그런 생각은 조금도 해 본 적이 없었다.

"……."

라프타리아는 줄곧 아트라의 관 앞에서 침묵하고 있었다.

아트라는 라프타리아가 나를 좋아한다고 했다.

나도…… 어쩌면 몇 번쯤 그런 생각을 해 본 적이 있는 것 같긴 했지만, 의도적으로 의식하지 않으려 피해 왔다. 사명을 우선시하는 아이라고만 생각해 왔다.

일부러 그렇게 생각하려고 애썼던 건지도 모른다. 여성 불신에서 비롯된 공포를 느끼지 않기 위해서…….

아트라는 지난번에, 죽음이란 당장 내일에라도 찾아올 수 있는 거라고 얘기했었다.

그러니까…… 후회가 남지 않도록, 나를 좋아한다고 말해 주는 이에게 보답해야 하는 것 아닐까?

내가 아트라에게 해 준 게 뭐가 있었던가?

병을 고쳐주긴 했지만, 그것 말고는 아무것도 해 주지 못했던 아닐까?

더 행복하게 해 줄 수도 있었을 텐데…….

후회만이 떠올라서 머릿속을 떠나지 않았다.

장례를 마치고, 나는 여왕과 대화를 나누었다.

"이번에는 많은 희생이 발생했지만, 이와타니 님의 활약 덕분에 봉황을 섬멸할 수 있었습니다. 감사드립니다."

"서론은 필요 없어. 그보다 비겁한 짓을 저지른 녀석들이 누군지는 밝혀냈어?"

"아뇨. 범인의 행방은 여전히 묘연한 상태입니다."

"칠성(七星)용사는 어떻게 됐지? 그 녀석들이 제일 의심스러운데."

"……뭐라 드릴 말씀이 없습니다."

슬픈 감정을 떨쳐내기 위해, 이번 일을 벌인 녀석에 대한 적의를 불태웠다.

그렇게라도 하지 않으면…… 슬픔에 미쳐 버릴 것만 같았다.

"도움이 안 되잖아!"

짜증이 솟구친다!

여왕 잘못이 아니라는 건 알고 있었지만, 기분이 언짢은 건 어쩔 수 없었다.

"이번 일도 중요하지만, 다음 사령(四靈)에 대한 문제는 어떻게 생각하시는지?"

"어떻게 생각하냐고?"

내가 되묻자, 여왕은 조그맣게 "으음?" 하고 중얼거렸다.

"다른 용사분들께 말씀 못 들으셨나요?"

나는 시야 한쪽에 있는 파란 모래시계의 잔여 시간을 확인했다.

빨간 모래시계로 바뀌어 있잖아?

"다음은 기린 아니었어?"

"이와타니 님 일행이 봉황을 토벌하고 몇 시간 후에 포브레이 인근에 나타나서, 칠성용사들이 출동해 곧바로 섬멸했다고 합니다."

"뭐야?"

그런 갑작스러운 상황에 용케도 대처해 냈구나 싶었다.

하지만 한편으로는 의문도 떠올랐다.

영귀(靈龜)를 토벌하고 봉황이 나타날 때까지는 3개월이라는 긴 유예 시간이 있었는데, 기린은 봉황이 토벌된 지 몇 시간 만에 나타났다고?

게다가 기린 다음에는 응룡(應龍)의 봉인이 풀리는 것 아니었나?

빨간 모래시계가 움직이고 있다는 건, 응룡은 아직 봉인되어 있거나, 이미 토벌되어 있거나 둘 중 하나라는 얘기였다.

"일단 렌과 용사들부터 부르자."

나는 목청을 높여 렌을 불렀다.

잠시 후, 내 목소리를 들은 렌이 달려왔다.

"왜 그래?"

"기린은 어떤 적이지?"

"봉황과 마찬가지로, 한 쌍인 마물이야."

기린…… 기(麒)와 린(麟)이라는 두 마리가 한 쌍을 이루는 마물이라고 했던가.

포브레이 인근에 봉인되어 있었던 건, 기린이란 원래 인덕 있는 왕 앞에 나타나는 짐승이라는 내 세계의 전승과 관련이 있는 걸까?

이미 토벌됐다는 모양이지만…….

"공략법은?"

"알고는 있지만, 지금까지의 전례로 보아 도움이 될지 어떨지는 알 수 없어……. 이미 토벌됐다는 얘기도 들었고."

하긴…… 렌의 말은 일리가 있었다.

"흐음……."

"저도 전설에 대해서는 나름 해박한 편입니다만, 포브레이에 그런 전설이 있었던가요……? 상대한 용사가 상당히 잘 싸웠다고 볼 수 있겠지요."

"기록이 없는 거야?"

내가 알기로 여왕의 취미는 전설 탐색이었던 것 같은데.

그런 여왕이 모른다니, 그게 말이 되는 건가?

어쩌면 포브레이라는 나라가 의도적으로 감추고 있을 가능성도 있다.

포브레이는 우리 같은 용사의 피로 이루어진 나라니까. 충분히 그러고도 남을 것이다.

아니, 마키나처럼 자기 이득만 챙기려는 녀석들이 은근슬쩍 전승을 숨겨 버렸을지도 모른다.

"포브레이도 오랜 격동의 시대를 거쳤으니, 그 시대에 소실돼 버렸을 가능성도 부정할 수 없겠지요. 그쪽에서도 사령에 대해 조사하고 있을 테니 큰 국립도서관에 가면 뭔가 알아낼 수 있을지도 모릅니다."

국립도서관이라. 메르티도 책을 보고 알았다고 그랬었는데, 혹시 거기 있는 책을 얘기한 거였을까?

포브레이에는 칠성용사가 여럿 있다고 했다.

여럿이라고 해도, 연락이 닿지 않는 녀석들이 많다고는 들었지만.

실트벨트의 칠성용사는 정체불명의 마물이 대신하고 있었으니, 전 세계에 경고가 전해졌을 터였다.

만약에 활동 중인 칠성용사가 있다면…… 녀석이 이번 사건을 일으킨 장본인일 가능성이 컸다.

나는 렌과 여왕 쪽으로 고개를 돌렸다.

"응룡의 봉인은?"

"보고에 따르면 토벌된 건 기린뿐이라고 합니다. 응룡이 나타났다는 얘기는 없었습니다."

도대체 어떻게 된 거지? 법칙이 도통 이해가 안 간다.

하지만, 어쨌거나 지금 우리가 해야 할 일은 봉황 토벌 때 옆에서 끼어든 녀석을 처단하는 일이라 생각하면 될 것이다.

"포브레이로 가는 포털은 없어?"

밑져야 본전이라는 생각으로 물었다.

"미안……. 나도 그것까지는 없어."

"저도요."

"나도 없습니다!"

렌, 이츠키, 모토야스는 없는 모양이군……. 라프타리아는 물어볼 것도 없다.

세인의 권속기에는 있을지도 모르지만, 그렇게 무리를 시킬 수는 없었다.

"하여간 이번 사건을 일으킨 녀석을 잡아다가 희생자들의 영전에 바쳐야 해. 그리고 몇 번을 불러도 안 나타나는 칠성용사에게도 벌을 줘야겠어!"

"분부 받들겠습니다……라고 말씀드릴 수 있으면 좋겠지만, 이와타니 님은 일단 메르로마르크의 거점에서 휴식을 취하시는 게 좋을 것 같습니다."

"맞아, 나오후미. 우리 용사들 중에서 한 명이 가서 포털을 만들고 올게."

"하지만…… 이런 짓을 저지른 녀석이 멀쩡하게 살아 있는 마당에 느긋하게 휴식이나 취하고 있을 수는 없어!"

봉황과의 전투 때 훼방을 놓은 녀석이 있었다. 기필코 죽여 버리고 말 것이다.

렌이 내 어깨를 붙들었고, 라프타리아가 슬픈 눈으로 말했다.

"나오후미 님, 제발 진정하세요."

"나오후미, 제발 부탁이니까…… 마을에서 좀 쉬어."

"하지만!"

"부탁이다……. 안 그러면…… 나오후미 네가 어떻게 돼 버릴 것 같아서 다들 괴로워해."

그런 렌의 말에, 나는 주위를 둘러보았다.

모두들 근심 어린 눈으로 나를 쳐다보고 있는 것 같았다.

아트라의 마음이…… 나를 뜯어말렸다.

"……알았어."

이렇게 해서 우리는 일단 마을로 돌아왔다.

"그럼 나오후미, 너는 좀 쉬고 있어. 이번에는 우리한테 좀 맡겨 줘. 봉황 뒤처리도 우리가 할게. 혹시 인근에 적의 기척이 느껴지면 부를게."

"그렇게 몇 번씩 얘기할 거 없어."

"그럼…… 문제는 누가 대표로 포브레이에 가느냐 하는 건데……. 각국의 대표들도 메르로마르크에서 회의를 열기로 했다는 모양이니 마중을 나가야 할 테고."

렌이 대표를 맡아 포브레이에 갈 멤버를 선정하는 작업에 들어갔다.

"제가 갈까요?"

"아니, 이츠키는 저주가 아직 다 안 풀렸어. 리시아 씨와 떨어지면 곤란하고, 포브레이까지 가는 오랜 여정을 소화하려면 체력도 필요해."

"내가 하겠습니다! 나와 필로리알 님의 발이 있으면——."

제발 좀 쉬라는 설득을 못 이긴 내가 집으로 돌아가려 했을 때, 라프타리아의 사촌인 루프트가 다가왔다.

"아, 방패 형……."

루프트는 말문이 막혀서 내 안색을 살폈다.

"저기…… 그게……."

무슨 일이 있었던 건지, 결과가 어떻게 됐는지 궁금해서 온 것이리라.

"미안……. 자세한 얘기는 실디나한테 물어봐."

"으, 응……. 미안해."

"사과할 필요 없어. 루프트가 잘못한 건 아무것도 없으니까."

"그야 그렇지만……. 기운이 없는 것 같아서 격려해 줄 생각에 말을 건 거였는데, 나는 형한테 아무 힘도 못 돼 주잖아……."

"신경 쓸 것 없어. 오히려 이런 상황에서 위로를 받는 게 더 괴로우니까."

힘이 되어 주지 못했다는 루프트의 말이 도리어 괴로웠다.

지금까지 나는…… 이렇게 위험한 일을 마을 사람들에게 강요하고 있었던 건가…….

"나오후미 님……."

"라프……."

"내 걱정은 마. 집은 바로 코앞이니까. 라프타리아, 너는 마을 녀석들에게 결과에 대해 보고해 줘."

"그치만⋯⋯."

"마을 사람들에게도 무모한 짓 하지 말고 안전한 곳에 있으라고 전해 줘."

"아, 네."

집으로 돌아와서⋯⋯ 침대에 쓰러졌다.

이렇게 보내는 시간이 아까워서 짜증이 솟구쳤다.

그리고 그것과는 별개로, 또 하나의 감정이 나를 지배하고 있다는 게 느껴져서, 혼자 있으니 더더욱 기분이 가라앉았다.

이런 짓을 한 녀석에게 복수해 주고 말겠다고 다짐하는 나와, 상실감에 눈물짓는 내가 동거하고 있었다.

한참을 넋 놓고 있으려니, 똑똑 문을 두드리는 소리가 들려왔다.

필로가 메르티와 함께 찾아온 것이었다.

누군가가 여왕을 성으로 데려다주고, 그길로 메르티를 데려온 건가?

"주인님, 다녀왔어~."

"여기는 무슨 일이지?"

예상치 못한 면면이었다.

"잘 돌아왔어, 나오후미⋯⋯. 라프타리아 씨와 필로한테 얘기는 들었어."

"뭐지? 실패한 나를 비웃으러 온 거냐?"

그렇게까지 썩어빠진 성격을 가진 녀석이 아니라는 건 알고 있었지만, 한창 심경이 뒤틀려 있는 나는 그런 대꾸밖에 할 수 없었다.

잘못된 대답이라는 건 나 자신도 알고 있었다.

"무슨 말도 안 되는 소리야! 해도 될 말과 안 될 말 정도는 구별을——."

"그래, 내가 나빴어……. 잘못 대답했어."

"나오후미……? 괜찮은 거지?"

"메르. 주인님 기운 없어……."

"기운은 있어. 다들 쉬라고 난리를 쳐 대서 이러고 있는 것뿐이지."

필로도 참, 뭘 착각하고 있는 건지.

하여간에 지금은 한시라도 빨리 범인의 정체를 알아내서, 이런 짓을 저지른 녀석의 숨통을 끊어 놔야만 직성이 풀린다! 그런 마음만 가득하다…….

"잠깐 방에 들어갈게. 라프타리아 씨가 올 때까지 말이야."

"무슨 일인데 그래?"

"나오후미가 뭔가 무모한 짓을 저지르지 않을지 걱정돼서 그래."

"봉황 토벌 때 끼어든 녀석이 눈앞에 나타나면 무모하든 뭐든 그냥 보내줄 순 없어. 이번에는 절대로 잠자코 못 있어."

"결국 무모한 짓을 하겠다는 거잖아! 나 참……. 그래도 생각보다 팔팔해서 다행이네."

그때 문득, 메르티에게 물어보고 싶어졌다.

"있잖아, 메르티. 너는 전쟁 같은 거 때문에 소중한 사람을 잃은 적, 있었어……?"

내 물음에, 메르티는 진지한 얼굴로 고개를 가로저었다.

"없어. 그래도 나라를 대표하는 왕족으로서, 내 나름대로는 그에 걸맞은 각오를 갖고 임하고 있어……. 예를 들어 필로가 전사한다면 그 고통을 견뎌낼 수 있을지는…… 그때가 돼 보지 않으면 모르는 일이겠지."

"우…… 필로 안 죽어."

"응, 그런 일은 절대로 없을 거야. 내가 목숨을 걸고 지킬 수 있도록 노력할 테니까."

목숨을 건다…….

"그러다가 목숨을 잃으면…… 오히려 목숨을 구한 필로만 더 괴로워질걸."

"나도 알아. 그러니까 나는 항상, 둘 다 살아남을 수 있는 최선의 방법을 찾을 거야."

메르티는 내 말에 고개를 끄덕였다.

"나오후미, 어중간한 격려는 오히려 역효과만 가져올 것 같아서 웬만하면 하기 싫었는데…… 앞을 보며 나아가. 내가 해 줄 말은 그것뿐이야."

"그래, 알았어. 아트라의 유언 정도는 지켜야겠지."

나는 메르티를 똑바로 응시하며 물었다.

"메르티, 너…… 나 좋아해?"

"뭐?! 아니, 지금 무슨 소릴 하는 거야?!"

메르티는 미간을 찌푸리며 고개를 갸웃거렸다.

"주인님?"

"필로, 너는 어떻지?"

"있잖아, 필로는 주인님을 무지 좋아해~!"

"그렇군. 그건 결국 얼마나 좋아한다는 거지?"

"으음, 있지, 짝짓기 상대로 삼고 싶을 만큼 좋아!"

"필로! 그런 소리는 하면 못써! 그러면 나오후미도 화낼 거라구!"

"알았어. 그럼 필로, 이리 와."

어차피 나 혼자서는 후회와 살의 때문에 잠도 못 들 것이다.

필로와 같이 자면 그나마 기분 전환이 될 것이다.

"뭐라구?"

"네~에! 만세~!"

필로가 신이 나서 침대로 들어오려 하자, 어째선지 메르티가 필로를 말렸다.

"잠깐만, 필로!"

"으응?"

"왜 그러지, 메르티? 아아, 필로 혼자서는 안 된다는 거냐? 그럼 메르티도 같이 잘까?"

"대, 대…… 대체 왜 내가 나오후미랑 같이 자야 하는데? 난 싫어!"

"그렇군. 그렇게 싫다면 하는 수 없지."

굳이 강요할 생각은 없었다.

"어…… 아, 잠깐만."

"미안하게 됐어."

"아, 응…… 아니, 그게 아니라!"

메르티의 분위기가 영 이상한데? 대체 왜 저러는 거지?

"어, 메르티는 싫어~?"

"필로는 잔말 말고 이리 오기나 해! 나오후미 분위기가 어쩐지 좀 이상해! 더는 못 버티겠어. 라프타리아 씨를 부르자!"

"어……."

메르티는 필로를 질질 끌고 도망가듯이 방을 떠났다.

내가 이상하다고?

나는 그저…… 아트라의 말대로 후회가 남지 않도록 행동하려는 것뿐인데…….

그리고 바로 직후.

"저, 저기……."

문을 여니, 이미아가 음식을 가져왔다.

"음식 가져왔어요……. 저기…… 드실까 싶어서 가져와 봤어요."

"그랬군."

음식을 받아 들고, 방의 탁자에 놓았다.

"그, 그럼 이만 실례할게요."

"이미아."

"아, 네! 왜 그러시죠?"

"이미아는 좋아하는 사람 있어?"

"저기…… 그게……."

이미아가 빨개진 얼굴로 양손을 배배 꼬면서 고개를 숙이고 있다. 이 동작은…….

음? 이미아가 좋아하는 사람이 혹시 나인가?

하긴, 라프타리아와 거의 같은 경위로 내 밑에 들어왔으니 그렇다 해도 이상할 건 없지.

"저기…… 그러니까…… 저는……."

"그래, 알았어, 이미아."

"무슨 말씀이죠?"

"네 바람에 부응해 주지."

"에에에에에에에에?!"

몇 초 후, 이미아는 요란한 목소리와 함께 뒷걸음질 쳤다.

"아니, 뭘 그렇게 놀라는 거지?"

"마, 마음의 준비가……. 그리고 저는…… 더러우니까……."

무슨 소리를 하는 거지? 이미아를 뚫어지게 관찰해 보았다.

처음 라프타리아를 구입했을 당시 같은, 뭔가 불결한 느낌 같은 건 전혀 들지 않았다.

청결하게 지내고 있다는 걸 한눈에 알 수 있었다.

그 시절의 라프타리아는 며칠씩 씻지 못한 것 같았으니 거기에 비교하는 건 좀 문제가 있지만, 어쨌든 딱히 불결해 보이지는 않았다.

"내가 보기엔 딱히 신경 쓰일 정도는 아닌데."

"아…… 아아…… 네."

이미아 녀석이 떨고 있다. 하지만, 그렇다고 거절하는 기색도 없었다.

그리고 곧 머뭇머뭇 내 침대에 누웠다.

다짜고짜 눕기부터 하다니……. 필로와 마찬가지로 중간 단계를 다 날려 버렸다.

잡담이나 데이트부터 시작하는 게 정석 아닌가?

일단…… 좀 쓰다듬어 주고 나서 지적해야겠다. 중간 단계를 너무 뛰어넘었다고.

침대에 누운 이미아는, 어쩐지 고통스러워 보이는 표정으로 신음하며 떨고 있었다.

너무 긴장한 거 아니야? 가볍게 뺨을 어루만져 주었다.

오? 이미아는 체온이 참 높은데.

그 순간, 이미아가 소스라치듯 경련했다.

"히익?! 저기…… 아무래도…… 전 도저히 안 되겠어요! 죄송해요!"

이미아는 그렇게 말하고 벌떡 일어나서 내뺐다.

메르티와 비슷한 반응인데?

밖으로 뛰쳐나간 이미아는 키르와 부딪쳐서, 몇 마디 얘기하더니 뛰어가 버렸다.

"형! 이미아가 형 분위기가 좀 이상하다고 그러던데, 무슨 일이야?!"

곧바로 키르가 들어왔다.

"좋아하는 녀석이 있냐고 물어봤더니 아무래도 날 좋아하는 것 같아서, 그 마음에 부응해 주려고 했어."

"형 진짜 좀 이상해! 멍멍!"

키르가 요란하게 떠들어 대기 시작했다.

"어이! 소란피우지 마! 내가 뭐가 이상하다는 거야?!"

한바탕 설교 좀 해 줘야겠군.

도망치려는 키르의 어깨 밑에 팔을 집어넣어서 옥죄었다.

"형! 이게 뭐 하는 짓이야! 여자한테는 관심 없다면서!"

"생각을 고쳐먹었어. 키르, 너는 나 좋아하냐?"

"형을 좋아하긴 하지만, 지금의 형은 뭔가 좀 이상해! 나, 나한테 무슨 짓을 하려는 거야?!"

어째선지 개 모습으로 변해서 멍멍 짖어 대는 키르에게 설교했다.

"아니, 다짜고짜 몸을 합치자면서 침대에 누운 건 이미아였어. 게다가 조금 쓰다듬기만 했는데도 도망쳐 버렸다고."

"그럼 나를 덮칠 생각은 없는 거지?"

"당연하지."

나를 뭐로 보는 거냐. 내가 무슨 쾌락의 화신이라도 되는 줄 아는 거냐?

"형, 착각하게 만들지 마……. 이미아가 엄청 놀랐잖아……."

"뭐? 무슨 소리를 하는 거야? 나는 그냥 단계를 건너뛰지 말라고 지적하려는 것뿐이었어."

"형, 좀 진정하는 게 좋을 것 같아. 이미아는 아마 자기가 방으로 불려 와서 침대에 누우라는 명령을 들은 거라고 착각하고 있을 거야."

"그랬었군……. 이미아한테 미안한 짓을 했네. 나중에 사과하지."

"뭐, 그렇게 크게 신경 쓸 건 없어."

그렇게 넘어가도 되는 거냐?

"왜 그래, 형? 아까 메르로마르크 왕녀가 형 분위기가 좀 이상하다면서 떠들던데."

언제 온 건지, 포울이 말을 걸었다.

"아아, 포울이군. 라프타리아는?"

"자리를 좀 비웠어. 누나도 좀…… 뭔가 이상하단 말이지. 아니, 이상한 건 우리인 것 같기도 하고……."

포울도 뭔가 자각하고 있는 것 같은 느낌이었다.

"포울 형, 형도 뭔가 좀 이상해."

"이번에는 워낙 큰일을 겪었으니까……. 지금은 마음이 가라앉을 때까지 좀 기다려 줘."

"그치만——."

나는 포울과 키르가 얘기하는 모습을 지켜보고 있었다.

……포울은 아트라의 오빠였지.

"포울."

"왜 그래?"

"너는 나를 어떻게 생각하지?"

"엉? 밑도 끝도 없이 무슨 소리야?"

포울이 미간을 찌푸렸다.

"물어보는 거야."

"아트라가 사랑한 남자니까. 그리고 지금까지 겪었던 일들을 생각하면, 나는 너를 싫어할 수는 없어. 아트라를 대신해서 앞으로도 지탱해 나갈 생각이야."

아트라를 대신해서—— 그렇군.

나는 천천히 포울의 등 뒤로 가서 몸을 만졌다.

아, 어렴풋이 아트라와 비슷한 냄새가 나는 것 같은—— 느낌이 들었다.

"히익!"

포울이 소스라치듯 전율하며 징그러운 소리를 낸 다음, 나에게서 거리를 벌렸다.

"뜨, 뜬금없이 이게 무슨 짓이야?"

"무슨 짓이긴?"

포울에게서 어렴풋이 아트라의 흔적이 느껴졌다.

지금까지 하지 못했던 것들을 되찾을 수 있을 것만 같았다.

"어이! 여기서 좀 기다리고 있어!"

"와앗, 포울 형, 왜 그래——."

포울은 새파랗게 질린 얼굴로 키르를 들쳐 업고 방을 떠나가 버렸다.

그리고 잠시 후…… 한 손에 술병을 든 사디나가 방에 들어왔다.

"나오후미~?"

"여긴 웬일이지?"

"포울한테 얘기 들었어……. 이거라도 마시고 기운 좀 내렴."

"미안하지만…… 나는 술을 마셔도 안 취해."

"그러고 보니 그랬었지."

사디나 나름대로 나를 격려하려고 이러는 거겠지.

사람이 풀 죽어 있을 때 술로 위로하는 것은, 어느 세계나 마찬가지인 모양이었다.

하긴, 나도 취할 수만 있다면 지금은 술이라도 마시고 싶은 기분이었다.

"그럼 이 누나랑 재미있는 일이라도 할래?"

"……하긴, 필로는 곁잠 요원이고, 이미아는 착각이었지만, 사디나…… 너는 전부터 그렇게 얘기했으니 중간 단계는 건너 뛰어도 되겠지."

아트라는 나에게, 나를 좋아하는 사람에게는 답해 주라고 했었지…….

그러니까, 전부터 나에게 호의를 보이던 사디나의 마음에도 답해 주어야 한다.

"나오후미?"

"사디나, 넌 날 좋아해?"

"어머나, 나오후미도 참, 부끄러운 질문을 다 하네. 그래, 이 누나는 나오후미를 좋아한단다. 꺄아!"

사디나는 수줍은 듯 몸을 배배 꼬면서 대답했다.

"그렇군……. 그럼 옷을 벗고 거기 누워."

"……나오후미?"

사디나가 고개를 갸웃거리며 침대에 앉았다.

나는 바지를 벗고, 사디나의 훈도시처럼 생긴 허리싸개를 벗기고, 그대로——.

"잠깐, 나오후미, 스톱!"

나는 살짝 떠밀려 나가떨어졌다.

"나오후미, 지금 뭘 하려는 거지?"

"뭘 하긴, 네가 원하는 대로 해 주겠다는 거잖아."

"……나오후미, 잠깐 거기 좀 앉으렴."

"바닥에 앉으면 못 하잖아?"

"잔말 말고 앉아!"

왜 이러지?

사디나의 표정이 전에 없이 언짢아 보였다.

"먼저 묻겠는데, 분위기나 사전 준비 같은 건 싹 날려 버리려고 그랬었지? 나오후미는 순서라는 걸 모르는 거니?"

"아니, 알고 있는데."

이래 봬도 야겜 같은 것에도 제법 손을 댔으니까.

모를 리가 없다.

까놓고 말하자면, 사디나도 모를 법한 엄청난 것들도 쫙 꿰고 있다.

……자랑할 일은 아니지만.

"그런 것치고는 작업하듯이 이 누나랑 하려고 들었던 것 같은데? 그러면 라프타리아가 화낼걸."

"그럴지도 모르지. 하지만 아트라가 상대의 소원에 부응해 주라고 했어."

그러자 사디나는 이마에 손가락을 대고 한탄했다.

"있잖아, 나오후미. 마을 사람들 모두가 나오후미를 좋아하는 건 사실이야. 그치만 이 누나 생각에는, 그런 행동은 좀 문제가 있는 것 같아."

"……그래?"

웬일로 사디나가 진지한 태도로 나를 나무랐다.

사디나도 이번에는 내 행동에 대해 지적해 주려는 거구나, 하고 약간이나마 이성을 되찾고 생각했다.

"나오후미, 이 누나도 말이야, 나오후미가 정말로 원해서 사랑을 나눌 수 있다면, 아니면 너무 슬퍼서 위로를 원한다면, 여자로서 응해 줄 거야."

위로를 원하는 건 아니다……. 그런 동정은 오히려 괴롭기만 할 뿐이니까.

"하지만 지금 나오후미는 그냥 단순히 아이나 만들려고 하는 것처럼 보여. 남자인 포울에게까지 이상한 짓을 했던 것 같던데, 알고 있어?"

"그건 아마, 포울이 자기가 아트라를 대신하겠다고 하기에, 아트라에게 못 했던 걸 해 주려고……."

"나오후미, 좀 진정해! 그리고 실디나, 너희도 방 밖에서 얘기 몰래 훔쳐 듣지 마!"

그 목소리에 창밖을 보니, 실디나·세인·루프트가 모습을 드러냈다.

세 사람은 하나같이 살짝 얼굴을 붉힌 채, 민망한 듯 머리를 긁적이며 시선을 외면했다.

"지금이 기회야. 사디나가 안 하겠다면 내가 나오후미의 마음에 난 구멍을 메워 주고 싶어."

"절대 안 돼. 라프타리아가 죽이려고 들걸? 루프트는 그런 걸 하기에는 아직 일러. 아니, 벌써 그런 길에 눈을 뜨면 안 된다구. 루프트는 라프타리아랑 닮았으니까 특히 더 조심해야 해."

"어머……."

"그런 길?"

대체 뭐야, 이 녀석들은?

바랐다가, 거절했다가.

그렇게 따지려고 했더니, 사디나가 나를 다그치듯이 물었다.

"나오후미. 지금 너는 그저 이 누나에게 쾌락을 주려고 그러는 것뿐이야. 그건 뭔가 잘못됐다고 생각 안 해?"

"잘못된 거야? 포울은…… 으음……."

아트라가 바랐던 게…… 아니었다고?

어렴풋이 알 것 같았다.

"있잖아, 나오후미."

사디나는 웃는 얼굴로 내 양 어깨를 붙잡고 무언의 압박을 가하며 나를 타이르려 했다.

이런 행동은 라프타리아와 비슷했다.

혈연관계가 없는데도 라프타리아가 언니처럼 따르는 데는 다 이유가 있는 모양이다.

"경과가 중요한 거야. 물론 이 누나도 나오후미랑 사랑을 나누고, 즐거운 시간을 보내고 싶어. 그치만 지금 나오후미는, 자기는 싫더라도 이 누나만 좋으면 그만이라고 생각하고 있잖니?"

"응……."

"그렇게 해서 아이가 생기면, 결국 후회하는 건 나오후미야."

"책임은…… 질 거야. 아트라 때처럼 아무것도 안 하고 후회하는 것보다는 그나마 나아……."

"솔직해서 좋네……. 그치만 이 누나 생각에는, 아트라도 그런 뜻으로 한 얘기는 아닐 것 같아. 그러니까 좀 진정하렴."

사디나의 말에 조금씩 이성이 돌아왔다.

처치해야 할 적이 누구인지 모르는 상황에서, 슬픔을 주체하지 못한 채, 더 이상 후회하는 게 싫어서 폭주하고 말았다.

사디나가 원한다면……이라는 일방적인 생각에 빠지고 말았다.

하긴 그렇다. 사디나도 사람은 사람이니까. 사디나가 마구 들이댈 때 내가 질색했던 것처럼 사디나도 마음의 준비가 필요할 테고, 무엇보다 본인이 원하지 않는다면 함부로 건드려서는 안 된다.

강간이 나쁜 짓이라는 건 나도 안다.

그래서 사디나에게 미리 허가를 받으려 한 거였는데, 사디나는 내가 평소와 다르다는 이유로 거절했다.

그럼…… 어떻게 해야 하는 거지……?

"아까 나오후미는 책임을 지겠다고 그랬지만, 내가 지금의 나오후미를 받아들이면 아마 미래의 나오후미가 후회할 거야. 그러니까 이 누나는 이번에는 거절할 거고, 실디나를 비롯한 다른 애들에게도 손대지 못하게 할 거야."

"우…….."

실디나가 항의하자, 사디나는 그녀답지 않게 날카로운 눈매로 찌릿 노려보았다.

그러자 실디나도 그녀답지 않게 얌전히 물러섰다.

"그렇구나……."

"라프타리아나 다른 아이들에게도 주의를 줄 테니까, 조금 더 차분하게 생각하도록 하렴. 이 누나도 지금까지 불경한 소리를 해 왔던 걸 반성할게."

"……."

사디나의 지적 때문에, 괜히 생각만 더 어지러워지고 말았다.

지금의 나와는 안 된다……라는 것까지는 이해가 갔다.

사디나는 내 장래를 걱정해서 지적하고 있는 것이다.

나중에 후회하게 될 테니, 나를 좋아하는 녀석들에게 손대면 안 된다.

미래의 내가 후회할 것이다. 아트라도 그런 뜻으로 내게 주의를 줬던 걸까?

아무것도 안 하고 후회하던 나에게 그건 너무 가혹한 주문이었다.

"나오후미, 지금 이 상황에서 기운을 내라는 건 어려운 주문일지도 몰라. 그치만, 다시 일어서야 해……."

사디나는 벌떡 일어서서 미소 지었다.

"그런 다음에도 아트라의 마음을 이해하고 살아갈 각오를 가질 수 있다면, 이 누나도 라프타리아도 마을 아이들…… 포울도, 분명 나오후미의 마음에 보답할 거야."

사디나는 조금 전의 화난 표정은 온데간데없이, 다정하기 그지없는 웃음을 머금고 있었다.

눈썰미 좋고 야한 누님이라고만 생각했었는데, 지금은 알 수 없는 매력이 느껴졌다.

"이 누나는 나오후미를 좋아하니까, 그런 헌신은 용납할 수도 없고, 용납해서도 안 된단다."

사디나는 내 뺨을 다정하게 어루만지고, 방을 떠나갔다.

……나는, 지금 어디에 있는 걸까?

책임을 진다……. 각오……. 생각이 빙글빙글 도는 것만 같다.

나는…… 앞으로 어떻게 하길 원하는 거지?

복수해야 할 상대를 처치하고, 파도에 맞서서 세계의 평화를 되찾은 뒤에는 어쩔 거지?

나는, 이 세계에 뼈를 묻을 생각은 추호도 없다.

그 생각은 지금도 변함이 없다.

아마 사디나가 지적한 건 그 점일 것이다.

어중간한 각오로 쾌락에 함몰돼서, 장래에 대한 생각도 없이 함부로 상대를 임신시키기만 하는 건…… 안 되겠지.

게다가 나 자신은 아이를 원하지 않는다.

사디나나 마을 사람들은 용사의 아이를 가졌다고 기뻐하는 녀석들과는 다르다 믿고 싶은 것이리라.

나를 종마처럼 취급하는 걸 거부한 것이다.

나에 대한 배려가 마음에 스며들어서, 오히려 더 슬펐다.

아까는 좀 이성을 잃었었지만, 포울도 남색 같은 걸 하고 싶지는 않을 테고…… 내가 아트라의 자리를 대신해 줄 수도 없다.

"그래…… 맞아."

나는 나를 믿어 주는 그 녀석들에게 보답하고 싶다.

하지만 그러려면 그 녀석들의 인생을 짊어질 각오가 필요하다.

그럼 내가 원래 세계로 돌아갈 때는…… 어떻게 되지?

아직은 잘 모르겠지만, 그건 곧…… 이별이 될지도 모른다.

원래 세계에 돌아가고 싶다는 생각과, 여기에 남아서 모두와 함께하며 그들의 마음에 보답하고 싶다는 생각이 교차했다.

"저 왔어요, 나오후미 님……."

"어서 와, 라프타리아."

"네. 제가 없는 동안에 있었던 일에 대해서는 다 들었어요."

"그랬구나……. 괜히 소란을 피웠네. 미안해."

"아니에요, 나오후미 님……. 지금은…… 생각하지 말기로 해요."

"……알았어."

해답을 얻지 못한 채, 그날 밤은 답답함 속에 흘러갔다.

화 해저

이튿날, 나는 늘 하던 것처럼 마물 우리에 가서 먹이를 주고, 모두의 아침 식사를 만든 후에 선언했다.

"이제부터 본격적으로 레벨업을 시작해야겠어."

생각해 보면 내가 약했기에 봉황의 자폭 공격을 버텨내지 못했던 것이다.

물론, 전에도 레벨업을 게을리했던 건 아니다.

하지만 레벨업보다 환경 정비에 공을 들였던 것도 사실이었다.

……그 나태함이 아트라를 잃는 결과로 이어지고 말았다.

아트라뿐만이 아니다.

봉황의 자폭 공격이 남긴 여파에, 혹은 재생한 봉황의 공격을 버티지 못하고 전사한 자들은 상당한 수에 이른다.

"나오후미 님……."

라프타리아는 나를 보며 조용히 중얼거렸다.

하다못해 이 정도는 허락해 줘, 라프타리아.

"렌, 이츠키, 내 지금 레벨에서 레벨업하기 좋은 사냥터 없어?"

렌과 이츠키에게 물었다.

게임 지식에 의존하는 행동이 되겠지만, 그래도 참고는 될 것이다.

그리고 모토야스는 포브레이를 향해 이동 중이라고 했다.

전송 스킬을 써서 돌아올지도 모르기에 모토야스 몫의 아침 식사는 남겨 뒀다.

"그건 우리도 잘……."

"산속에 들어가서 흉악한 마물에 맞서거나, 아니면 경험치 효율이 좋은 쿠텐로의 마물을 사냥해서 끈기 있게 올리는 수밖에 없을 것 같네요."

두 사람 모두 난처한 표정으로 대답했다.

"나오후미~."

그때 사디나가 손을 들었다.

"바닷속은 경험치 효율이 좋단다. 일단은 이 누나랑 같이 사냥을 떠나 볼까?"

'일단은'이라는 대목을 상당히 강조하는 것처럼 들렸다.

"나오후미랑 사냥? 나도 가고 싶어."

실디나도 사디나에게 참가 의사를 전달했다.

그러자 사디나는 "그렇게 하렴."이라며 고개를 끄덕였다.

"사디나 언니."

"걱정할 것 없단다. 지금의 나오후미를 상대로 장난질할 생각은 없으니까. 정 걱정된다면 라프타리아도 따라오렴. 그래 주면 이 언니도 고마울 테니까."

"······알았어요."

내가 참가한다는 건 이미 확정된 건가?

뭐······ 나쁠 것 없겠지. 수중용 장비를 창고에서 꺼내 둬야겠다.

방패에 버블 실드 같은 것도 있었고.

"나도──."

"주인님····· 저는 젖으면 곤란합니다만······."

세인 쪽을 보니 사역마가 주인에게 항의하고 있었다.

본인은 동행을 원하고 있지만, 수중 전투에는 약한 편이라는 모양이었다.

"할 수 없지──. 만들게."

세인은 그렇게 말하고 꾸물꾸물 바느질을 시작했다.

수중용 봉제 인형을······아니, 사디나를 본떠서 만든 봉제 인형이 있는데, 왜 또 새로 만들려는 거지?

"재료가 부족하다고 합니다. 부탁드려도 될까요?"

"아······. 알았어. 내 명의로 필요한 물건들을 구해다 써."

"알겠습니다."

뭐, 세인도 같이 사냥을 가고 싶다면 말릴 이유는 없다.

"나는······."

"으음······ 루프트는 마을에 남아 있어. 네가 가기에는 아무래도 너무 위험해."

실디나가 루프트를 말리고 있었다.

"루프트, 이번에는 좀 참으렴."

"알았어······. 하지만, 나는 강해지고 싶어. 여기 온 지 얼마

되지는 않았지만, 그렇게 생각했어.”

“루프트는 날마다 성장하고 있다니까.”

실디나가 미소 띤 얼굴로 루프트의 머리를 쓰다듬고 있었다.

그 손길을 받는 루프트는 약간 쑥스러워하는 표정이었다.

“라프짱은 갈 거야?”

“라프~, 라프라프.”

라프짱은 양팔을 교차시켜서 거부 의사를 표현했다.

뒤이어 뭔가를 가리키며…… 곡괭이를 휘두르는 모션을 보였
다.

“뭔가 다른 일이 있다는 거야?”

“라프!”

정답인 모양이었다. 뭐, 그렇다면 하는 수 없지.

“그럼 그렇게 결정된 거야~!”

그런 얘기를 하고 있으려니, 필로리알 형태의 필로에 올라탄
메르티가 찾아왔다.

“나오후미, 몸은 좀 어때?”

“어떻긴 뭐…….”

“썩 나아지진 않은 것 같네.”

어쩐지 메르티가 나를 경계하는 것처럼 보였다.

내가 그렇게 못 미더운 건가?

……하긴, 그럴 만도 하지.

“그건 그렇고, 무슨 용건이라도 있어?”

“응. 일단은 나오후미에게도 승낙을 얻어 두는 게 좋을 것 같
아서.”

메르티는 에헴 하고 헛기침을 했다.

"나오후미 마을과 이웃 도시 사이에서 봉황 토벌 기념 축제를 열까 하거든."

"와~!"

메르티의 제안을 듣자마자 필로가 환호성을 터뜨렸다.

"희생이 컸다는 건 나도 알아. 하지만, 그보다 사람들에게 위협적인 존재인 봉황을 용사들과 힘을 합쳐 토벌했다는 것……그 일을 축하하는 축제를 열자는 거야. 이런 축제는 사람들의 사기를 끌어올리는 효과가 있으니까."

"그렇게 많은 희생이 발생했는데, 축제라고……?"

불경한 일이 아닐까 하는 생각이 들었다.

하지만 메르티는 한발도 물러서지 않겠다는 태도로 대답했다.

"희생이 발생했으니까 더더욱 축제가 필요해. 희생된 사람들에 대한 위령의 의미도 있어. 당신들이 목숨을 걸고 싸워 주었기에 지금이 있다는 걸 죽은 이들에게 감사하고 애도하는 축제라는 거지."

거대한 위협을 이겨냈기에 축하하는 자리를 마련한다.

하긴 파도를 이겨냈을 때도 성에서 파티가 열렸었지. 그것과 같은 것이리라.

세상이 워낙 흉흉하다 보니, 즐길 수 있을 때 즐겨야 한다고 생각하는 건지도 모른다.

"하고 싶으면 마음대로 하면 될 거 아니야?"

"모르겠어? 이런 축제는 상당한 수익을 기대할 수 있다구. 대충 견적만 내 봐도 이 정도야. 차후의 활동 경비로 쓸 수 있지 않겠어?"

메르티가 제시한 금액은 그야말로 어마어마한 액수였다.

"왜 이렇게 많은 돈이 들어오지?"

"다양한 행사를 열기도 하고, 도박판 관리를 우리 쪽에서 하니까."

도박이라. 그런 건 나도 제법 좋아한다.

하지만 그렇다고 문제가 없는 건 아니었다.

"위험한 거 아니야?"

"그건 걱정할 것 없어. 콜로세움과는 다르게 필로리알 경주대회를 열 예정이고, 나오후미 쪽에는 잘 달리는 필로리알들도 많잖아."

필로리알들이라. 모토야스가 포털을 이용해서 정기적으로 돌아올 테니, 녀석에게 물어볼까?

"그쪽 관련 조합에서 대결을 신청해서 말이야. 돈이 될 건 확실해."

"흐음……. 알았어. 좋을 대로 해."

"……"

메르티는 떨떠름한 얼굴로 내 표정을 살피고 있었다.

그러다가 이윽고 마음을 가다듬듯 내게 말을 걸었다.

"그리고 필로의 노래 쇼를 열 예정이야."

"노래?"

"그래, 나오후미가 실트벨트에 가기 전에, 나랑 필로가 둘이서 레벨업을 하러 간 적이 있었잖아? 그때 여러 술집을 다니면서 노래를 불렀는데, 그 덕분에 신조(神鳥)의 가희(歌姬)라는 별

명까지 붙었어."

"엣헴."

필로가 의기양양하게 가슴을 폈다.

뭐, 모토야스 때도 그랬듯이, 필로는 노래하는 걸 좋아하니까.

그리고 필로의 노래 실력이 뛰어난 것도 사실이다.

음유시인과 똑같이 노래할 수도 있고, 춤추는 것도 좋아하고, 인간형일 때는 미소녀다.

이건 완전히…… 아이돌이다.

구경거리 신세가 됐던 트라우마 때문에 사람들 시선을 싫어할 줄 알았는데, 극복한 건가?

"팬들도 많아. 요전에 필로가 시내 술집에서 노래했을 때는, 술집 안에 다 들어가지도 못할 만큼 사람들이 몰려들었을 정도였는걸."

"완전 아이돌이잖아."

"이제 아예 필로를 보려고 도시에 찾아오는 사람들도 있다나봐. 화가들에게서 모델 제의가 쇄도하고 있는데, 허락할까? 좋은 값으로 거래가 될 것 같은데."

"메르티가 그렇게 신이 나서 얘기할 줄이야……. 필로를 이용해서 돈벌이를 한다고 하면 오히려 싫어할 줄 알았는데."

"그야……."

메르티는 뭔가 대꾸하려다 입을 다물었다.

"나오후미 님."

"그래, 나도 알아."

나를 걱정해서 하는 소리라는 건 나도 뼈저리게 잘 알고 있다.

그러니까, 제발 그만 좀 해 줘.

"필로가 괜찮다면 좋을 대로 해."

지금의 나로서는 그런 대답밖에 할 수 없었다.

그러자 필로는 날개의 깃 하나를 검지처럼 세워서 입가에 갖다 댔다.

"있잖아, 주인님이 봐 준다면 필로 열심히 해 볼게~."

"흐음……. 알았어."

필로가 봐 달라고 한다면, 나도 봐 주는 것 정도는 할 수 있다.

"앗싸! 필로 열심히 할게~!"

"그래, 열심히 해."

"응!"

"알았어. 이미 상인 조합이 준비를 진행하고 있으니까, 사흘 뒤에는 개최할 수 있을 거야."

"엄청 빠르네."

"다들 의욕이 넘치니까. 이러니저러니 해도 많은 나라 사람들이 협조해 주고 있어. 쿠텐로 사람들도 참가할 거야."

"그래요. 봉황과의 전투에 지원했던 병사들도 있으니까요……."

"쿠텐로는 축제를 좋아한다구!"

"응."

사디나와 실디나가 나란히 웃으며 말했다.

술을 마실 수 있어서 좋아하는 건지, 아니면 진심으로 즐거워하는 건지…….

"알았어. 다들 좋을 대로 축제를 준비하도록 해."

마을에 있는 녀석들 모두가 의욕을 보였다.

"오~!"

"형! 나도 열심히 해 볼래!"

"그래, 그래, 기대할게."

키르를 비롯한 마을 녀석들은 축제 준비에 들어가게 되었다.

"그럼 나도 뭐 좀 거들어야 하나?"

다 함께 축하하는 자리인 만큼, 마을의 대표 노릇을 하고 있는 나도 뭔가 하기는 해야 할 것이다.

"나오후미는 신경 쓸 것 없어. 당일에 신나게 즐기는 게 나오후미의 일이야."

"맞아, 맞아. 나오후미는 이 누나들이랑 바다에서 느긋하게 사냥이나 하자구."

"하지만……."

"나오후미 님, 이번에는 메르 쪽에게 맡겨 두기로 하고, 우리는 당초 예정대로 레벨업을 하는 게 좋겠어요."

"……알았어."

결국 나는 사디나 일행과 동행해서 레벨업을 하게 됐다.

"이제 강해지는 방법을 모색해 봐야 할 텐데……."

나는 포울 쪽으로 눈길을 돌렸다.

포울이 내 시선을 느끼고 흠칫 놀라 등을 꼿꼿이 폈다.

엄청나게 경계하고 있음을 알 수 있었다.

"왜 그래?"

"포울, 네가 손에 넣은 건틀릿, 칠성무기 맞지?"

"그래, 내 시야에 SP라는 항목이 나타났으니까. 틀림없어."

"흐음……. 그럼 도움말 항목에 독자적인 강화방법이 없는지 살펴봐. 다른 세계 권속기인 라프타리아의 무기에는 존재했었어. 사성무기와 칠성무기의 강화방법은 분명히 공유할 수 있을 거야."

"전에 실트벨트에서 가짜 칠성용사와 말다툼을 벌였을 때 했던 얘기 말이군……."

포울은 내 지시대로 시선을 이리저리 움직였다.

"그런 게 정말 있는 거야? 못 찾겠는데……."

응? 왜 없는 거지?

혹시 내 방패와 마찬가지로 강화방법을 알 수 없는 건가?

"나오후미, 진정해! 포울 잘못이 아니잖아!"

렌이 나를 제지하고 들었다.

뭐, 평소의 나였다면 비꼬는 말이라도 몇 마디 던질 것 같은 분위기의 대화였기에, 내가 화난 거라고 착각한 거겠지.

"화난 거 아니니까 너나 좀 진정해."

나 참……. 하긴, 예전 같았으면 포울에게 '쓸모없는 녀석'이라면서 욕했을 것이다.

하지만, 지금 나는 그런 소리를 할 기력조차 없다.

강해지고 싶은 건 사실이지만.

"방패 강화방법을 알 수 없었던 것과 같은 상황이 일어난 것일 가능성이 크겠네요."

이츠키가 억양 없는 목소리로 중얼거렸다.

"그럼 나는 어떻게 해야 하지?"

포울이 건틀릿 낀 손을 모으며 용사들에게 물었다.

"나오후미가 했던 것처럼 여기저기 돌아다니면서 강화방법이 나와 있을지도 모르는 곳을 찾아보는 게 좋지 않을까?"

"맞아요. 쿠텐로나 봉황이 봉인돼 있던 나라에서 찾아보는 게 좋겠어요."

"그럼 그렇게 하기로 하지."

이렇게 해서 포울은 렌, 이츠키와 함께 강화방법 탐색을 위해 여행하게 되었다.

라프타리아가 귀로의 사본을 이용해서 포울 일행을 쿠텐로로 바래다준 다음, 수중장비를 준비하고 바다로 향했다.

사디나와 실디나가 범고래 수인 형태로 변신해서, 각각 나와 라프타리아를 태운 채 바다로 나아갔다.

"그럼 출발할게~."

"응. 나오후미랑 사냥 가는 거 무지 기대돼. 틈을 봐서 공략해 봐야겠어."

"라프타리아는 실디나를 꽉 잡으렴."

"아, 네. 그치만, 사디나 언니도 꼼꼼히 감시하는 게 좋을 것 같아요."

그때 사디나가 라프타리아 쪽을 돌아보았다.

"있잖아, 라프타리아. 아무리 이 언니라도 절도는 지킬 줄 알아. 그리고…… 지금의 나오후미랑은 어른의 놀이를 해도 안 즐거울 테니까, 그런 짓은 안 할 거야."

나는 바닷속 싸움 경험은 얼마 없었다.

따지고 보면 수중 전투는 카르밀라 섬의 파도 때 말고는 거의 경험이 없는 거나 마찬가지고…… 앞으로의 싸움을 고려하면 좀 더 경험해 두는 게 좋을 것 같기는 했다.

"나오후미~."

"응? 왜 그러지? 미안하지만 딴생각을 하고 있었어."

"그것 보렴, 라프타리아. 지금 나오후미는 너무 위태로워서 그런 놀이를 할 여유가 없다구."

"……그런 것 같네요. 알았어요."

"그럼 가자구~."

나는 사디나의 등에 올라타서 바다 위를 나아간다.

역시 해양생물 수인답게, 사디나 녀석은 수상에서의 움직임이 더 빠르군.

쿠텐로에서도 실감했었지만, 지금은 그때보다도 훨씬 더 속도가 빨라져 있었다.

"나룻배 같은 걸 타고 올 걸 그랬나?"

"돌아갈 때는 나오후미가 전송시켜 줄 거잖니? 그러면 나룻배는 나중에 방해만 돼."

"하긴…… 그렇긴 해."

먼바다로 나가서…… 사디나의 비밀 기지가 있는 작은 섬이 저 멀리 보이는 위치를 나아갔다.

"실디나 씨, 한눈팔지 마세요."

"으~응……. 바닷속에서는 굳이 보지 않아도 사디나를 쫓아갈 수 있는걸. 약한 번개를 지겨울 정도로 쉴 새 없이 내쏘고 있으니까."

"그야 그렇겠지만…… 그래도 무섭잖아요."

뒤를 돌아보니 실디나가 라프타리아의 지시에 따라 우리를 따라오고 있었다.

그러고 보니 실디나는 뼛속까지 길치였었지.

한참을 그렇게 나아가다 보니, 어느덧 사디나가 일단 정지했다.

"여기쯤이 딱 좋을 것 같네. 나오후미, 이제부터 물속으로 들어갈 건데, 숨이 막히면 얘기해."

"알았어."

"라프타리아도. 실디나는 바람 마법으로 공기를 확보하는 걸 잊으면 안 돼."

아아…… 번개를 다룰 수 있는 사디나의 능력은 바다에서 편리하게 활용할 수 있을 거라 생각했는데, 실디나는 바람 마법으로 공기를 확보할 수 있는 모양이다.

그러고 보면 둘 다 수중 생활에 편리한 능력을 갖고 있군.

우리는 사디나의 인도에 따라 바닷속으로 들어갔다.

바닷속은 마치 우주 공간 같다……. 햇빛이 해저로 빨려드는 것처럼 아름답게 보였다.

하지만 육지와는 달리 지면이 없는 만큼, 상하좌우로부터 공격이 날아들 수 있어서, 방어해야 할 범위도 넓다는 걸 자각했다.

전에도 물속에서 싸웠던 적이 있었지만…… 그때는 파도의 보스에게만 의식을 집중하고 있었으니까.

"그럼, 마물 퇴치를 시작해 보자구~."

먼저 블루 샤크가 우리를 발견하고 접근해 왔다.

유성방패를 전개해서 결계를 생성.

공격에 대비했지만, 미처 블루 샤크가 공격하기도 전에 사디나가 작살로 힘차게 찔러서 상대를 꿰뚫어 버렸다.

"이 깊이에서는 이 정도 마물밖에 안 나오나 보네~."

일격에 꼬치 신세가 되어 버린 블루 샤크.

바닷속이 붉게 물들고, 피 냄새에 이끌린 마물들이 우글우글…… 모여들지 않았다.

"이 주변 마물들은 사디나가 무섭다는 걸 알고 있어. 아마 안 올 거야."

"아아, 그렇게 된 거였군."

"꼭 그렇지만도 않아. 왠지 나오후미를 데려오니까 모여들고 있는걸."

"그러고 보니……."

실디나의 등에 올라탄 라프타리아가 주위를 둘러보며 중얼거렸다.

"하지만 이 깊이에서 나오는 마물들을 사냥해 봤자 나오후미가 원하는 만큼의 경험치는 얻을 수 없어. 그러니까."

사디나가 파직파직 전기를 깃들이자 마물들이 일제히 떠나갔다.

"아무리 물속에서 오랫동안 숨을 쉴 수 있다고 해도, 전부 다 상대하고 있을 여유는 없으니까. 빨리 더 깊이 들어가자."

"응. 천명님, 꼭 붙잡아."

"아, 네."

그렇게 해서, 사디나와 실디나는 우리를 태우고 깊디깊은…… 태양 빛이 보이지 않을 만큼 깊은 곳까지 들어갔다.

"라프타리아, 우리는 괜찮지만, 너희는 앞이 잘 안 보일 테니까 빛 마법을 좀 부탁할게."

"아, 네."

라프타리아가 마법으로 빛 구슬을 출현시켜 조명으로 삼았다.

그것만 있어도 보이는 범위가 제법 넓어졌다.

이윽고 대륙붕이 끊기고, 깊은 해구가 눈에 들어오기 시작했다.

……바닷속은 가엘리온의 등에 타고 하늘을 날던 때처럼 전 망이 좋은데.

"아, 저기에 뭐가 있는 것 같은데."

"아, 저건 침몰선이야. 이미 이 누나가 다 조사했거든. 아무것 도 없어."

사디나는 "미안해."라며 사과했다.

"그랬군."

"어쩌면 지금 갈 곳에도 있을지도 모르니까, 나도 기대하고 있어."

"아아."

그렇게 깊고 깊은…… 해저에 다다른 우리.

수중 장비를 장착하고는 있지만, 스스로의 움직임에 제한이 있다는 걸 느낄 수 있었다.

사디나와 실디나는 딱히 그런 제한을 느끼지 않는 듯 민첩하 게 움직이고 있지만.

역시 꼬리의 추진력이 있어서 그런 건가?

"드디어 나온 모양인걸."

사디나의 말에 따라 임전상태에 들어갔다.

샤르트뢰즈그린 마스크 피시라는…… 머리 끝부분에 세 개나 되는 등불을 밝힌, 아귀처럼 생긴 마물이었다.

그 밖에 올리브그린 앙고라라는 장어 마물과, 사하라 로브스터 크랩이라는, 게인지 바닷가재인지 애매모호한 마물이 보였다.

샤르트뢰즈그린 마스크 피시에 달린 세 개의 등불에서 우리를 향해 빛의 화살이 날아들었다.

"이런! 나오후미, 좀 부탁할게."

"알았어."

방패를 앞으로 내밀었다.

유성방패의 결계가 있으니 별문제는 없을 것이다. 빛의 화살은 결계를 뚫지 못하고 튕겨 나갔다.

못 버틸 만큼 강한 적은 아닌 것 같군.

"오! 나오후미는 참 편리하다니까~. 그 빛의 화살은 발동 속도가 빨라서 피하기가 귀찮거든."

"유도성도 있어. 올리브그린 앙고라는 점막을 이용해서 조금씩 이쪽의 움직임을 방해하려고 드니까 조심해야 해. 사하라 로브스터 크랩은 방어력이 강하고 말이지."

"맞아, 맞아. 그럼 우리도 공격해 보자구~."

사디나는 고속으로 샤르트뢰즈그린 마스크 피시에게 다가가서 작살로 꿰어 버렸다.

펄떡펄떡 날뛰는 힘이 블루 샤크에 비해 강했다.

"쯔바이트 체인 라이트닝!"

사디나가 작살을 움켜쥐고 마법을 영창했다.

발생된 전기는 샤르트뢰즈그린 마스크 피시를 감전사시키고, 곧이어 올리브그린 앙고라를 향해 날아갔다.

두 마리에게 치명상을 입히기는 힘들었는지, 적중하기는 했지만 후퇴를 허용하고 말았다.

사하라 로브스터 크랩은 공격 과정에서 생긴 빈틈을 놓치지 않겠다는 듯이 우리에게 다가와서 그 거대한 집게발을 휘둘러 댔지만…… 유성방패로 막아낼 수 있었다.

"아아~앙! 무지하게 싸우기 편하다니까~."

"응, 나도 공격할게. 천명님도."

"아, 네."

실디나가 결계 범위 안에서 사하라 로브스터 크랩을 향해 힘차게 도를 휘둘러서 집게발을 절단.

라프타리아가 몸통을 일도양단해 버렸다.

"낙승인걸! 그래도 공기 여유분은 꼼꼼하게 체크해야 해."

"최악의 경우, 버블 실드로 공기를 만들어 내면 돼."

방패에 내장된 스킬 중에 수중에서 한 번 산소를 만들어 내는 것이 있다.

잘만 사용하면 잠수 시간을 늘릴 수 있을 것이다.

"그런데 나오후미, 경험치는 좀 어떠니?"

사디나의 물음에 입수한 경험치를 확인해 보았다.

……사디나가 했던 말마따나, 제법 많이 들어왔다.

쿠텐로는 물론이고, 전에 산속에서 레벨업을 했을 때 얻은 경험치보다도 많은 숫자가 보였다.

적어도…… 렌이나 이츠키가 얘기하던 강한 마물을 사냥하고 얻는 것보다 훨씬 더 많은 건 분명했다.

그렇게까지 강한 적도 아닌데 카르밀라 섬의 카르마 계열 보스급의 경험치가 들어왔다.

경험치로 미루어 보면 레벨 80 이상이라는 얘기다.

"더 깊이 들어가면 더 많은 경험치를 주는 마물도 만날 수 있어. 대신 그만큼 더 강하지만."

그 말을 들은 나는 아마 사디나를 향해 거만한 웃음을 지어 보였던 것 같다.

그렇다……. 더 강해지면 아무것도 잃지 않을 수 있을지도 모르는 것이다.

"뭐, 이 분위기로 계속해 나가자구."

"그래, 부탁할게, 사디나."

"물론이지."

이렇게 우리는 숨이 닿는 한 깊은 곳까지 들어갔다.

중간에 처치한 마물은 방패에 집어넣었다.

그랬더니 잠수 시간 향상이나 수중 전투 기능 등의 편리한 것들이 등장해서 싸우기도 어느 정도 편해졌다.

하지만…… 아무래도 종족적 상성이 좋은 사디나 자매보다는 한발 뒤처질 수밖에 없었다.

"우와…… 굉장히 크네요."

이윽고 깊은 곳까지 들어갔을 때 어미 가엘리온 수준의 거대한 상어…… 슬레이트그레이 메갈로 샤크라는 마물이 나타났다.

"이번에는 이 누나들도 좀 고전할지도 모르겠는걸."

"그럼…… 이런 식으로 싸우는 수밖에."

나는 마법 사용을 고려하기 시작했다.

"사디나도 같이 할래?"

"그래. 이 누나랑 같이 마법을 쓰겠다면 '그거' 말이지?"

"맞아."

사디나와 호흡을 맞추어 뇌신강림을 자아낸다……. 이제 레 벌레이션 클래스까지 쓸 수 있게 됐다.

그 마법을 사용하면 더 효율적인 능력 상승을 기대할 수 있다.

그렇게 생각했지만, 파직 하는 소리와 함께 합창마법이 실패 했다.

"어머나?"

슬레이트그레이 메갈로 샤크가 이쪽으로 돌격해 왔다.

공격 자체는 충분히 막아낼 수 있었고 대미지도 받지 않았지 만, 충격을 받아 떠내려가고 말았다.

"나, 나오후미 님, 사디나 씨!"

"왜 그래?"

"나오후미, 다시 한번 해 보자."

"당연하지."

하지만 합창마법 영창을 아무리 시도해 봐도 중간에 실패하고 말았다.

도대체 뭐가 문제지?

"하는 수 없지. 레벌레이션으로 간다!"

나는 의식을 집중해서…… 마법을 구축했다.

"레벌레이션 아우라!"

가장 효율적으로 움직일 수 있는 사디나에게 그 마법을 걸어 주었다.

"간다~!"

사디나가 나를 태운 채로 돌격해서, 물살을 일으키며 슬레이트그레이 메갈로 샤크에게로 덮쳐들었다. ……하나, 일격에 처치하는 데는 실패했다.

"다음은…… 드라이파 선더볼트!"

"━━━━━?!"

전기가 발생되고, 슬레이트그레이 메갈로 샤크가 감전돼서 격하게 몸을 틀어 가며 날뛰었다.

"어머나~!"

"큭…….'

너무나도 격한 몸놀림에 사디나도 견디지 못하고 멀찍이 나가 떨어져 버렸다.

"단단한걸~."

"응, 무시무시하게 강해. 바깥세상에는 이런 것도 있었구나. 수룡님만큼은 아니지만, 굉장해."

"어, 어쩌면 좋을까요?"

"처치하지 못할 정도는 아니야. 쉴 새 없이 몰아치면 돼. 사디나한테는 안 질 거야."

실디나가 마법으로 물 회오리를 일으켜서 슬레이트그레이 메갈로 샤크의 온몸을 찢어발겼다.

하지만 그 거구를 전부 제압할 수 있을 만큼의 크기에는 이르지 못했다.

"하아아아앗! 팔극진천명검(八極陣天命劍) 2식!"

그동안에 준비하고 있던 라프타리아가 기술을 내쏘아서 찢어발겼다.

제아무리 슬레이트그레이 메갈로 샤크라도 라프타리아의 일격까지 버텨내지는 못하고 두 동강이 나서 숨통이 끊어졌다.

"봉황만큼 강하지는 않네요."

"아무래도 사령과 비교할 정도는 아니겠지."

그런 녀석은 없었으면 좋겠는데. 영귀나 봉황보다 강한 잔챙이라니. ……게임 속에는 나오지만.

"느낌 좋은걸. 이 누나도 혼자서는 여기까지는 못 와."

"그래?"

"응, 나오후미가 지켜 준 덕분에 여기까지 올 수 있었는걸. 그나저나 경험치는 좀 어때?"

"물론 꽤 많이 들어오긴 했는데……. 사디나, 너희는?"

"이 누나들은 벌써 레벨이 오를 대로 올라서 말이지~."

그러고 보니 그랬었지.

사디나를 비롯해서 용사가 아닌 자들의 레벨 상한선은 기본적으로 100이다.

한계를 넘으려면 두 번째 클래스업을 해야 한다고 하는데, 그 방법을 아직 알아내지 못했다.

드래곤의 왕…… 용제(龍帝)의 조각에 한계돌파의 비밀이 담겨 있다는 모양이지만.

아직 그 정보를 찾아내지 못한 것이다.

그러니 앞으로 어떤 식으로 레벨업을 할지 신중히 생각해 봐야 한다.

용사나 권속기 소유자는 레벨업 한도가 없으니까…… 라프타리아를 공격수로 활용하는 수밖에 없겠지.

"뭐, 이번 목적은 나오후미와 라프타리아의 레벨업이잖니. 쭉

쭉 나가자구."

"그래, 무리가 없는 선에서…… 갈 수 있는 곳까지 가 보지."

이렇게 우리는 바다에서 사냥을 계속했다. 중간부터는 세인도 와서 합류했다.

바다에서 사냥을 시작한 지 이틀째 되던 날 저녁 무렵.

무기상 아저씨와 이미아의 숙부…… 그리고 모토야스 2호가 마을에 찾아왔다.

렌이 마을 대표로 맞이했는지, 그들과 같이 있었다.

어쨌거나 제자 취급이니까.

"여어, 형씨. 얘기 다 들었수다……. 마음고생 많았겠구려."

"삼가 고인의 명복을 빕니다."

아저씨와 이미아의 숙부는 동정 어린 시선을 보내며 우리에게 말을 걸었다.

듣자 하니 봉황 토벌 후에, 라프타리아가 한 번 쿠텐로에 갔을 때 메르로마르크로 전송을 부탁했다고 한다.

그리고 모토야스 2호 녀석은…….

"오호, 역시 이 녀석 마을은 미소녀들이 넘쳐나는구먼."

여전히 팔팔해 보였다.

"쿠텐로에서 데리고 나오는 건 문제가 있었던 거 아니야?"

"그 점에 대한 대책은 그럭저럭 세워 뒀수다, 형씨."

"어쩔 수 없는 일이긴 했지만, 좀 불쌍하군요."

어째 이미아 숙부가 쓴웃음을 짓고 있었다.

"빌어먹을! 안 좋은 기억을 떠올리게 하지 마! 엘하르트! 이 자식—— 으윽…….”

　모토야스 2호가 가슴을 부여잡고 신음했다.

　이 반응은…… 노예문(奴隷紋)이군.

　“이유 없이 내 주위에서 멀어지면 발동하도록 설정해 뒀수. 그리고…… 이번에는 형씨를 자극할 법한 발언을 금지하는 조건도 추가해 뒀지.”

　“내가 왜 제자 놈에게 이런 일까지 당해야 하는 거냐!”

　“그야, 스승님이 여자를 너무 밝히는 데다가, 떼어먹고 튀었던 어마어마한 빚도 받아야 하니까 그렇지.”

　“쿠텐로의 천명이신 라프타리아 씨는 물론, 메르로마르크의 여왕님께도 허락을 받았습니다.”

　아아, 그렇게 된 거였군.

　라프타리아 쪽을 쳐다보자, 라프타리아는 고개를 끄덕였다.

　“하여간, 앞으로는 형씨를 자극하지 마슈!”

　“칫! 저놈에게 남자로서의 역할을—— 끄윽…… 빌어먹을!”

　그 반응으로 미루어 보아, 나는 모토야스 2호가 하려던 말을 짐작할 수 있었다.

　하긴 그렇지……. 나는 방어밖에 못 하는 주제에, 아트라는 물론이고, 많은 사람들의 인명을 지켜 주지 못했다.

　“뭐야, 이놈 왜 이래……? 나 참, 뭘 어쩌라는 거야!”

　내 표정을 확인한 모토야스 2호는 혀를 차며 팔짱을 꼈다.

　“이런 녀석 근처에 있으니 나까지 페이스가 말려 버리는군. 빨리 용건을 해치우고 이웃 도시에서 술이나 마시자고!”

　“용건?”

"쿠텐로에서 발견한 검이 있었잖아? 그 검에 대한 정화 작업이 끝났다나 봐."

그렇게 말한 렌은 지난번에 쿠텐로에서 입수한, 봉인된 오로치의 핵으로 보이는 저주받은 검을 내보였다.

"정화는 됐지만 제대로 사용하기는 힘들걸. 필요 능력이 터무니없이 높아. 갖가지 조치를 취해야 간신히 사용할 수 있을 정도일 걸."

그 말을 듣고 확인해 보았다.

역시 안력 스킬로는 제대로 알아볼 수 없었다.

이제 슬슬 감정 계열 기능도 찾아 봐야 할 때가 온 것 같군.

불의의 사태에 대비해 둬야 하니까…….

"그리고 사용은 딱 한 번만 하는 게 좋을 거야. 두 번 이상 사용하면 기껏 정화했던 저주가 다시 재발할 거야."

한 번밖에 못 쓴다니 효율이 형편없잖아.

날카롭기는 할 것 같지만……?

"그래서? 렌, 넌 이걸 복제해 뒀겠지?"

"그래……. 나온 무기는 '봉인된 아메노무라쿠모노츠루기'였어. 그런데 그 도신이 좀…….'

렌은 그렇게 말하고 검의 형태를 바꾸었다.

생긴 건 별로 달라지지 않았지만…… 뭔가 투명한 코팅이 칼집처럼 덮여 있는 것 같은데?

게다가 금세 다른 검으로 바꾸어 버렸다.

"그냥 변화시키기만 해도 갖가지 형태 변화를 유발해서 몸에 부담이 가. 그렇다고 공격력이 썩 높은 것도 아니고."

"복제했는데 그 상태라면…… 봉인이 걸려 있는 건가……."

저주받은 무기를 사용 가능한 단계로 만드느라 위력이 떨어진 걸까, 아니면 아직 저주가 덜 풀린 걸까.

내 분노의 방패도 아트라가 걸어 준 축복 덕분에 자비의 방패로 변했었고…….

특정한 조건에 따라 저주가 풀리게 되어 있는 건지도 모른다.

그리고 방패 하니 떠오르는 게 있었다.

"예전에 했던 게임 속에, 장착하기만 해도 마이너스 효과가 줄줄이 걸리는 방패가 있었어. 하지만 그 방패를 계속 장착하고 있으면 저주가 풀려서 최강의 방패가 되는 식이었지."

"그럴 가능성도 부정할 순 없겠어. 변화시킨 상태에서는 전용 항목으로 숫자가 나타나더군."

"저주가 한층 더 강해지거나, 아니면…… 축복을 받아서 쓸 만한 물건이 되든가, 둘 중에 하나겠군."

"그래, 한번 시험해 보고 싶지만…… 내가 멀쩡할 수 없을 것 같아서 걱정이야. 뭔가 문제가 생기면 저지해 줘. 이 무기에 침식당한 상태라면, 앵천명석 시리즈로 나를 제압할 수 있을 거 아니야?"

렌은 나와 라프타리아에게 부탁했다.

"알았어요. 지금은 조금이라도 더 강해질 수 있도록 협력해야 할 때니까요."

라프타리아가 나를 대신해서 가슴에 손을 얹고 대답했고, 렌이 고개를 끄덕였다.

"나머지 무기는 어쩌지?"

"그런 일회용에 물건도 하나밖에 없는 걸 실전에서 어디에 써 먹겠어? 용제의 핵이라는 모양이니까 가엘리온한테 먹이로 주면 되겠지."

"기껏 내가 개조한 걸 고작 그따위로 써먹겠다는 거냐!"

모토야스 2호가 화를 내는 것도 이해는 가지만, 이렇게 까다로운 물건을 잘 써먹기는 어렵다.

용사가 아닌 다른 사람이 사용할 수 있다면…… 봉황이 자폭할 때 이 무기를 사용했다면 처치할 수 있었을까?

……막연한 느낌이지만, 어려웠을 것 같다.

아무리 공격력이 강하다 해도 그 정도 비장의 카드가 됐을 것 같지는 않았다.

용사의 강화 공유를 통해 최대치까지 능력을 끌어올렸는데도 섬멸하는 데 시간이 걸렸으니까.

"그 얘기는 그만 됐고, 하여간에 우리는 한동안 메르로마르크에 있는 무기점에 갈 거야. 형씨가 이번에 처치한 마물들에서 나온 소재를 연구하고 있을 테니까, 무슨 일 있으면 얘기해 주슈."

"저도 이제 조금만 더 있으면 수련을 마치고 마을로 돌아갈 수 있을 것 같습니다."

"셋이서 힘을 모아서 도구를 만들어야 더 좋은 게 만들어지는 거 아니야?"

"그야 그렇지!"

무기상 아저씨가 쓴웃음을 지었다. 내 짐작이 맞았나 보다.

앞날을 위해서라도 이미아의 숙부는 계속 아저씨 밑에서 일하게 하면서 정기적으로 마을에 돌아오도록 해야겠다.

그렇게 새 무기 제작을 의뢰했다.

그리고 저주받은 아메노무라쿠모노츠루기를 정화해서 나온 핵을 가엘리온에게 주었지만, 정보를 알아내기는 힘들어 보였다.

 **2화 축제**

그런 일이 있은 지 사흘 후.

"그럼 지금부터 봉황 토벌 축제를 시작하겠습니다."

도시 광장에서 성대한 개회식과 함께 축제가 시작되었다.

현재 이웃 도시는 상당히 확장이 진행되어 메르로마르크 성 밑 도시 다음가는 활기찬 대도시로 변모해 있었다.

고작 석 달 남짓 만에 이렇게 성장한 게 놀라울 정도였다.

그래 봤자 캠핑 플랜트로 만들어진 집이 상당한 비율을 차지하니, 가설 주택으로 이루어진 도시나 다름없는 셈이긴 하지만.

도시 사람들의 갈채 소리와 함께 개회식이 시작되었다.

"그럼 필로 노래할게~!"

필로가 메르티의 신호에 고개를 끄덕이고는, 이번 이벤트를 위해 특별히 마련한 의상을 입은 채 도시 광장의 특설 무대로 뛰어 올라갔다.

""""오!""""

조금 전의 갈채보다 한층 더 우렁찬 목소리가 일대에 메아리 쳤다.

주위를 둘러보니, 내 세계에 있던 아이돌 광팬 같은 녀석들이 무시하기 힘들 만큼 제법 많이 보였다.

뭐야…… 뭐가 이렇게 팬들이 많은 건데?

뒤에 있는 건 음유시인인가?

악기를 든 음유시인이 필로의 노래를 맞추어 연주하고 있었다.

악기의 소리는 일반적인 하프처럼 부드러운 음색이건만, 분위기는 콘서트를 방불케 했다.

"L · O · V · E 러브미! 필로땅!"

……그 팬들 뒤쪽에서 모토야스가 깃발을 휘둘러 대고 있었다.

포브레이로 이동하는 도중에 돌아와서는, 축제에 참가하겠다면서 흥분해 댔었지.

징그러운 놈 같으니. 오, 모토야스와 같이 있는 건 크림슨과 마린과 미도리라고 했던가?

3색 필로리알들이 따분해 죽겠다는 표정을 하고 있었다.

모토야스와의 온도 차가 엄청나군.

"아아…… 살아 있길 잘했어."

"필로땅의 노랫소리를 처음 들은 그 순간부터, 우리는 저 애의 노래를 듣지 않으면 기운이 안 날 지경이 됐다니까."

"그러게 말이야. 인간이건 아인이건 상관없어. 우린 그저 저 애의 노래를 들으러 온 것뿐이야."

이런 일이 있는 줄은 몰랐군.

그나저나 필로의 정체를 알면서도 그런 말을 하는 거였나?

"그래, 우리는 그저 필로땅이 신조로 변하는 저주가 빨리 풀리기만을 기도하는 수밖에."

……저주 때문에 필로리알로 변하는 거라고 생각하나 보군.

참으로 자기 본위적인 발상이다.

나중에 메르티에게 자세한 사정을 들어 보니, 필로에 대한 엉뚱한 설정이 돌아다니고 있다는 것이었다.

이 저주를 풀기 위해 아이돌이 됐다나 뭐라나…….

아이돌계 성전환물 주인공에게 붙을 법한 설정이군.

진실은 원래 정체가 필로리알이고, 인간의 모습은 변신한 형태지만 말이지.

"좋아, 모두들! 온 힘을 다해 응원하는 거다!"

""오!""

도시 광장이 아이돌 콘서트장으로 변해 있었다.

"필로의 인기가 굉장하네요."

내 뒤에서 라프타리아가 그렇게 말했기에, 나는 순순히 고개를 끄덕였다.

"그러게. 메르티가 맡고 있는 관련 상품 매출도 엄청나다는 모양이야."

틀림없이 잘 팔릴 거라고 메르티가 하도 호언장담을 해 대기에, 액세서리 상인과 제휴해서 필로 모양의 공식 상품을 판매하고 있었다. 상당히 높은 가격을 붙였지만, 팬들이 저렇게 많으니 매진은 틀림없을 것 같다.

이렇게 인기가 있으면, 금화 한 닢씩 받고 악수회를 해서 한몫 버는 것도 괜찮겠군.

"주인님~!"

필로가 내 쪽을 보며 손을 흔들고 있었다.

나를 격려하려고 노래했으리라. 그 정도는 나도 알 수 있었다.

약속했으니까.

나도 손을 흔들어 화답했다.

필로 뒤에서 메르티가 악기를 연주하고 있었다.

하여간에 메르티는 다재다능한 녀석이라니까. 무슨 일이든 요령 있게 척척 해낸다.

""잠깐, 스토―옵!"""

그때, 조금 전까지만 해도 모토야스와 함께 있던 필로리알들이 아이돌 의상을 입고 난입해 들어왔다.

"이 무대는."

"우리가."

"점령할 거야―!"

이렇게, 그야말로 아이돌 애니메이션에서 본 것 같은 광경이 펼쳐지고 있었다.

"못쿤, 지켜봐 줘! 저 암컷에게는 절대 안 진다구―!"

필로리알들은 그런 소리를 지껄이면서…… 필로에 못지않은 가창력을 발휘해서, 모토야스에 대한 사랑의 노래를 시작했다.

"우우! 필로가 주인님의 기운을 북돋아 주려고 노래하고 있었는데~!"

"필로! 여기서 지면 안 돼!"

"응! 저 애들한테는 절대로 안 질 거야. 주인님이랑 같이 여행하면서 배운 노래를 부를래!"

전보다 더 우렁찬 목소리를 내기 위해서인지, 필로가 한껏 숨을 들이쉬었다.

"차밍 보이스!"

"""오오오오오오오……."""

필로의 노래를 들은 관객들의 눈이 몽롱해졌다.

"오오오, 필로땅의 달콤한 목소리가 두뇌를 녹여 버리는 것 같습니다아아아아."

모토야스 녀석이 징그럽기 짝이 없는 얼굴로 휘청휘청 비틀거리기 시작했다.

"이거 엄청 위험한 사태 아닐까요?"

"필로, 스톱! 그 노래 너무 위험해! 안 돼!"

"에~."

"라프~!"

삐익 하고 라프짱이 휘파람을 불어서 대량의 라프 종을 불러 모아, 관객들을 부축해 일으켰다.

"""라프~!"""

그리고 라프짱은 필로에게 뭔가 주의를 주기 시작했다.

"라프, 라프라프."

"우……. 알았어."

한편 모토야스의 필로리알들은 울분에 찬 얼굴로 무대 옆에 서 있었다.

"큭…… 이번에는 졌지만, 두 번 다시는 안 질 줄 알아!"

"맞아, 맞아."

"앞으로는 달리기만이 아니라, 노래도 연습하자. 크, 마린!"

정말 왁자지껄한 녀석들이라니까.

필로에 대해 라이벌 의식을 불태우고 있는 모양이군. 기운이 남아도는 놈들이다.

그렇게 필로의 첫 번째 콘서트는 엄청난 성황을 거두었다.

콘서트가 끝나고, 나는 메르티의 권유에 따라 축제장을 돌아보기로 했다.

필로는 노래하느라 지쳐서 휴식 중.

나는 라프타리아를 데리고 시내를 거닐었다.

"야호~, 나오후미~! 이 누나들이랑 술 안 마실래~?"

술독을 가득 쌓아둔 곳.

거기서 사디나와 실디나가 술을 들이붓듯이 마셔 대면서 손을 흔들고 있었다.

"마시면서 모든 걸 다 잊는 게 어때?"

이미 한참 취해서 냉정 모드에 들어가 있는 실디나가 사디나와 함께 권유하고 들었다.

"실디나 이 바~보. 그런 소리하면 못쓰잖니."

"큭……. 질 수 없어. 여기서 행동력을 보여 주겠어!"

사디나가 실디나를 팔꿈치로 찌르자, 실디나는 지지 않겠다는 듯 나를 향해 손을 흔들었다.

사이가 좋은 건지 나쁜 건지.

"으음…… 음주는 적당히 즐기세요."

라프타리아가 황당하다는 듯 말했다.

마을 녀석들도 같이 참가해서 이것저것 하고 있는 것 같아서 찾으러 다녔는데…… 마침 그때, 키르가 운영하는 노점에 사람들이 모여 있었다.

뭘 파는 거지? 궁금해서 들여다봤더니, 크레페 가게였다.

어째선지 포울이 장사를 거들고 있었다.

그리고 포울 녀석은 내 얼굴을 보자마자 경계심을 노골적으로 드러냈다.

"아, 형!"

"너, 크레페도 만들 줄 알았어?"

"그야 당연하지!"

흥분한 나머지 개 모습으로 변신한 키르가 능숙하게 크레페를 구워서 식사 담당 노예와 함께 척척 팔아치웠다.

으음, 먹보 전투 바보로만 성장한 줄 알았는데, 먹보이면서 요리도 좋아했군.

설마 드디어 여성스러운 능력이 발휘된 건가.

"형이 만들었던 크레페에 내 독자적인 아이디어를 첨가해서 만든 오리지널 크레페라고!"

그렇게 말하면서 키르가 꺼내 보인 것은 구운 생선…….

그 생선의 살을 발라내서 참치캔 같은 재료로 활용하고, 그 밖에 바이오플랜트 열매를 얇게 저며서 크레페 반죽으로 감쌌다.

"크레페는 디저트로만 먹는 게 아니라 이거야!"

"하긴 그렇지."

내 세계에서도 그런 식으로 먹곤 하니 딱히 신기할 건 없지만.

하여간에 참 키르다운 음식이다.

그때, 나는 퍼뜩 시선을 느끼고 고개를 돌렸다.

키르의 노점 근처 바자회장에서 세인이 물건을 팔고 있었다.

"어라, 세인 씨?"

"응……?"

"어서 오세요—. 아, 이와타니 씨."

가게 안에는 이날을 위해 준비한 것으로 보이는 옷들이 진열되어 있었다.

안력 스킬로 확인해 보니 하나같이 고품질이면서도 가격은 대중적이어서, 그야말로 날개 돋친 듯이 팔리고 있었다.

세인의 가게는 공동 점포인 것 같았다. 파트너는 이미아인가?

옷에 다는 액세서리를 같은 가게에서 파는 모양이다.

세인의 센스가 괜찮은 건지, 아니면 이미아의 재능 덕분인지 제법 세련된 가게군.

라프타리아도 저렴한 옷을 살펴보고 있었다. 그런데 그건 속옷이라고.

알 것 같다. 남자가 란제리숍에 들어가면 이런 기분에 빠지게 되는 건지도 모른다.

"갖고 싶은 옷이라도 있어?"

"글쎄요. 좀 더 좋은 소재로 만든 옷을 입어서 방어력을 유지하고 싶네요."

"저기…… 속옷에도 방어력이 필요한가요? 라프타리아 씨라면 그런 것보다는 이런 게 낫지 않을까요?"

이미아가 그렇게 말하며 꺼낸 것은, 새빨간…… 승부용 속옷?

엉뚱한 곳에 구멍이 뚫려 있잖아.

"왜 그런 물건을 파는 거야?"

"아, 네. 이런 걸 원하는 수요가 있을 테니까 취급하는 게 좋을 거라고 세인 씨가 말씀하셔서요."

"브이……."

"그렇게 우쭐할 일이 아닌 것 같은데."

사디나는 화내지 않은 건가?

"일단…… 보류해 둘게요."

"하아……."

라프타리아도 썩 내키지 않는 모양이군.

그런 얘기를 나누다 보니, 마을 밖에서 왁자지껄한 목소리가 들려왔다.

그쪽은 윈디아가 주최하는 아마추어 경주장이 긴급 설치되어 있는 곳이었던가.

필로리알의 건강 등 여러 문제를 고려해서 라트도 같이 있을 터였다.

와아아아아아아아아!

그런 갈채와 노성이 들려왔다.

그것은 승리의 환희와 패배의 절규가 뒤섞인 목소리였다.

"경주장 쪽이라도 보러 가 볼까."

"아, 나오후미 님, 같이 가요."

필로리알 경주장에 가 보니, 낯선 필로리알과 조련사가 패배에 풀이 죽어 있고, 내 휘하의 필로리알들이 승리의 함성을 내지르고 있었다.

일단 전원이 퀸이나 킹으로 진화한 녀석들이었다.

아, 렌과 이츠키가 경비를 맡아서 보초를 서고 있군.

"끄에."

필로리알들이 나를 보자마자 달려왔다.

"""끄에에에에?"""

이겼어! 칭찬해줘칭찬해줘~라고 응석이라도 부리듯이, 필로리알들이 나를 향해 머리를 들이댔다.

"그래, 알았어, 알았어."

아트라와 마을 사람들을 잃은 충격 때문에 지난번에 필로리알들에게 시달렸던 트라우마가 지워졌기에, 필로리알들을 쓰다듬어 줄 여유 정도는 있었다.

필로의 부하 1호, 히요의 지휘하에 경주에 나서고 있는 모양이었다.

듬뿍 쓰다듬어 주었다.

관객석에는 도박에서 돈을 잃고 우는 관객들이 보였다.

"이건 말도 안 돼! 우리의 패스트 호마레와 화이트 스완이 지다니!"

뭐야, 그 경주마 같은 이름은.

"전설을 만들어 냈던 실드 라이언까지 무너지다니! 이게 대체 어떻게 된 거야?!"

……어느 세계에나 경주마 같은 이름들은 다 있는 모양이군.

"당신이 이 필로리알들의 조련사였습니까?"

필로리알들 사이에 둘러싸여 있던 나에게, 패배한 필로리알의 조련사들이 다가왔다

"이곳의 영주이신 방패 용사님 맞죠?"

"그래, 왜 그러지?"

"방패 용사님 휘하의 필로리알들은 하나같이 뛰어나군요. 부

디 수컷이든 암컷이든 저희에게 대여하여 번식시킬 기회를 주시지 않겠습니까?"

""""끄에?!""""

내 휘하의 필로리알들이 경악에 찬 소리를 내질렀다.

그리고 나는…… 거래를 제안해 온 녀석들이 데리고 있는 필로리알들을 쳐다보았다.

그러자 패배한 필로리알들이 뜨거운 눈빛으로 이쪽을 쳐다보고 있는 것 같은 느낌이 들었다.

""""끄에끄에!!""""

전원이 고개를 거세게 가로저으며 내 뒤에 숨으려 들었다.

어차피 머릿수가 워낙 많아서 다 숨지도 못한다고.

그나저나 말할 줄 알면서도 말을 안 하는 걸 보면 아직 정신적 여유가 있는 거 아니야?

"물론 교배료도 드릴 테니, 한번 고려해 주실 수 없겠습니까?"

조련사가 주판 같은 도구를 꺼내 교배 비용을 제시했다.

……제법 두둑한 금액이군.

관객석의 관중들은 "오오! 저 전설의 필로리알과 교배라고?! 그럼 이제 얼마 뒤면 새로운 전설이 시작되겠는데!"라고 마른침을 삼키며 상황을 지켜보고 있었다.

나는 슬쩍 뒤쪽을 쳐다보았다.

필로리알들은 팔려 나가는 새끼 양들처럼 촉촉하게 눈물 젖은 눈으로, 제발 거절해 달라고 날개를 모아 기도하고 있었다.

라트와 윈디아, 그리고 루프트 쪽을 쳐다보았다.

라트는 "백작 마음대로 하지 그래?"라며 살짝 어깨를 들썩일 뿐, 의욕 없는 대답.

윈디아도 "그게 결과적으로 옳은 일이라면 괜찮지 않겠어?"
라며 고개를 끄덕이고 있었다.

루프트는…… 필로리알 공포증이 발병했는지 라프 종에 올라
탄 채 멀찍이서 상황을 지켜보고만 있었다.

"아…… 일단 책임자는 나이긴 하지만, 키우는 녀석은 따로
있기도 하고, 나도 개인적으로 이 녀석들에게 자유를 주고 싶어
서 말이야. 그런 얘기는…… 뭐랄까…… 자연적으로……."

내가 멋대로 혼약을 정해 버리면 안 될 테니까.

애초에 모토야스가 키운 필로리알들이니까 나에게 결정권 같
은 건 없었다.

"""끄에에에에에……."""

매달리지 좀 마……. 메르티에게 듣기로, 저 조련사들은 꽤
큰 조직을 이루고 있다고 했다.

"아무래도 이 녀석들이 썩 내켜 하지 않는 것 같아서 말이지.
당분간 내 필로리알들과 그쪽 필로리알들의 상성을 살펴보기로
하고, 그래도 잘 안 풀리면 포기해 주지 않겠어?"

그래서 절충안으로 타협을 보기로 했다.

"……알겠습니다."

경주장이 갈채에 휩싸였다.

일이 잘 풀리면 필로리알 경주 흥행에 보탬이 될 거라는 기대
때문인 것 같다.

"""끄에에에에……."""

진저리를 치며 고개를 가로젓는 필로리알들.

그래서 상대방에게 들리지 않도록 가까이 가서 소곤소곤 속닥여 주었다.

"걱정 마. 너희가 싫으면 안 하면 그만이야. 녀석들이 끈질기게 들이대거든, 다치지 않을 정도로 걷어차 버려."

"끄에에……."

"너희 중에도 관심 있어 하는 녀석이 있는 것 같으니까, 그 녀석들의 기분도 존중해 주라고."

거절하길 원하는 필로리알들도 있고, 나쁘지 않다고 생각하는 필로리알들도 있다.

"전부 다 그 짓을 하라는 게 아니야. 주도권은 어디까지나 너희에게 있는 거야. 알겠지?"

아트라의 유언대로, 이 녀석들도 후회하는 일 없이 살게 해 주고 싶었다.

"""끄에!"""

필로리알들은 알았다는 듯이 힘차게 고개를 끄덕였다.

모토야스가 나중에 필로리알 쪽으로 말썽을 일으키면……. 뭐, 너그럽게 봐줘야겠다.

몇 시간 후.

축제의 마지막을 알리듯이 광장에서 밤의 캠프파이어가 시작되었다.

여기에 유명한 악곡이 배경음악으로 깔리거나 축제 음악이 들려온다면 내가 아는 축제 그 자체겠지만, 지금 주위에 흐르고 있는 것은 필로와 음유시인의 노래였다.

"아, 축제 음악도 들리는군."

"이 음색은…… 쿠텐로 사람들이 연주하고 있는 모양이네요."

이 소리를 들으니 옛날 생각이 나는군……. 축제 막바지의 쓸쓸함이 느껴졌다.

이제…… 끝이구나.

캠프파이어와 축제 음악이 끝나고, 우리는 마을로 돌아왔다.

"라~프~."

"라프~."

"라~아~프~."

"응? 뭐지?"

"무슨 소리죠?"

목소리가 나는 쪽을 쳐다보니 라프짱을 필두로 한 라프 종들이 마을에서 가장 크게 자란 앵광수(櫻光樹) 앞에서 느릿느릿 춤추고 있는 모습이 보였다.

이렇게 많은 라프 종들이 모여 있으니, 달을 보면서 배를 두드리며 노는 것처럼 보였다.

"라~프~라고 하면 돼?"

"라프!"

어째선지 루프트도 그 무리에 끼어서 놀고 있었다.

"뭘 하고 있는 걸까요?"

"글쎄."

라프타리아가 미간을 찌푸리며 그 광경을 지켜보고 있었다.

라프 종들은 때때로 이해하기 힘든 행동을 하는 경우가 있다.

저것도 모종의 의식 같은 걸까?

라프짱이 대표로 나서서…… 마을의 앵광수에게 풍작 기원의 춤을 공양하고 있는 것처럼 보이기도 한다.

"라프~."

"라~프~!"

""라프~.""

그리고…… 춤이 막바지에 다다랐는지, 대표인 라프짱이 포즈를 취하며 앵광수를 향해 손을 모아 합장하자…… 라프짱을 비롯한 라프 종들에게서 아련한 빛이 뿜어져 나와 앵광수로 빨려들었다.

마을 모든 앵광수에서 나오는 빛들이 한층 밝아진 것 같았다.

"어째 무지 불길한 예감이 드는데요."

"흐음……."

영지 개혁 스킬을 발동시켜서 확인해 본다.

……개혁에 필요한 포인트가 늘어난 것 같은 느낌이 드는데.

축제로 인한 활기 때문에 힘이 쏟아져 들어간 것……이려나?

라프 종에게는 여러모로 수수께끼가 많으니까 말이지.

참고로 이튿날, 우리는 가장 큰 앵광수에 커다란 열매 하나가 열려 있는 것을 발견했다.

라트가 분석해 봤지만 제대로 알 수 없었고, 열매를 따려 했더니 라프짱을 비롯한 라프 종 전원이 방해하고 드는 통에 손도 대지 못했다.

그렇게 라프짱 일족의 춤을 구경하고 있으려니…… 필로가 신이 나서 메르티와 함께 돌아왔다.

"주인님, 어땠어?"

"제법 괜찮던데."

"필로 노래 듣고 기운 났어~?"

"그래, 났어, 났어."

필로에게까지 걱정을 들으니 은근히 쓰라린데.

"우우…… 메르, 실패인 것 같은데?"

"괜찮아. 조금 더 시간이 지나면 오늘 일이 좋은 추억이 될 테니까."

"그럴까?"

"물론. 그럼 나오후미, 푹 쉬도록 해. 필로! 청소하러 가자!"

"네~에. 그럼 또 봐, 주인님~!"

"그래그래."

필로는 메르티를 태운 채 활기차게 시내 쪽으로 달려갔다.

그래, 저 둘은 저런 분위기가 딱 좋다니까.

이렇게 해서, 메르티가 주최한 축제는 호평 속에 끝을 맺었다.

 **3화 천재**

봉황을 토벌한 지 일주일 하고도 닷새가 지났을 때.

모토야스가 포브레이 인근에 도착했기에, 나오후미 일행도 다 같이 포브레이로 향하게 되었다.

그날 아침이었다.

"라프~."

"라~프~."

"""라프~.""""

라프짱을 비롯한 라프 종들이 마을에서 가장 큰 앵광수 앞에 모여 기도하고 있었다.

그러자 앵광수에 열려 있던 열매가 가지에서 이탈해서, 아련한 빛을 내뿜으며…… 천천히 떨어졌다.

열매는 라프 종들 앞에 착지해서…… 빛에 휩싸여서 변신했다.

"다프~?"

"어라……?"

라프타리아와 함께 아침 식사 준비를 하려고 밖으로 나갔다가, 나는 변화를 감지했다.

축제 후에 커다란 열매를 맺었던 앵광수 열매가 사라진 것이었다.

"왜 그래? 어…… 없네?"

"네……. 별일 없어야 할 텐데요……."

"라프 종이 떠받들던 열매였으니까. 도둑의 범행일지도 몰라. 경비를 엄중히 강화해야 하려나?"

"라프~."

그때 라프짱이 우리 곁으로 다가왔다.

그 뒤에는…… 처음 보는 라프 종이 보이는데?

"다프."

……울음소리가 좀 이상하군.

"이 녀석은 누구지? 마을에 사는 라프 종은 아닌 것 같은데."

"그게 구분이 가요?!"

"그래, 촉감과 울음소리로 전원 다 대강은 구분할 수 있어. 이 녀석은 다른 녀석들에 비해서 눈썹이 두껍군."

"언제 그런 능력을……."

라프타리아가 떨떠름한 표정으로 나를 쳐다보았다.

뭐 어때. 귀엽잖아.

한 부모에게서 태어난, 비슷한 무늬를 가진 고양이 같은 거다. 오랫동안 같이 생활하다 보면 구분이 가는 게 당연하다

"그 정도 구분은 루프트도 할 수 있어."

"언젠가 나오후미 님이랑 루프트 군이랑 같이 한번 찬찬히 얘기를 해 봐야 할 것 같네요."

"그래?"

"다프~."

"내 마물문에 등록도 안 된 녀석인데……. 대체 어디서 온 거지?"

"검이나 활의 용사가 돌보고 있는 마물을 라프 종으로 만들었다거나…… 하는 건 아니겠죠?"

"글쎄."

라프 종이 전염되는 건 아닐 텐데 말이지.

우리가 당혹스러워하고 있으려니, 그 라프 종이 나를 향해 퐁 하고 마법을 내쏘았다.

그러자 마물문이 나타나서 저절로 등록되었다.

여러모로 태클을 걸고 싶은 충동에 휩싸였지만, 우선 스테이터스부터 확인해 보기로 했다.

……은근히 우수하다. 내 밑에 있는 라프 종 중에서는 가장 높고, 라프짱과 맞먹는 수준이다.

구체적으로 말하자면 레벨 95다. 대체 뭐야, 이 녀석은?

"일단…… 정체를 알 수가 없으니까 포획해 두고, 임시로 이름을 붙여 둬야겠군."

"포획한다고요?"

"다프~."

정체불명의 라프 종이 뭔가 라프타리아를 향해 손을 흔들고 있었다.

"일단 라프짱 2호라고 해 둬야겠다."

"예전부터 생각하던 건데, 나오후미 님은 누군가와 비슷하게 생긴 사람이 있으면 항상 2호라는 이름을 붙이는 것 같은데요."

흠칫……. 라프타리아에게 여러모로 간파당하고 있군.

"다프~."

그리고 그 후, 나는 아침 식사 중인 렌과 이츠키에게 라프짱 2호를 보여 주면서 물어보았지만, 두 사람이 관리하는 마물은 아니라고 했다.

모토야스가 돌보고 있는 필로리알도 아니라는 모양이다.

도대체 어디서 나타나서 무슨 수로 내 휘하에 숨어든 건지, 그야말로 정체불명의 라프 종이라는 식의 결론이 나올 수밖에 없었다.

"오늘 중으로 포브레이에서 회의를 열 수 있을까?"

"그럴 것입니다."

아침 식사를 마친 우리는 여왕과 합류해서 출발했다.

모토야스가 포브레이의 수도 코앞까지 가 있었기에, 다 함께 거기까지 가기로 했다.

그 이후로는 마차를 타고 동행하면서 차후의 방침에 대해 얘기할 예정이었다.

그리고 이번에는 인맥 면에서 도움이 될 것 같다는 생각에 변환무쌍류 할멈구도 동행시키기로 했다.

동행자들의 면면을 정리해 보자면······ 나, 라프타리아, 라프짱, 필로, 포울, 렌, 이츠키와 리시아, 모토야스와 3색 필로리알, 가엘리온과 윈디아, 사디나도 동행하고 있었다.

그 밖에 여왕과 쓰레기, 그 호위를 맡은 에클레르도 함께였다. 세인도 몰래 뒤따라오고 있다.

인원이 지나치게 많지 않은가. 정서가 불안정한 나를 감시하기 위함이라고 했다.

루프트와 실디나는 마을에 남기로 했다고 한다.

"라프~."

라프짱이 울자 빛 구슬이 출현하더니······ 라프짱 2호가 나타났다.

"다프."

"······."

라프짱도 컴온라프를 습득한 건가.

차마 그냥 돌려보낼 수는 없었으므로, 말썽을 부리지 않는 한은 동행을 허가해 둬야겠다.

"저쪽에서도 준비가 다 됐다고 전령을 통해 전해 왔으니 가도 될 것 같습니다."

기린과의 전투에서 벌어진 상황은 우리도 이미 들어 알고 있었다.

기린과 싸운 것은 포브레이에 있던 칠성용사 중 한 명과 그 일행이라고 했다.

"보고에 의하면, 포브레이를 지원하는 칠성용사들이 이제야 다 모였다고 합니다. 전원을 소집하느라 꽤 고생했다고……."

"그래, 용사들이 다 모였단 말이지? 현재 제일 의심스러운 용의자는 바로 칠성용사야. 포브레이에서 범인을 밝혀내고 붙잡아 버려야 해."

마차는 덜컹덜컹 흔들리면서 나아갔다.

도중에 비포장길이 돌포장길로 바뀌었지만, 뭐, 그건 별 상관없는 얘기겠지.

"렌, 우리와 같은 이세계인 용사는 무슨 생각을 하고 있을 것 같아?"

이츠키는 마차 안에서 그저 멍하니 넋을 놓고 있고, 모토야스는 필로와 부하 셋에만 푹 빠져 있어서 말을 걸 상황이 아니었기에 렌에게 물어보았다.

"그야 여러 가지 가능성이 있겠지."

"하긴, 뭐."

"하나는 파도 따위 알 바 아니라는 식으로 사명을 내팽개쳐 버리는 패턴."

"엄청나게 공감 가는 방식이군."

자신의 안위만 생각한다면 그것도 나쁘지 않은 생각이다.

이런 망할 놈의 세상은 냉큼 빠져나가서 은둔생활이나 하고 싶어 하는 녀석이 있다고 해도 이상할 건 없다. 바로 나만 해도, 얼마 전까지만 해도 확 망해 버리라는 식으로 생각했었다.

하지만, 라프타리아나 아트라를 생각하면 이 세계에 대해서도 긍정적인 마음이 든다.

"또 다른 가능성은, 기린을 처치했다는 칠성용사가 다 자기에게 맡기라는 식으로 나와서, 다른 칠성용사들이 참가를 미뤘을 수도 있고……."

"남에게 맡긴다는 게 어쩐지 불길한데. 이미 사성용사의 명령에 따라 전 세계에 지명수배령을 내려 둔 상태잖아. 한 번이라도 안 모이면 범인 취급을 당해도 싼 상황이라고."

'앗싸 이세계 소환!'이라는 식으로 생각할 녀석이라면 이런 이벤트를 놓칠 리는 없을 것이다.

"아니면 레벨업에 몰두하느라 신선처럼 지내고 있을 수도 있겠지."

"아…… 그게 제일 수상해. 실트벨트에서 그런 식으로 핑계를 대면서 손톱 용사를 사칭했던 녀석이 있었으니까."

이벤트 참가는 좋아하지 않지만 레벨업에는 환장하는 플레이어도 있긴 하다.

인적 없는 곳에 계속 틀어박혀 있는 식으로 말이다.

세계의 입장에서 보면 그런 짓은 더없는 골칫덩이지만 말이지.

렌의 경우도 있었듯이 그런 사고방식을 갖는 것도 이해가 가긴 하지만, 용사를 사칭하는 가짜가 실트벨트에 있지 않았던가.

그러니까 그런 수는 이제 안 통한다.

"하여튼 간에 상대가 용사건 뭐건, 봉황 토벌 때 개입한 녀석에게는 응분의 대가를 치르게 해 줄 거야. 절대로 용서 못해."

"그래…… 적어도 그게 악의가 담긴 일격이었다는 건 의심의 여지가 없어. 용서할 수 없는 짓이었지."

"맞아! 꼭 죗값을 치르게 해 줘야 해."

잠자코 있던 포울이 고개를 끄덕였다.

"제아무리 칠성용사라 해도, 사성용사의 권한으로…… 절대 용서하지 않을 거야!"

라프타리아가 이상적인 용사로 생각하는 모습과는 다르다 해도, 이번만은 물러설 수 없다.

분노에 지배당하는 한이 있더라도 용서치 않을 것이다.

그따위 짓을 저지른 녀석과 화해 같은 건 있을 수 없다.

사적인 감정, 복수심을 채우기 위한 행위에 불과하다는 건 나도 잘 안다.

그래도 세계를 위해 싸웠던 사람들을…… 아트라를 비열한 수단으로 죽인 녀석을 용서할 수는 없었다.

"주인님, 바깥 풍경이 굉장해~."

필로의 목소리에 밖을 내다본다.

"뭐지?"

도시의 풍경이 풍요로워 보이기도 하고…… 스팀 펑크풍이라고나 할까, 증기기관으로 움직이는 차 같은 것도 보였다.

유명한 탐정이 주인공으로 나오는 추리소설 속의 문명 같기도 한, 그런 차들이었다.

무기상에 진열한 건 총인가?

포브레이는 엄청나게 근대화된 곳인 모양이다.

"총기도 취급하는 모양이군."

"이와타니 님은 총에 대해 관심이 있으십니까?"

여왕이 무기상 쪽을 쳐다보고 나서 나에게로 시선을 돌렸다.

"메르로마르크와는 한참 다르구나 싶어서. 무력으로 붙으면 질 것 같군."

"확실히 포브레이는 강대국이고, 전쟁을 피해야 할 상대인 것도 사실입니다만……."

"아…… 그러고 보니 이 세계에서는 총기도 스테이터스에 의존한다고 그랬던가?"

"네. 이와타니 님의 세계와는 섭리가 전혀 다르다는 건, 카르밀라 섬에서 겪은 싸움을 통해 증명된 바 있지요."

그때, 이츠키의 공격이 아무 도움도 되지 못해서 라프타리아가 배의 발리스타를 사용했던 것을 떠올렸다.

"소환된 용사님들 중 태반이 사용해 보겠다고 나섰었지만, 하나같이 실패했습니다."

이세계에 소환됐으니 내가 가진 현대 지식을 활용해서 치팅 수준으로 강해져야지! 라는 식인가?

뭐랄까, 용사들의 사고방식은 패턴이 한정돼 있는 모양이다.

"여러모로 운용에 문제가 있고, 비용 면의 문제도 따라붙을 것 같군."

"활보다 비용이 많이 들어서, 포브레이 등 일부 도시 말고는 취급하지 않고 있습니다."

"그 얘기는 나도 들었어."

"게다가 불 마법에 맞으면 폭발할 위험성도 높아서, 원거리 공격이 필요할 때는 마법이나 활, 투척 무기를 쓰는 게 더 유리하지요."

"이건 게임 속 얘기지만, 실력을 갈고닦으면 강해질 수는 있어도 최강이라고 할 수 있을 정도는 아니에요."

이츠키가 대화에 끼어들었다.

하긴, 총기에 대한 취급이 영 좋지 않은 게임이라면 나도 플레이한 적이 있었다.

확실히 그런 게임 속의 총기는 검 같은 무기보다 위력이 떨어지는 경우가 많았다.

이 세계가 현실인 동시에 판타지 세계라는 사실을 실감하는 대목이었다.

스테이터스가 반영된다면, 현재의 이츠키가 사용하면 강해지려나? 일단 사용 가능 여부부터가 문제겠지만.

이츠키의 무기는 활이니까…… 총은 못 쓸까?

아니, 크로스보우 같은 건 사용할 수 있지 않았던가. 한 번 쥐여 줘 봐야겠다.

"그럼 잠시 들러서 무기를 복제하고 와도 될까요?"

"그래. 잘만 운용하면 이츠키가 지금보다 한참 더 강해질 수 있을지도 모르니까."

"나오후미 씨의 기대에 부응할 수 있도록 노력할게요."

"이츠키 님, 그럼 가요."

이츠키는 내 의도를 알아챈 듯 고개를 끄덕이고는, 리시아와 함께 무기상으로 들어갔다.

지금은 조금의 전력이라도 더 필요하다.

이츠키는 금방 복제를 마치고 돌아왔다. 총기도 복제가 가능했던 모양이다.

뭐, 실전에서 통할지 어떨지는 별개의 문제고, 강화도 필요할 테지만.

이어서 다시 마차를 타고 달리니, 메르로마르크보다 더 큰 성의 모습이 점점 더 가까워져 왔다.

하얀 비둘기 같은 마물이 하늘을 날고, 그야말로 전형적인 판타지풍 분위기가 풍기고 있었다.

처음 소환된 당시의 내가 여기에 왔더라면 분명 감동했겠지.

메르로마르크보다 호화롭고, 살기에는 나쁘지 않을 것 같은 곳이다.

잘 생각해 보면 이 세계에서 중세와 비슷한 부분은 외견 정도밖에 없단 말이지.

중세의 대도시는 사실 위생관념이 희박해서, 창문을 통해 분뇨를 버리는 지경이라고 들었다.

하이힐은 원래 분뇨를 피하기 위해 만들어졌다는 이야기도 들었는데, 정말일까?

하지만 이 세계는 그런 비위생적인 느낌은 없었다.

상하수도도 완비된 곳이 많은 것 같았다. 물론 지방 마을 같은 곳은 그냥 깡촌이나 다름없겠지만.

이런 것들은 이세계인들에게서 배운 지식에 힘입은 걸까?

제르토블의 수도는 치안이 좋지 않은 느낌이 들었지만, 이곳은 수도라는 것이 납득이 가기에 충분한 분위기였다.

"그러고 보니…… 여기는 아인과 인간의 대우 차이가 메르로 마르크보다 적어 보이는데."

우리의 활약 덕분에, 메르로마르크는 현재 아인 차별을 중지하려 하고 있다.

하지만 그럼에도 어쩐지 불편한 느낌이 있는 건 여전하고, 성 밑 도시에 있는 아인들도 태반은 모험가와 상인들이며, 영주하려는 분위기는 얼마 없다.

물론 내 영지 안에 있는 도시는 그나마 아인이 많은 편이지만, 포브레이는 정말로…… 차별이 없는 것처럼 보였다.

인간과 아인의 아이가 정답게 놀고 있는 광경은 내 마을이나 이웃 도시 이외에서는 좀처럼 보기 힘든 광경이기에 신선하게 느껴졌다.

"그러게 말이에요. 저희도 배우고 싶네요."

여왕이 그런 광경을 보며 뇌까렸다.

메르로마르크도 아인의 대우가 조금씩 개선되는 중이지만, 반대로 아인 측에서 말썽을 일으키는 경우도 있다.

나도 어느 한쪽 편만 들 수는 없는 입장이다.

오? 길옆으로 뭔가 큰 교회 같은 게 보였다.

네 개의 무기를 본뜬 엠블럼이 인상적인, 사성교회였다.

내 쪽 교회도 이 엠블럼을 걸어 놓고 있었다.

"저쪽은 칠성교회네요."

그 말에 고개를 돌려보니 또 하나의 커다란 교회가 있었다. 외형은 이쪽도 비슷하군.

여왕이 양쪽 교회에 대해 설명해 주었다.

"저기 있는 제단에는 각 용사들이 생존해 있음을 증명하는 제구가 봉인되어 있답니다."

"삼용교에서 몰수한 거 말이야?"

"네. 원래 사성교회에 있던 것을 삼용교 측에서 비밀리에 바꿔치기했던 제구였지요."

"호오……."

알현이 끝나면 한번 보러 와야겠군.

"저기 보세요. 멀리서도 보실 수 있답니다."

"응"

여왕이 가리킨 것은 교회에 걸린 엠블럼 밑에 있는 커다란 스테인드글라스였다.

원형의 스테인드글라스는 중심부로부터 뻗어 나간 선으로 등분되어 있는 디자인이었는데, 등분된 유리창 하나하나가 각각 빛을 발하고 있었다.

사성용사의 스테인드글라스는 4등분 되어 있고, 네 개의 유리창 모두가 빛나고 있었다. 그리고 칠성교회의 스테인드글라스에는 일곱 개의 빛이 보였다.

다만, 칠성교회의 스테인드글라스…… 어째 좀 이상한 거 아니야?

어쩐지 하나가 이가 빠져 있는 것처럼 보이는데…….

뭐랄까, 하나가 팩○ 표시처럼 이가 빠져 있는 것 같았다.

그 이가 빠져 있는 곳 이외에는 전부 빛나고 있었다.

"얼마 전까지는 여섯 장만 빛나고 있었는데, 건틀릿의 용자님이 선정되는 동시에 일곱 장 전부가 빛나게 되었다고 합니다."

교회 앞에는 기도를 올리는 수도자들의 모습도 드문드문 보였다.

마차 안에 있는 용사들을 슬쩍 쳐다보니, 다들 쑥스러워하는 기색이었다.

여기서 우리가 용사라는 게 폭로되면 신자들에게 시달리는 신세가 될 테니까 그냥 잠자코 있어야겠다.

"수상한데. 실트벨트에서도 가짜가 태연자약하게 성에 들어왔었잖아."

"칠성교회에서도 그 점을 중대한 사태로 받아들여서, 칠성용사에 대해 조사하고 있다고 합니다. 이번 회의에서도 용사들에 대한 심문이 이루어질 것입니다."

"그러고 보니 마을에 있을 때, 내가 건틀릿의 용사로 선정된 걸 확인하러 온 녀석이 있었어."

포울이 건틀릿을 내보이며 말했다.

"사성용사분들이 모두 찾아갈 거라고 포브레이 측에 얘기해 뒀으니, 포브레이 왕과의 알현이 끝난 후에 다시 한번 여기에 와서 용사로서 정식으로 등록하는 절차를 밟을 예정입니다."

"알았어."

"그리고…… 지팡이 용사는 쓰레기였단 말이지?"

나는 마차 구석에서 잠자코 앉아 있는 쓰레기에게로 눈길을 돌렸다.

아무래도 이번 소집에 결석시킬 수는 없었기에 데려오기로 한 것이었다.

정말이지, 아무짝에도 쓸모없는 꼰대 같은 놈이다.

"네."

여왕이 쓰레기를 쿡 찔렀다.

쓰레기는 조용히 고개를 끄덕이고 나와 포울을 쳐다볼 뿐이었다.

패기라고는 찾아볼 수가 없군.

"과거에는…… 전대 손톱 용사와 쓰레기가 사투를 벌이기도 했지요."

"그건 알 바 아니야."

예전에는 굉장했다는 모양이지만 지금은 그저 꼰대일 뿐이다.

"이와타니 님 덕분에 실트벨트의 연합군 측에게서 전설에 관한 얘기를 들을 수 있었는데, 그 얘기를 통해 큰 결실을 얻었습니다."

"호오……."

"먼저, 실트벨트가 방패 용사님을 숭배하고 있다는 건 알고 계시겠지요?"

"그야 뭐……."

기도까지 하는 녀석도 있었고, 용사들 중에서도 방패 용사만 특별히 더 높게 대우하고 있다.

"거기서 다양한 전설들을 들었는데, 그 전설들 간에 중대한 상이점을 깨달았습니다."

"그게 뭐지?"

여왕의 취미가 전설 탐구라는 건 예전부터 잘 알고 있었다.

그 점은 메르티에게서도 들은 바 있었다.

필로리알 전설 같은 건 여왕이 취미 삼아 돌아다니며 발굴해

낸 거라고 했다.

방황의 숲이었던가?

"실트벨트에서는 사성용사 중에서 활약한 건 방패와 활이라 전해지고 있다고 합니다. 같은 이유로, 칠성용사 전승도 특정 용사에게 편중되는 경향이 있었습니다. 구체적으로는 망치, 손톱, 채찍의 용사에 치우쳐 있지요."

편중이라.

생각해 보면 방패와 활의 상성이 좋은 건 사실이다.

"키즈나 쪽 세계에서 알아낸 정보에 비추어보면, 그것도 세계 융합에 따른 영향이겠지."

방패의 세계와 활의 세계가 융합되어 발생한 파도가 있었고, 그 방패와 활의 세계가 검과 창의 세계와 다시 융합되어 현재의 세계가 되었다. 전승이 특정 용사에게 치우치는 건 자연스러운 흐름인 것이다.

"네. 우리는 그야말로 전설 속의 시대와 같은 시대를 살아가고 있는 것이겠지요……."

"다음번은 없다는 모양이지만."

다음 파도에서 세계가 융합되면, 세계는 파멸한다고 한다.

키즈나 쪽 세계에서 귀에 못이 박히도록 들은 얘기였다.

"자, 성에 거의 다 도착했네요."

여왕이 가리키는 곳을 보니 성이 거의 코앞에 다가와 있었다.

길게 얘기를 나눌 상황은 아닌 것 같군.

"좋아, 그럼 입성해 볼까."

여왕은 고개를 끄덕이고 성문의 문지기에게 말을 걸었다.

"메르로마르크의 여왕님과 용사님들이시군요. 말씀은 들었습니다. 들어오십시오!"

우리가 올 거라는 얘기를 미리 전해 두었던 만큼, 문지기는 흔쾌히 문을 열어 주었다.

"······?"

그 모습을 본 포울이 고개를 갸웃거렸다.

"왜 그래?"

"아니······."

나도 문지기를 쳐다보았다.

웃으면서 배웅해 주고 있잖아? 이상하게 생각할 게 뭐가 있다는 거야?

"내 착각인가? 뭔가 꿍꿍이가 있는 것 같은 느낌이 들었어."

"그래?"

문지기는 싱글싱글 웃으며 손을 흔들어 주고 있다.

확실히 수상하기는 하지만, 의심만 하다가는 아무것도 이룰 수 없다는 건 경험을 통해 알고 있었다.

마차가 성안으로 들어가자, 성문은 요란한 소리를 내며 닫혔다.

"필로는 마차 주차장 쪽으로 보내고, 우리는 먼저 들어가는 게 좋을까?"

"정원에 세워도 된다고 하더군요."

"그렇군."

우리는 정원에 마차를 세워 두고 성안으로 들어갔다.

오오, 메르로마르크의 성보다 중후한 느낌에, 크기부터가 차원이 다르잖아.

세계에서 제일 큰 국가는 뭐가 달라도 다르다는 건가…….

빨간 융단이 쫙 깔렸고, 그 너머에는 계단이 보였다.

우리는 안내에 따라 웅장한 계단을 올라 알현을 위해 마련된 휴게실로 이동했다.

"그러고 보니 칠성용사는 어떤 녀석들이 있지? 어떤 녀석이 수상한지 미리 후보를 좁혀 두고 싶은데."

더 일찍 물어봤으면 좋았겠지만 그동안은 기회가 없었으니, 지금 물어봐 둬야겠다.

"그럼 먼저, 기린과의 전투에서 맹활약한 채찍 용사님에 대해 설명 드리겠습니다."

"채찍 용사는 이 세계 출신이야?"

"네."

여왕은 걸으면서 설명을 시작했다.

"우선 채찍 용사님은 이 세계에서 드물게 태어나는 대천재로 알려져 있습니다."

"드물게 태어난다고? 어째 엄청 불길한 예감이 드는데……."

영귀를 조종하던 쿄도 천재라는 소리를 들었으니까.

키즈나 쪽 세계에도 그런 녀석들이 제법 있었을 것이다.

"네, 이 세계에는 몇 세대에 한 번씩, 세계를 대폭으로 개혁시킬 만큼 획기적인 기술이며 상업, 그 밖에 다양한 학문에 있어서 뛰어난 천재가 나타나곤 한답니다."

"……."

"포브레이 왕족의 말단에 해당하는 귀족 집안에서 태어났는데, 고작 세 살의 나이에 마법을 완벽하게 습득했다고 합니다."

어느 세계에나 천재는 태어나는 법이군.

그런 녀석이 용사로 선정되는 건가.

아, 그러고 보니 쓰레기도 일단은 책략의 천재였다고 했던가?

그렇게 생각하니 천재라는 건 나에게 있어서는 악연인 것 같다.

"그리고 다섯 살의 나이에는 제지 기술을 개혁해서, 전 세계의 제본 기술을 비약적으로 향상시켰지요."

다섯 살에? 그거 굉장한데……. 어느새 이츠키가 우리를 따라와서 귀를 쫑긋 세우고 있었다.

하긴 이츠키는 이능력자가 존재하는 일본에서 왔는데 어중간한 재능밖에 타고나지 못했다고 했으니, 대천재라는 말에 관심이 갈 만도 하겠지.

"주위 사람들은 그 범상치 않은 재능에 감탄했다고 합니다. 그리고 일곱 살 때부터 연금술, 기계 마법학 등 다양한 학문을 흡수하고, 포브레이의 귀족 학원을 수석으로 졸업하고, 모험가 길드에 소속되어 모험가로서 이름을 떨치고, 실드프리덴이 주최한 무술대회에서 우승을 차지하고, 나아가 파도가 오기 전에 채찍 용사로 선정되었습니다."

"전형적인 천재군. 수상해도 너무 수상해. 경우에 따라서는 그 녀석을 함정에 빠뜨리자."

"수상한 자는 벌한다……. 그 기분은 저도 인정합니다만."

"하지만 범인이 아니라면 어떻게 할지……."

"포브레이는 인근에 나타난 사령에 대해서는 대처했는데 봉황전에는 안 왔다는 것만 해도 유죄야. 엄벌을 받아 마땅해."

"포브레이의 왕에게 그렇게 전달해 두겠습니다. 사실 저도 그

분은 썩 신뢰하지 않으니까요."

"무슨 일이라도 있었어?"

내 질문에 여왕은 시선을 외면하며 대답했다.

"네, 윗치가 포브레이에 유학하던 시절에 친하게 지냈었다고 알려진 분입니다."

그렇다면 완전 수상한 놈이거나, 아니면 윗치에게 이용당했다고 생각할 수밖에 없겠군.

부모에게조차 신뢰받지 못하는 여자, 윗치. 네년에게 얽혀서 좋을 일 따위는 하나도 없어.

"그 밖에 메르티와도 조금이나마 인연이 있었지요."

"응? 메르티와도?"

메르티가 그 채찍 용사와 인연이 있다니…….

"포브레이에서 지내던 시절에 그 채찍 용사님의 여동생 분이 메르티에게 자주 시비를 걸곤 했답니다."

"시비를 걸어?"

"뭐랄까, 워낙 유능한 오빠를 갖고 성장한 탓에, 극단적인 이면성을 갖게 된 것 같습니다. 레벨이 낮은 사람은 레벨이 높은 사람에 비해 뒤떨어졌다는 레벨 지상주의를 갖고 있었던 듯, 기술을 배우고 있던 메르티에게 자주 시비를 걸었지요."

무식한 여동생을 가진 용사라는 이미지가 뇌리에 떠오른다.

"메르티도 자연스럽게 접촉을 피하려고 애써 보았지만, 다소 강압적인 방법으로 접촉하고 들었던 것 같습니다."

짜증 나는 여동생인 모양이군……. 메르티 주위에 있던 또래가 그 모양이었다니.

필로와 친구가 되어 다행이라 해야 할지도 모르겠다.

"지금의 메르티라면 충분히 상대할 수 있을 것 같군."

필로만큼은 아니지만 피트리아에 의해 잠재 능력이 향상된 지금의 메르티라면, 그런 레벨 지상주의자 녀석쯤은 충분히 맞받아쳐 줄 수 있을 것 같다.

"본론으로 돌아가서, 채찍 용사는 지금 이동 수단에 대해 연구하고 있다고 하더군요."

여왕이 방의 창밖을 가리키며 말했다.

응? 뭔가 날고 있잖아.

드래곤처럼 하늘을 나는 마물인 줄 알았는데…… 비행기?

"저것 말이야?"

"네. 과거의 용사님이 드래곤이나 그리핀, 마법을 사용하지 않고도 비행할 수 있는 기계를 만들어 주신 적이 있는데, 그 기계를 실용화 단계까지 끌어올리는 연구를 하고 있다고 합니다."

문자 그대로 천재 같은 녀석이다.

내 안에서 점점 더 의혹이 부풀어 올랐다.

"천재 아닙니까? 저는 썩 좋아하지 않지만 말입지요."

할망구가 보란 듯이 대화에 끼어들었다.

이츠키도 그렇고 할망구도 그렇고, 남의 얘기 좀 훔쳐 듣지 말란 말이다.

그런데 변환무쌍류 할망구는 왜 천재를 싫어하는 거지?

"그건 왜지?"

"변환무쌍류는 그 몇 세대에 한 번씩 태어난다는 천재 때문에 내부 분열을 일으켜서 멸망했으니까 말입지요."

"그랬어?"

"그렇습지요. 자기가 세계를 통치할 사람이라면서, 유파에서 금지한 사상을 바탕으로 세계 지배를 획책한 천재가 있었답니다."

"호오……."

어느 세계에나 그런 녀석들은 있나 보군.

"천재는 번영과 쇠퇴를 주름잡고 있다고들 합니다. 역사의 전환점에는 항상 그들의 그림자가 있었기에, 채찍 용사님도 기대와 불안을 짊어진 채 활동하고 계시지요."

전환점이라……. 큰 전쟁에 관여한다거나 하는 식인가?

그러고 보니 자료 대부분이 사라지고 없는 대사건에는 천재가 얽혀 있는 경우가 많았던 것 같기도 하다.

쿠텐로에서 벌어졌던 사건을 생각해 보면, 윗치처럼 쓰레기 같은 여자가 주위에 있는 경우도 많단 말이지.

"그러고 보니 포브레이의 왕은 만나 본 적이 없었네. 어떤 녀석이지?"

그러자 여왕은 부채로 입매를 가리고 눈을 찌푸리며 시선을 외면했다.

응? 뭐야? 그렇게 위험한 놈이야?

"포브레이의 국왕은 그야말로 육욕에 환장한 사람이라 할 수 있습니다. 여자를 대할 때…… 이렇게 표현하면 좀 그렇지만, 쾌락을 위한 장난감으로밖에 보지 않는 사람이지요."

"하아……."

"외모뿐만이 아니라 모든 면에서 더없이 추악한 사람이지요.

저도 젊은 시절에는 부모님이 저를 포브레이로 시집보내지 않을지 두려움에 떨었답니다.”

“뭐야, 그게?”

내체 무슨 얘기를 하는 거지?

설마 포브레이의 임금님 얘기인가?

“만약에 그 윗치를 생포하는 데 성공한다면, 포브레이의 왕에게 헌상하는 벌을 주는 것도 괜찮겠다고 생각했을 정도랍니다. 분명 그 애는 그 자리에서 용서를 빌면서 이와타니 님 앞에 무릎을 꿇고 애원하겠지요.”

“윗치가 그렇게까지 싫어한다면, 꼭 붙잡아다가 헌상하고 싶군.”

그 윗치가 그렇게까지 비는 모습이라면 꼭 한 번 보고 싶다.

그것만은 양보할 수 없다.

“미, 밀레리아?! 설마 정말로 그러려는 건——.”

쓰레기가 전율하는 표정으로 여왕에게 물었다. 그 얼굴은 새파랗게 질려 있었다.

“후에에에에에…….”

“리시아 씨, 왜 그러세요?”

그 여파에 리시아까지 새파랗게 질렸다. 그렇게까지 끔찍한 벌인가?

“이상한가요? 당신도 들었잖아요? 그 애가 저지른 소행을.”

“끄…… 끄응.”

“그나저나 그 국왕이라는 녀석은 몇 살인데?”

“쓰레기보다 열세 살 많은 형이었습니다.”

으음, 쓰레기는 포브레이의 서열 낮은 왕자였다고 했던가?

그럼 딸을 친척에게 시집보내는 셈이 되는 거 아니야?

"우둔하고 잔악하지만 자기 권력을 지키는 데에는 머리가 잘 돌아가는 사람이랍니다. 권력투쟁이 심한 이 나라의 왕좌에 오랫동안 앉아 있는 데에는 그만한 이유가 있는 셈이지요."

"그래도 말이지…… 그 정도로 싫어하는 이유를 통 모르겠는데……."

물론 남자 얼굴을 따지는 윗치의 성격상 못생긴 녀석과 결혼하는 건 지옥 같을지도 모르지만.

"이 자리에서 조금 설명해 드리지요. 포브레이의 왕족은 아주 오래전부터 사성용사나 칠성용사를 사위나 며느리로 들이는 관습이 있었답니다. 그 결과, 전 세계에 용사의 혈족으로 이름을 떨치게 되었지요."

하긴 신에 버금가는 존재가 실제로 존재하는 세계이니 그런 꿍꿍이를 꾸미는 것도 당연하겠지. 실트벨트에서 내가 실제로 당할 뻔하기도 했었고.

용사로 소환된 녀석들도 특별 취급을 받으면 우쭐해질 테고, 왕족 측의 꿍꿍이를 알아챈다 하더라도, 자신도 왕족의 일족이 되면 무난하게 정착할 수 있을 테니까.

왕족 측의 아이 입장에서도 대국의 관리가 되어 우대받는 배우자를 얻을 수 있으니 기꺼이 남편이나 아내가 되려 할 것이다.

그런 혈족이라면 권력투쟁도 엄청날 것 같지만.

"용사는 남자의 비율이 높아?"

"여성도 있긴 합니다만 남성만큼 혈족이 퍼지지는 않습니다."

하긴 종마와 모체는 생산량의 차이가 있으니 당연한 일이다.

징그러운 일이군……. 그러고 보면 용사란 놈들은 막장 인생들의 집합소 아닌가? 하렘을 만들었다는 얘기가 자주 들리는 걸 보면.

……나도 아트라의 유언을 지키면 똑같은 꼴이 됐을지도 모르겠군.

뭐, 이세계에 소환된 사성용사들만 그런 건지도 모르지만.

요컨대 우리 같은, 이세계에서 하렘을 만들어 주마! 라는 사고방식을 가진 놈들의 자손이라는 건가.

"현재의 왕은 권력투쟁에서 윗치를 능가하는 자입니다. 그 덕분에 오랜 세월 왕좌에 앉아 있을 수 있었던 것이지요."

"아아, 그렇단 말이지……."

윗치보다 더한 놈이라……. 웬만하면 만나고 싶지 않은데.

"포브레이 왕의 망언 중에는 '장난감은 죽을 만큼 괴롭혀야 조임이 좋아져서 쾌감이 뛰어나다.' 라는 것도 있습니다."

엄청난 놈이네……. 가학 취향이 극단화되면 이 지경까지 가는 건가. 문자 그대로 여자의 적이군.

"말썽쟁이 양갓집 규수가 시집 갈 곳으로 가장 먼저 손꼽히는 곳이 포브레이랍니다. 그 사실을 알게 된 여성들은 태반이 그 즉시 자살을 선택합니다."

"자살……. 하긴, 괴롭힘당하다가 죽느니 차라리 죽음을 선택하는 게 낫다는 건가."

"그만큼 이 세계에서 널리 알려진 처형 방법이라는 뜻이지요. 소문에 의하면, 마음에 드는 여자는 마법이나 이그드라실 약제 등의 약물을 써서 석 달 동안이나 연명시키면서, 죽지도 못하게 한다는 얘기까지⋯⋯."

결혼이 처형과 동급이라니 별 해괴한 형벌도 다 있군.

포브레이도 커다란 어둠을 안고 있었군.

첫 번째로 사성용사를 소환할 권리가 있었다고 들었는데, 이런 나라에 소환됐다면 멀쩡하기 힘들었겠지.

그리고 라트가 얘기하길, 포브레이는 다수의 칠성용사를 보유하고 있다고 한다.

막대한 영토와 권력, 그리고 강력한 무력을 보유한 나라.

용사의 나라로 알려졌을 만큼 역사도 오래됐다.

그런데 그렇게 악명을 떨치는 왕의 통치하에 있다니⋯⋯ 폭동 같은 건 안 일어나는 건가?

"참고로 윗치와의 혼담은 이미 결정이 난 상태였습니다. 용사의 동료로서 봉사한다는 이유로 면제되긴 했지만 말이지요."

그래 봤자 이미 도망쳐서 행방불명 상태잖아.

모토야스를 버리고 렌에게 붙었다가 다시 지독하게 배신하고, 다음에는 그 렌의 재산을 몽땅 빼앗아서 도주. 이츠키를 속여서 제르토블에서 멋대로 설치면서 막대한 빚을 남기고 증발⋯⋯. 그 이후의 행방은 아직도 묘연한 상태다.

"윗치를 만 명째 장난감으로서 환영할 준비를 다 갖추어 놓았다⋯⋯라는 얘기를 마지막으로 듣기는 했습니다만⋯⋯."

"만 명?!"

아니, 잠깐⋯⋯ 그건 지금까지 9999명의 여자를 장난감으로 썼다는 얘기잖아?

그건 과장이 너무 심한 거 아니야? 귀축물 성인 게임에서도 그 정도로 극단적인 경우는 없었다.

아니, 그러고 보니 쓰레기보다 형이라고 했잖아?

이 세계의 1년이 며칠인지는 모르지만, 하루에 한 명씩이라고 쳐도 연간 약 365명.

거기에 나이를 곱하면, 생각보다는 적다고 해야 하나?

……그렇다고 쳐도 기가 질리는 일인 건 마찬가지지만.

메르로마르크부터 해서, 실트벨트, 쿠텐로, 제르토블, 그리고 포브레이.

이 세계에 정상적인 나라는 없는 건가? 이 모양이라면…… 어딜 가도 고생하겠는데…….

나는 앞으로 찾아올 파도보다 지금 이 세계 그 자체가 걱정되기 시작했다.

"남자를 현혹하는 자는 남자 손에 죽는다는 식으로 생각해 주시면 될 것 같습니다. 이와타니 님께 저지른 무례도 있었지만, 그 죄를 면제해 주는 대신 용사에 대한 봉사를 명했던 것인데……."

지금까지 들은 얘기만 보면 그야말로 버러지 같은 놈인데, 왕이 남자라는 게 좀 찜찜했다.

윗치에게 회유라도 당하면 열불이 터질 일이다.

윗치는 남을 속이는 일에 대해서는 천재적인 녀석이니까.

쓸데없이 예쁘장한 그 외모를 이용해서 포브레이의 왕을 자기 멋대로 부리고 들지도 모른다. 그렇게 되면 이번 일보다도 더 막대한 피해가 발생할 것이다.

"윗치는 예외가 될 가능성도 있는 거 아니야?"

"회유할 가능성이 전혀 없다고 하기는 힘듭니다만, 그 방법은 우리 나라 이외의 다른 나라에서 이미 시험해 봤을 것입니다. 어쨌거나 세계 최대의 국가인 만큼, 만약에 자기편으로 끌어들이는 데 성공하면 세계를 손에 넣은 거나 마찬가지니까요. 하지만 적어도 지금까지는 그가 여자의 말을 귀담아들은 전례가 없었습니다."

나쁜 의미에서 과거의 모토야스 같은 놈이군. 뭐, 모토야스는 페미니스트였지만.

"그보다 봉황과의 싸움 때 참견한 놈에 대한 처형이 우선이야."

곱게 죽게 하지는 않을 것이다. 상응하는 대가를 치르게 해 줘야지!

그런 얘기를 하고 있으려니 병사들이 휴게실로 찾아왔다.

"알현 준비가 끝났습니다. 용사 여러분, 함께 가시지요."

이제야 준비가 끝난 건가. 꽤 오래 시간을 끄는군.

"포브레이의 왕은 오후까지 자는 생활습관이 있답니다. 어떤 사람이든 이 정도는 기다리는 신세가 되지요."

그런데도 나라가 멀쩡히 돌아가긴 하는 거냐?

응? 방금…… 주머니 속에서 뭔가가 흔들린 것 같은 느낌이 들었는데.

뭔가 싶어 꺼내 보니…… 그것은 에스노바르트가 준 닻 모양 액세서리였다.

혹시나 싶어서 액세서리를 몇 번 확인해 보았지만 아무런 반응도 없었다. 내 착각이었나?

딱히 깊이 생각하지는 않은 채, 우리는 병사의 안내를 받아 이동했다.

"메르로마르크의 여왕님과 용사님 일행 납시오오오오!"

 ## 4화 빼앗긴 힘

여기에 그 돼지 왕이 있는 건가?

그렇게 생각하며 옥좌를 쳐다보니, 낯선 청년이 왕관을 쓴 채 옥좌에 앉아 있었다.

얼굴은 제법 잘생겼다. 저 정도면 가지런한 이목구비라 할 만 했다.

머리는 금발, 눈은 파란색, 전형적인 외국인 느낌이었다. 다 만…… 눈매가 험상궂었다.

뭔가 불쾌하기도 한, 독특한 무언가가 느껴졌다.

예전의 모토야스를 연상케 하는, 서글서글한 겉모습 속 깊은 곳에 섞여 있는 무언가.

그리고 한편으로는 우리를 깔보고 있는 것 같은, 울분을 돋우 는 무언가가 있어서 녀석을 적으로 느끼게 만들었다.

마치 쿄를 처음 보았을 때 받았던 것과 비슷한 인상이었다.

복장은 간편한 재킷에 청바지인가?

근대적인 도시 풍경과 어울리기는 하지만, 좀 이상하지 않나?

왕관 속에 반다나를 두르고 있는 게, 영 안 어울렸다.

"안내하느라 수고했다."

"넵!"

안내를 맡았던 병사가 경례를 붙이고 옥좌의 방 문을 닫았다.

별 대수로울 것 없는 일이었는데도 옛날의 이츠키를 대할 때 같은 느낌이 든 건…… 병사의 눈매 때문일까?

"뀨아?"

윈디아의 품에 안겨 있던 가엘리온이 고개를 들어서 주위를 둘러보았다.

"으~웅?"

동시에 필로도 고개를 갸웃거렸다.

"당신은 채찍 용사 타쿠토 아닌가요? 국왕은 어떻게 된 거죠?"

이름이 타쿠토인가? 이 녀석이 채찍 용사라고?

"국왕? 아아, 녀석은 내가 죽였어."

채찍 용사는 당연한 일이라는 듯이 그렇게 말했다.

항상 태연한 표정을 유지하는 여왕도 이 말에는 의문을 드러내지 않을 수 없었다.

"제가 잘못 들은 건가요? 다시 한번 말씀해 주시지요."

"그런 쓰레기는 살아 있을 가치도 없어. 그래서 이 세상에서 없애 버렸지. 잔머리 굴리는 솜씨 하나는 대단한 녀석이라서, 처분하느라 얼마나 고생했는지 모른다니까."

그 말에 나를 포함한 전원이 경계 태세를 취했다.

아니, 내 마음속에서는 아예 적의가 부풀어 오르고 있었다.

녀석이 범인이 아니라 해도, 칠성용사라는 점 하나만 해도 단죄할 이유는 충분했다.

"내란입니까? 그런 얘기는 처음 듣습니다만?"

"그야 당연하지. 내가 성안 녀석들에게 명령해서 입막음을 했으니까. 그리고 메르로마르크의 암여우, 당신도 이 세상에 필요 없는 녀석이야."

타쿠토의 손에 수상쩍은 빛이 깃들었다. 뭔가 내쏠 작정이다!

나는 재빨리 여왕 앞으로 나서서, 방패를 용사 대응 무기인 앵천명석 방패로 바꾸고 전투태세를 취했다.

"반진(Wahnsinn) 클로!"

클로?! 채찍이 아니라?!

그렇다. 타쿠토의 손에는 불길한 검은색을 띤 손톱이 끼워져 있었다.

그리고 눈에 익은 그 섬광이 사출되어 내 방패와 충돌해서…… 튕겨 나갔다.

——그 직후, 나는 모든 것을 깨달았다.

재빨리 반응한 라프타리아, 포울, 세인, 에클레르가 기를 방출하며 적을 향해 내달렸다. 뒤를 이어 필로와 가엘리온, 할망구도 자세를 낮추어 포울을 따랐다. 한발 늦게나마 라프 종들, 사디나, 윈디아도 움직였다.

순식간에 전투태세에 들어가서 자세를 가다듬었다.

렌, 모토야스, 이츠키, 리시아는 완전히 뒤처졌다.

아니, 전투태세에 들어간 건 할망구와 비슷한 타이밍이었지만…… 타쿠토의 손에 있는 무기를 보고 굳어 버린 것이었다.

"네놈이——! 네놈이 아트라를——."

타쿠토는 포울의 공격을 슬쩍 피했고…… 동시에 파란 그림자가 포울 앞을 막아섰다.

거기에는 동양의 용과 비슷한 모습의 아인 여자가 있었다.

머리색은 파랑, 헤어스타일은 긴 생머리. 눈동자는 노랑, 마치 보름달 같은 여자다.

"이런, 타쿠토 님에게 무슨 짓을 하려는 거지?"

"그렇다. 타쿠토 님께 무슨 일이냐?"

라프타리아 앞에도…… 여우 꼬리 같은 꼬리가 두 개 달린 앳된 여자아이가 양손에 마법을 깃들인 채 막아서고 있었다.

검고 윤기 있는 장발, 무녀 같은 복장. 이 녀석은!

"당신은…… 실트벨트에서 싸웠던?!"

"그때의 굴욕은 절대로 잊을 수 없지! 호된 맛을 보여 주겠느니라!"

"세계를 위해 싸워 온 사람들에게 어떻게 이런 짓을……. 이렇게 비열할 수가……. 가자, 라프타리아! 저런 사악한 자들을 용서할 수는 없지!"

라프타리아와 에클레르가 연계해서 벼락과도 같이 도와 검을 난무했다.

거의 동시에 포울과 동양의 용 같은 여자가 눈싸움을 벌였다.

"하쿠코 종 애송이."

"아오타츠 종! 비켜!"

거의 같은 타이밍에, 째진 눈에 송곳니가 삐죽 튀어나와 있고 물고기 꼬리지느러미 같은 귀가 달린 여자가 작살을 든 채 사디나를 가로막았다.

"루카 종……. 이렇게 뭍에 올라와 있다니 죽고 싶어 환장했나 보네?"

"어머나……."

어쩐지 목소리가 사디나와 비슷하게 들렸지만 지금은 눈앞에 있는 적을 상대하는 게 먼저다.

"엉? 이 일격을 튕겨 냈잖아? 방패도 무시할 수 없겠는데!"

"이 자식——."

"다짜고짜 무슨 짓이냐!"

렌이 검을 뽑아 들고, 모토야스가 스킬 영창을 시작하고, 이츠키가 활시위를 당겼다.

철천지원수와도 같은 적을 발견한 내 안에서 적의가 용솟음쳤다.

이 자식…… 이 자식 때문에 아트라가, 마을 사람들이……!

무슨 일이 있어도, 이 녀석만은 기필코 죽여 버리고 말겠어!

라스 실드Ⅳ 그로우 업!
라스 실드Ⅴ가 되었습니다!
라스 실드Ⅴ 그로우 업!
라스 실드Ⅵ가 되었습니다!

자비의 방패의 가호 때문에 변화시킬 수 없게 되어 있지만…… 그래도 변화시키고 말겠어!

목숨을 걸고서라도 녀석을 해치워 버릴 것이다.

……분노에 휩쓸리는 한이 있더라도 해내야만 한다!

"나오후미 님! 괜찮으세요?!"

"내 걱정은 마! 그보다 눈앞에 있는 적을⋯⋯ 아트라의 원수를 죽여 버려!"

나는 분노에 찬 목소리로 명령했다.

녀석은, 녀석의 공격은 틀림없이 봉황을 처치한 그 섬광이었다.

그 위력은 상당히 강해서, 방패로 쳐낸 부분을 쳐다보니 구멍이 나 있었다.

"아~아, 쓰레기들이 널려 있기에 봉황의 폭발을 이용해서 없애 버리려고 했는데, 아직 살아남아 있었을 줄이야. 뭐, 나한테 힘을 바치겠다고 이렇게 제 발로 어슬렁어슬렁 나타났으니, 그나마 나은 편이지만."

"개소리 마!"

포울이 기의 힘을 응용한 타격기로 아오타츠 종 여자를 퍽 날려 버리고, 타쿠토를 향해 달려들었다.

"이런, 고작 그 정도로 나를 이기겠다고? 나를 얕봐도 너무 얕보는 거 아니야?"

"아죠―!"

동시에 할망구가 바닥을 박차고 타쿠토에게 기를 날려 보냈다.

타쿠토는 유유자적하게 피하고 손을 들어 올렸다.

라스⋯⋯ 뭐, 뭐야? 시스템이 응답하지 않잖아?

방패 아이콘이 좀 멀어진 것 같기도 하고⋯⋯?

끼낑!

째질 듯 날카로운 소리와 함께⋯⋯ 방패에 금이 가고, 팔에 부착되어 있던 방패가 산산조각 나 버렸다.

"뭐야!"

전설의 방패는 파괴 불가의 능력을 갖고 있는 거 아니었어?!

게다가 이 방패는 앵천명석 방패였는데?!

이 자식은 대체 뭐야?!

"아…… . 방패라. 솔직히 별 필요는 없지만 그래도 없는 것보단 낫겠지. 내 공격을 한 번 튕겨 내긴 했으니까."

"무슨 개소리를…… ."

뒤이어, 나는 방패가 있던 곳과 타쿠토를 번갈아 쳐다보았다.

동료들도 모두 나를 보며 전율하고 있었다.

"후에?!"

동시에, 리시아가 베어낸 커튼 뒤에서 적이 얼굴을 드러냈다.

숨어 있던 여자들이 어설트라이플 같은 장총으로 이쪽을 겨누고 있었다.

뭐야…… . 총기는 스테이터스에 의존하는 거 아니야?

"유성방패!"

나는 재빨리 편리한 유성방패를 영창했다. 그러나 유성방패는 전개되지 않았다.

젠장…… . 파괴된 방패가 말을 들어주질 않았다.

"헌드레드 소드!"

"브류나크!"

"피어싱 샷!"

"에어스트 스로우!"

용사들과 리시아가 스킬을 내쏘아서 반격했다.

"어디 보자…… . 실드…… 프리즌?"

뻐걱 하는 소리와 함께 타쿠토 앞에 거대한 방패 감옥이 생겨나서 동료들의 공격을 막아내 버렸다.

"이럴 수가——."

"하이퀵!"

"하이퀵!"

동시에 커다란 그림자가 나타나서 필로에게로 덮쳐들었다.

퍽퍽 소리를 내며 필로와 무언가가 고속으로 격돌했다.

"파이어 브레스!"

"뀨아!"

윈디아와 가엘리온이 적을 쓸어버리기 위해 브레스를 내쏘았다.

막대한 열량을 가진 화염이 분출되었다.

"프리즈 브레스!"

그러나 가엘리온이 내쏜 브레스는 필로의 공격과 마찬가지로, 느닷없이 나타난 그림자가 내쏜 얼음에 삼켜져 중화되어 버렸다.

"타쿠토를 방해하게 둘 순 없어."

그리핀이 인간의 언어로 말하며 필로를 물고 늘어졌다.

그리고 드래곤의 꼬리와 날개가 달린 여자가 라트에 버금갈 만큼 큰 가슴을 출렁이며, 담뱃대를 든 채 가엘리온 및 윈디아와 대치하고 있었다.

방금 프리즈 브레스를 내쏜 건 바로 이 여자였던 모양이다.

"그래. 넌 짜증 나지만 그 의견에는 동감이야."

"뀨아!"

얼음 브레스를 내쏜 도마뱀녀가, 온몸으로 살기를 내뿜는 가엘리온을 쏘아보았다.

"헤에, 그대도 용제인가 보군······. 그렇다면 놓칠 수는 없겠는걸."

그리고 철천지원수, 타쿠토가 여자들에게 말했다.

"다들, 여자들은 죽이면 안 돼. 녀석들에게 이용당하고 있는 것뿐이니까."

"나를 얕보지 말거라. 알고 있느니라. 뼈저리게 느끼게 해 주도록 하지. 누가 옳은지를."

"그래, 저 여자들도 타쿠토 님을 알면 이해해 줄 거야."

라프타리아가 떨리는 손으로 타쿠토를 가리켰다.

"나, 나오후미 님! 저것 보세요!"

나는 말문이 막혔다.

놀랍게도 타쿠토의 팔에······ 눈에 익은 방패가 달려 있었던 것이다.

"아아, 너도 수수께끼를 품은 채 죽기는 싫을 테니까 가르쳐 줄게. 나는 전설의 무기를 빼앗는 힘을 갖고 있단 말씀이지."

"뭐야?!"

전설의 무기를 빼앗는 힘이라고······?

뭐냐, 그 사기적인 능력은?

여기는 용사를 신처럼 숭배하는 세계다. 즉, 녀석은 신을 끌어내리는 힘을 갖고 있다는 얘기가 되는 것이다.

아니, 잠깐······. 채찍의 용사인데 손톱을 갖고 있는 건······ 그 힘을 빼앗아서 그렇게 된 건가?

"아아, 손톱 용사를 자처하던 놈은 성격이 개차반이었거든. 그래서 죽여 버렸지."

타쿠토는 별 대수로운 일도 아니라는 듯 지껄였다.

죽였다고? 아니, 손톱 용사뿐만이 아니다.

연락이 안 되는 칠성용사 전부가 똑같은 신세가 됐을 가능성도 있다.

그렇구나……. 그렇게 된 거였구나.

칠성용사가 왜 이렇게 비협조적으로 구는 건지 의문이었는데, 이 녀석이 능력을 빼앗고 다녔던 거였구나.

능력을 빼앗은 뒤에는 증거인멸을 위해서 당연히 죽여 버렸을 테니, 칠성용사가 나타날 리가 없었던 것이다.

"그나저나 용사들은 왜들 그렇게 성격이 배배 꼬여 있는지 모르겠다니까. 나를 찬양하고 힘을 빌려 달라고 타일렀는데도 들어 먹는 놈이 하나도 없다니."

이런 짓을 하는 녀석의 말을 들으라고?

개소리 집어치워!

분노에 미쳐 버릴 것만 같은 기분이었다.

"그러니까, 세계는 내가 구할 테니 네놈들은 전부 죽어서 무기를 넘기기만 하면 된다 이거야."

"헛소리 마!"

"엉? 헛소리하는 건 네놈이겠지! 용사인 척하지 마. 진짜 용사는 나 하나란 말이다! 알고는 있는 거냐?"

타쿠토는 손톱을 끼고, 우리를 향해 재빨리 옆으로 휘둘렀다.

가로 방향의 빛나는 광범위 공격인 것 같았다. 우리 중 누구도 그 속도에 반응하지 못했다.

　나는 앞으로 나서서 동료들 앞을 막아섰다. 하지만, 아무런 통증도 없었다.

　"응? 이 방패를 내놓고 있으면 공격력이 없어지는 모양이군. 써먹기 더럽게 힘드네."

　방패를 없애고 손톱과 작은 단검을 꺼냈다.

　"받아라! 두 번째 공격이다! 반진 클로!"

　지금까지 받았던 그 어떤 공격보다도 빠르게 발동된 그 공격을…… 나는 회피하지도 못했다.

　"어──."

　그 섬광은 내 왼쪽 어깨를 꿰뚫고, 그 연장선에 있던 여왕까지 꿰뚫었다.

　그 직후, 꿰뚫린 몸에 격렬한 통증이 몰아치고 물보라와도 같이 선혈이 용솟음쳤다.

　"으윽……."

　모든 것을 슬로모션처럼 느끼면서, 나는…… 여왕 쪽으로 눈길을 돌렸다.

　다행히 녀석의 공격은 나와 여왕에게만 명중한 모양이었다.

　아니, 일부러 나와 여왕만을 겨누고 날린 공격……이라고 해야 할까?

　빛이 휘어져 갔다.

　"나, 나오후미 님……!"

　"라프!"

　바닥에 나뒹구는 나를 향해 라프타리아가 달려왔다.

"뭐 하는 거야……. 나는 괜찮으니까……. 빨리 저 녀석을!"

지시를 내렸지만, 새파랗게 질린 라프타리아는 내 말이 귀에 들어오지 않는 모양이었다.

쓰레기는 쓰러진 여왕을 안은 채 넋이 나가 있었다.

"아……."

떨리는 손에 묻어 있는 질척한 피가 보였다.

"누구 없느냐! 빨리 아내에게 회복 마법을!"

그 목소리에, 모토야스 수하의 세 마리 중 하나…… 미도리가 달려가서 나와 여왕에게 회복 마법을 걸었다.

"크윽……. 갑니다요!"

"잠깐만요!"

라프타리아가 모토야스를 제지했다.

"왜 그럽니까?"

"섣불리 달려들었다가는 역습에 당할 뿐이에요! 공격은 위험해요."

"알 게 뭡니까!"

"모토야스는 닥치고 있어!"

그때, 후방에 있던 여자들이 일제히 우리를 향해 라이플을 겨누었다.

"저항이 격렬한 것 같군. 얘들아, 약화시켜!"

""""네!""""

타쿠토가 손을 들었다가 내렸다.

"발사————————!"

여자들이 방아쇠를 당겼다.

총성이 울려 퍼졌다.

끄윽…… 꺼억…… 윽…….

"……으윽……."

"컥…… 아윽!"

"아얏…… 아아아아아……."

온몸에 구멍이 난 것 같은 고통이 몰아쳤다.

대체 왜?! 왜 이렇게 엄청난 대미지가 들어오는 거냐.

"어떠냐? 최저 레벨 250 이상인 자들이 쏘는 납탄 맛은?"

뭐야…… 250이라고?!

한계돌파 방법에 대한 정보까지 갖고 있는 거냐. 기린을 손쉽게 잡은 것도 이해가 간다.

실질적으로 우리보다 2배는 더 되는 레벨…… 아니, '최저'가 250이라고 했으니 3배는 될 거라 생각하는 게 좋을 것이다.

여왕과 쓰레기는 모토야스의 세 마리 필로리알이 방패 노릇을 한 덕분에 총에 의한 대미지는 입지 않았다.

하지만, 렌과 모토야스와 이츠키는 막대한 대미지를 입고 말았다.

반면 라프타리아, 리시아, 에클레르, 세인, 윈디아 등은 공격을 받지 않았다.

이 위선자 놈!

보나 마나 이야기 속 주인공처럼, 남자는 다 죽이고 여자는 살려 준다느니 하는 식의 같잖은 사고방식을 가진 놈이겠지.

실제로 포울과 필로, 가엘리온, 사디나, 3색 필로리알, 할망구는 총탄에 얻어맞은 모양이니까.

이런 식으로 싸우는 녀석은 전에도 본 적이 있었다.

맛이 가기 이전의…… 즉 엉큼한 꿍꿍이를 숨기지도 않던 시절의 모토야스였다.

마치 자기는 배려심 넘치는 남자라고 주장하는 것 같은 태도였다.

그리고 어딘지 쿄를 연상케 하는 구석도 있었다.

물론 중점적으로 표적이 된 것은 용사인 우리였다.

하지만 차라리 잘된 건지도 모른다.

용사가 아닌 자들이 그런 공격을 얻어맞았더라면 목숨을 부지할 수 없었을 것이다.

그래도 이건 좀 위험하다…… 이러다간 죽는다.

렌과 이츠키, 모토야스는 이미 4배 강화된 상태 아니었던가.

어지간한 공격에는 흠집도 나지 않는 게 정상이란 말이다!

"네놈들 레벨이 형편없이 낮은 게 잘못이야. 레벨 350인 나에게 얌전히 패배를 인정하시지."

"크윽……."

타쿠토는 만신창이가 된 우리를 굽어보며 지껄였다.

봉황 토벌 후에 사디나 등과 함께 레벨업을 해서 120까지 끌어올렸건만, 그 정도로는 턱없이 부족했다.

나는 왜 이렇게 뒤떨어진 거냐.

"나 원 참, 고작 이 정도 실력으로 세계를 구하겠다니 웃기는 소리군. 레벨이 부족하다 이거야."

"역시 대단하세요, 타쿠토 님. 열등한 용사들의 손아귀에서 전설의 무기들을 구해 주세요."

"뭐야?!"

그 목소리에, 그 자리에 있던 동료들은 일제히 신음을 흘리고, 말문이 턱 막혔다.

쓰레기마저도 할 말을 잃었을 정도였다.

"말도 안 돼…….. 왜 네가 여기 있는 거냐?!"

하필이면 이 타이밍에 모습을 드러내다니!

목소리가 난 쪽의 기둥 뒤에서 윗치가 거만한 웃음을 지으며 나타나서는, 우리를 내려다보면서 타쿠토에게 바짝 다가섰다.

살아 있는 것조차 용납할 수 없는 존재—— 윗치…….

방패를 빼앗긴 상황인데도, 몸을 불살라 버릴 것 같은 분노가 내 안에서 치밀어 올랐다.

분노의 저주 따위 알 바 아니다. 나는 죽여 버리고 싶을 만큼 이 녀석이 밉다.

"아아, 마르티를 그 돼지에게 바칠 꿍꿍이를 꾸몄다니 쓰레기 같은 놈이군. 이 녀석들 때문에 수많은 사람들이 죽었으니, 목숨으로 빚을 갚게 해야지. 물론 그 전에 듬뿍 괴롭혀 주마!"

"얘기 들었지, 엄마? 감히 나를 돼지 왕에게 팔려고 했겠다? 죽어서 죗값을 치러! 아빠도 똑같아!"

"마, 마르티…….."

쓰레기는 여왕을 안은 채 넋이 나가 있었다. 도무지 믿을 수 없는 광경을 보는 사람처럼 입을 뻐끔거리고 있었다.

나는 고통을 견디면서 타쿠토가 들고 있는 단검을 쳐다보았다.

리시아가 갖고 있는 것과 비슷해 보였다.

……그렇게 된 거였군.

리시아가 보유한 정체불명의 무기…… 아니, 칠성용사의 투척구가 반투명한 이유는, 소유자가 살해당하고 빼앗겼기 때문이었던 것이다.

그리고 전설의 무기 자체는 타쿠토를 소유자로 인정하지 않은 게 분명했다.

그래서 반항하듯이 리시아를 선택한 건지도 모른다.

"에어스트 스로우!"

사삭 하는 소리를 내며, 타쿠토가 투척한 단검이 렌의 어깨를 스쳐 지났다.

렌은 검을 빼앗기지 않도록 재빨리 움직였다.

명중당하면 빼앗기고 만다.

"큭!"

"가만히 좀 있어. 역시 용사 하면 검이지. 빨리 나한테 넘겨."

총격을 얻어맞아 중상을 입은 우리로서는 불리한 상황이다.

……렌과 이츠키와 모토야스의 무기까지 빼앗길 수는 없었다.

나는 투지를 끌어올리고, 살의를 품었다. 더 이상 빼앗길 수는 없어!

"작작 좀 하세요!"

"절대 용서 못——"

라프타리아와 세인이 앞으로 뛰쳐나가서, 타쿠토를 향해 무기를 휘둘렀다.

"멈춰! 그 녀석은 무기를 빼앗는 힘을 갖고 있어! 둘 다——."

렌이 미처 제지하기도 전에 쨍강 하고 칼날과 칼날을 맞댄 힘겨루기가 벌어졌다.

"응? 엉?"

무기와 무기 간의 불꽃 튀는 충돌.

그 와중에 타쿠토는 라프타리아와 세인의 무기를 보며 고개를 갸웃거렸다.

"도와…… 가위? 그건 칠성무기냐? 아니, 그건 아닌 것 같은데!"

상대가 여자라서 힘 조절을 하는 건지, 타쿠토는 여유로운 표정으로 라프타리아와 세인의 기술을 막아 냈다.

"하앗!"

라프타리아와 세인이 나란히 앵천명석 무기를 휘둘렀지만, 타쿠토와 레벨 차가 워낙 커서 공격을 명중시킬 수조차 없었다.

아무리 용사에 대해 효과적인 무기라도 단순한 능력 차이가 심하게 나면 의미가 없다.

"오—, 제법 미소녀잖아. 뭐가 옳은지를 빨리 분간하는 게 좋을걸. 너희가 믿고 있는 용사들은 하나같이 쓰레기야!"

"에에잇! 언제까지 타쿠토를 물고 늘어질 게냐! 내 눈에 흙이 들어가기 전에는 라쿤 종 호박이 설치는 꼴은 절대 못 본다!"

"하아아아앗!"

여우녀와 메이드복 차림의 여자가 라프타리아와 세인에게 달려들었다.

하지만, 지금 중요한 건 그게 아니다!

같잖게 여자 꼬시는 짓거리는 넘어간다고 쳐도, 윗치와 내통하고, 봉황과의 싸움에 개입한 것도 모자라서 이런 기습까지 하다니, 절대로 용서 못해!

"개소리 마!"

정신없이 마력과 기를 온몸에 순환시키고, 몸속의 힘을 모조리 쥐어짜서, 땅바닥을 박차고 내달렸다.

아주 조금이라도 좋다. 동료들이 도망칠 수 있는 시간을……!

"어——."

내 뜻밖의 반격에, 타쿠토는 내게서 빼앗은 방패를 꺼내 방어 태세를 취했다.

"그따위 공격, 크헉?!"

타쿠토의 몸속에서 기와 마력이 폭발하고, 타쿠토는 피를 토하며 옥좌 뒤로 거세게 나가떨어졌다.

"타쿠토?!"

총을 들고 있던 여자들이 녀석의 안위를 걱정하며 일제히 시선을 돌렸고, 덕분에 커다란 공백이 생겼다.

렌, 이츠키, 모토야스는 그 틈을 놓치지 않았다.

"지금이다! 섬광검!"

"플래시 애로우!"

"샤이닝 랜스!"

요란한 스킬을 써서, 두 번째 총격을 시도하는 여자들의 시력을 빼앗았다.

라프타리아와 세인이 서로를 마주 보고는, 쓰러져 있는 나를 안아 일으켜서 내달린다.

지금은 상황이 불리하다는 것을 깨닫고 후퇴를 선택한 것이었다.

"뭐 하고 있는 거야! 빨리 저놈들을 쏴 죽여 버려!"

윗치가 고함쳤지만, 렌을 비롯한 동료들은 서둘러 후퇴하기 위해 옥좌의 방 문을 걷어찼다.

"전송검……. 틀렸어, 발동이 안 돼."

"알 드라이파 힐!"

나는 몽롱한 의식으로 필로의 등에 올라탄 채, 일제사격에 맞아 중상을 입은 이들에게 회복 마법을 걸어 주었다가 말문이 턱 막혔다.

뭐야, 이 부상은…… 회복 마법이 안 걸리잖아.

후퇴하기 위해 성안을 내달렸다.

렌과 모토야스가 전위에 서고, 할망구와 라프타리아가 후방을 확인하면서 나아갔다.

하지만 전원 다 중상을 입은 상태였다.

나와 여왕의 부상이 가장 심했다. 입고 있던 옷이 피에 시커멓게 물들어 있었다.

빨리 치료하지 않으면 위험할 것이다.

고통 때문에 머릿속이 어질어질하다. 조금 전까지 서 있었던 게 기적이었다.

"밀레리아! 정신 차려!"

쓰레기가 여왕을 등에 업고 말을 걸면서 내 뒤를 따라 뛰고 있었다.

"나오후미 님!"

나는 필로의 등에 맥없이 고꾸라져 있었다.

몸이 마음처럼 움직여 주질 않는다…….

"나오후미 씨, 이해하겠어요? 분노는 이해하지만 지금은 일시 후퇴해야 할 때예요."

이츠키가 내게 설명했다.

그 말이 맞았다. 언제 어디서 매복이 튀어나올지 모르는 이런 곳에서 싸우다가는 다른 용사들의 무기까지 빼앗길지도 모른다.

"이츠키 님?"

"네, 지금은 한시라도 빨리 여기서 후퇴해야 해요. 렌 씨, 어때요? 하다못해 여왕님과 나오후미 씨만이라도 안전한 곳으로 전송시킬 수 없나요?"

"틀렸어……. 전송검이 작동을 안 해. 방해를 받고 있어."

"큐아!"

자기한테 맡기라는 듯이 가엘리온이 마법을 영창했다.

드래곤 생추어리였다. 전송 방해에 효과가 있다는 모양이었다.

아마 이 전송 방해는 그 녀석들이 그와 비슷한 마법으로 결계를 쳐둔 게 분명했다.

예전에 필로와 가엘리온이 영역 다툼을 했을 때, 서로 충돌해서 무효화된 적이 있었다.

『큐아아!』

파팟 하고 뭔가가 우리를 앞질러 갔다.

"놓칠 줄 알고?!"

복도 안쪽에서 목소리가 들려왔다.

"드래곤 생추어리!"

큭……. 역시 저 도마뱀녀는 드래곤이었나.

게다가 가엘리온과의 문답으로 미루어 보아 용제일 가능성이 컸다.

"라프타리……아, 귀로의 사본을 써."

"아, 알았어요!"

라프타리아는 다른 이세계의 전송 스킬을 보유하고 있었다.

방해가 걸려 있더라도 이건 사용할 수 있을 가능성이 있었다.

그러나…….

"사용 불가?! 용각의 모래시계가 잠겨 있어?!"

말도 안 돼!

이 상황에서 무슨 수로 이세계 스킬을 봉쇄한 거지?

"앵천결계는?"

"그걸 발동시키려면 여러모로 시간이 걸려요. 게다가 성무기나 칠성무기, 권속기의 힘을 약화시켜서 전송계 스킬 사용이 불가능해져요. 상대가 나오후미 님의 방패를 사용하고 있는 상황에서는 오히려 역효과만 날 수도 있어요."

큭……. 외통수잖아!

세인이 혀를 찼다. 내 몸에 손을 대고 스킬을 발동시키려 하고 있음을 알 수 있었다.

하지만 세인의 무기는 더 이상의 반응을 보이지 않았다.

"죄송해요……. 아무래도 무기의 성능 약화가 너무 심한 것 같아요."

나는 신경 쓰지 말라는 뜻으로 고개를 저었다. 그리고 필로에게로 시선을 옮겼다.

힘겹게 목소리를 쥐어짜서 필로에게 지시를 내렸다.

"나만 믿어~."

필로는 달리면서 마법을 영창하기 시작했다.

"생추어리—."

"어림없어. 그리핀 생추어리!"

큭……. 그리핀 같은 녀석이 영창하고 있는 것이리라.

무효화하기가 무섭게 다시 전개된다. 완전 다람쥐 쳇바퀴 돌기다.

포털을 사용할 때는 영창한 직후에 멤버를 선택해야 한다.

그러는 동안에 약간이나마 시간 소모가 생기게 마련이라, 이렇게 순간적으로 맞대응해 버리면 난감해진다.

앞쪽에서도 뒤쪽에서도 우당탕탕 요란한 소리가 울려 퍼졌다. 전방에는 병사가 도사리고 있었다.

"모토……야스."

"왜 그러십니다?!"

"긴급 사태야. 너의…… 사랑과 질투를 전개하도록…… 허가하마."

타쿠토 주위에는 여자들투성이다.

그런 상태라면 효과가 발휘된다 해도 이상할 게 없다.

"하지만 그건 필로땅이 금지했습니다만?"

"필……로……."

"응……. 알았어~. 창 든 사람, 부탁해."

"라프~."

"다프~."

두 라프짱이 상태 이상에 약한 자들을 가리켰다.

필로의 부탁을 들은 모토야스가 외쳤다.

"알겠습니다—! 템테이션에 르상티망입니다!"

파팟 하고 모토야스가 커스 스킬을 내쏘자, 상처를 후벼 파는 것 같은 고통이 몰아쳤다.

빠직하고 결계가 파괴되는 느낌이 들었다……. 하지만.

당하지 않겠다는 듯 비슷한 감각이 스쳤다.

"이건…… 틀림없어. 비슷한 스킬을 쏴서 무력화시킨 거야!"

"빌어먹을……."

"당장 재영창하는 건 힘듭니다, 장인어른. 이 모토야스, 힘이 되어 드리지 못해 분할 따름입니다."

저 자식들, 도대체 얼마나 많은 스킬을 완비하고 있는 거냐.

"중력검!"

"브류나크!"

"피어싱 샷!"

용사들이 저마다 요격해 준 덕분에 큰 피해는 입지 않았다.

더불어 앞쪽에 도사리고 있는 병사들은 그렇게까지 강하지는 않았다.

아마 레벨 한계돌파를 한 것은 일부뿐인 것이리라.

하지만 그 병사들도 얕잡아 볼 수는 없었다.

썩어도 준치라고, 녀석들도 대국의 병사들이다. 레벨과 훈련도가 높은, 우수한 병사들일 것이다.

그래 봤자 기껏해야 레벨 100 전후겠지만.

아까 그 자리에 있던 여자들만 한계돌파의 혜택을 받았을 게 틀림없다.

그 점을 고려하면, 현재 더 위협적인 건 뒤에서 날아드는 총탄이었다.

"아죠—!"

"하앗!"

"에잇!"

할망구와 라프타리아, 포울이 기를 『점』처럼 응축시켜서 여자들의 공격을 요격하고 있었다.

다만, 힘의 소모가 심했다.

"한 번 더."

윈디아가 가엘리온에 올라타고 영창을 보조해 주기 시작했다.

"이 누나도 힘을 보태 줄게."

사디나도 도와주고 있는 모양이었다.

타쿠토가 벽을 박살 낼 기세로 스킬을 내쏘면 무사할 수 없을 것이다.

그렇게 하지 않는 이유는 쿨타임 때문이거나, 아니면 이제 자기 소유가 된 이 성이 더 이상 망가지는 게 싫어서일 것이다.

"전이 무효는 아직 해제 안 됐어?!"

"아까부터 시도하고 있어!"

필로가 조바심을 내며 대답했다.

"렌, 우리는 신경 쓰지 마라! 저런 비열한 자들에게 전설의 무기를 빼앗기지 않도록, 혼자서라도 도망쳐!"

"그럴 수는 없어!"

에클레르의 말에 렌이 격앙된 목소리로 대꾸했다.

젠장……. 전송이 불가능하다는 것만으로도 이렇게 답답해질 줄이야.

몸을 움직일 수 없는 나는 멍한 의식으로 그런 생각만 하고 있을 수밖에 없었다.

"하다못해 밖으로 나갈 수라도 있으면 가엘리온을 타고 도망칠 수 있을 텐데……."

"그랬다가는 요격당할 염려가 있어."

그렇게 계속 도망쳤지만, 병사들이 계속 앞을 막아서는 바람에 어느새 막다른 길에 내몰리고 말았다.

"유성검!"

막다른 길의 벽을 파괴하고, 그 너머의 복도를 따라 나아갔다.

렌의 행동력은 칭찬할 만하군.

"최후미는 우리가 맡습죠. 성인님들은 어서 도망치십시오!"

"나오후미 님, 저희만 믿으세요!"

할망구가 라프타리아와 포울, 에클레르를 거느리고, 후방에서 추격해 오는 자들의 발목을 묶어 주었다.

그 역할은 원래는 내가 맡았어야 할 일이었다.

하지만 그것까지 예측했었는지, 아오타츠 종 여자가 도사리고 있었다.

"타쿠토 님 말씀대로, 역시 여기로 왔구나."

"큭……."

주위를 둘러보니, 옥좌의 방에 있던 다른 녀석들도 보였다.

미리 대기하고 있었던 건가.

"뀨아!"

가엘리온이 두 번째 생추어리를 전개시켰다.

"소용없는 짓."

하지만 상대편 드래곤에 의해 또다시 저지당했다.

다람쥐 쳇바퀴 도는 듯한 패턴이 영원히 계속될지도 모르는 상황이다.

그래도 이곳을 빠져나가려면 전송의 힘을 빌리는 수밖에 없다.

포브레이의 성안은 적들이 수두룩하게 깔려 있다. 만에 하나 성문 밖으로 나가는 데 성공한다 해도, 이 나라 병사들은 물론 이고…… 국민들까지 적이 되어 도사리고 있을 가능성이 있다. 내가 적이었다면 그렇게 했을 것이다.

어떤 명목을 들이댈지는 모르지만, 녀석들은 틀림없이 쫓아 올 것이다.

중상을 입은 채 도망치는 우리 입장에서는 더없이 불리하다.

"생추어리!"

"그리핀 생추어리!"

"부우~!"

필로가 발을 동동 굴러서, 일이 생각대로 풀리지 않는 답답함 을 표현했다.

"힘의…… 근원인…… 우욱."

마법을 영창하려 했지만, 타쿠토에게 입은 상처가 워낙 깊어 서 의식을 집중할 수가 없었다.

그 공격…… 아니, 무기에는 저주가 걸려 있었을 것이다.

마법에 의한 부상 치료가 되지 않는다. 상태 이상에라도 걸린 것처럼 몸이, 의식이 유지되지 않는다.

"주인님!"

마법을 실패한 나에게 필로가 말을 걸었다.

할망구 일행이 싸우고 있는 뒤쪽에서 타쿠토의 목소리가 들려왔다.

"그만 포기하시지, 쓰레기 놈들."

"큭……. 누가 굴복할 줄 알고! 그 여자의 꼬드김에 넘어가서 고의적으로 봉황과의 싸움에 개입하고, 모두를…… 칠성용사를 죽인 네놈 따위에게!"

렌이 선두에 서서 이쪽을 돌아보며 선언했다.

"무슨 소리를 지껄이건, 네놈들에게 정의는 없어. 얌전히 죽어라!"

그렇게 타쿠토가 손톱으로 공격 준비를 했을 때——.

"다프—————————!"

파핫 하고, 전송 방해를 위해 주위에 전개되어 있던 성역이 해체되는 것이 느껴졌다.

벚꽃이 흩날린다. 이건…… 앵광수의 꽃잎인가?

지금까지 비교적 얌전히 있던 라프짱들이 꼬리를 크게 부풀리며 마법을 발동하는 순간이었다.

앵천결계와는 다른, 필로의 성역 마법과도 같은 무언가가 뻗어 나가서 상대의 방해를 상쇄시켰다.

"어——."

예상치 못한 복병의 행동에, 적들 사이에 빈틈이 생겨났다.

가엘리온과 필로가 생추어리 마법을 사용했으니, 두 번 영창하면 당분간은 별문제 없을 거라 짐작했었던 것이리라.

그런데 라프짱들이 의표를 찔러 영창한 마법 때문에 전송 스킬을 영창할 여유가 생겨났다.

"지금이다!"

렌, 모토야스, 이츠키가 각각 무기를 힘껏 움켜쥐고 전송 스킬을 영창했다.

"전송검!"

"포털 스피어!"

"전송궁!"

"놓칠 줄 알고?!"

타쿠토가 채찍을 꺼냈다.

그리고 후방에 있던 할망구와 라프타리아, 그리고 포울과 에클레르를 향해 천천히 휘둘렀다.

"바인드 휩!"

채찍은 마치 살아 있는 뱀처럼 재빨리 뻗어 나가서, 포울과 에클레르를 옭아맬 기세로 돌진했다.

"어림없어요!"

"라프타리아 문하생!"

도를 채찍 앞으로 내뻗어서 채찍이 도에 얽히도록 함으로써, 라프타리아는 채찍에 의한 결박을 방해했다.

"누님──!"

"라프타리아──!"

포울이 먼저 라프타리아의 이름을 외치고, 나는 몽롱한 의식 속에서 라프타리아를 불렀다.

"만약에 저에게 무슨 일이 생기면── 나오후미 님을 부탁드릴게요."

그렇다. 라프타리아는 마치 자신에게 무슨 일이 생기리라는 걸 알고 있었던 것처럼 포울에게 말하고, 축 늘어져 있는……
그저 지켜보고만 있을 수밖에 없는 나를 향해 미소 지었다.

"라……프……타리아…….."

가까스로 목소리를 내니 휘익 하고 허파에서 불길한 소리가
들려왔다.

움직여야 해. 안 그러면── 나는 또 소중한 걸 잃게 될 거야!
빨리!

"어서 도망치거라! 라프타리아 문하생!"

"하지만 이 기회를 놓치면 정상적으로 전송이 될지……. 하지
만──."

렌이 주저하는 목소리로 뇌까렸다. 지금 이 기회를 놓치면 곧
바로 다시 전송 방해에 걸린다는 걸 알고 있는 것이리라.

"여기서 도망치지 못하면…… 전멸이에요!"

"그래도……."

망설이는 렌을 라프타리아가 다그쳤다.

"빨리 나오후미 님과 동료들을 빼내지 않으면 희생자만 늘어
날 뿐이에요! 검의 용사인 렌 씨. 에클레르 씨의 설득 덕분에 깨
달은 당신의 결의를 여기서 끝내 버리려는 건가요?!"

"라프타리아! 하지만──"

"에클레르 씨도! 에클레르 씨라면 알 거 아니에요! 빨리요!"

"……렌. 내가 책임지마. 빨리 도망쳐야 해!"

"아니, 이 책임은 내가 질 거야. 나중에 나오후미 손에 죽는다
해도 나는 이 선택이 잘못된 거라 생각하진 않을 거야! 전송검!"

렌이 스킬을 완전히 작동시켰다.

라프타리아는 우리와 반대 방향으로 달려갔다.

"누니이이이이이이이이이이이이이임!"

"라프타리아아아아아아아아아아아아!"

포울과 나의 절규가 메아리쳤다.

그 직후, 나는 슥 하고 시야가 뒤바뀌는 것을 느꼈고, 그 시야마저…… 새까맣게 멀어져 갔다.

전송은 성공한 것이리라.

그것은 모토야스와 이츠키도 마찬가지였을 것이다.

다만…… 라프타리아는 전송에 포함시키는 데 실패해서 혼자 남겨졌다는 것이, 전송 후에 판명되었다…….

5화 정령

몸이 둥실둥실 떠 있는 것처럼 멍한 기분이었다.

갖가지 사람들을 통해 갖가지 모습들이 보였다.

중상을 입은 나와 여왕은, 렌을 비롯한 용사들의 포털을 통해 메르로마르크에서 가장 큰 치료원으로 후송되었다.

둘 다 부상이 심각했다.

스스로 보기에도 그렇게 느껴질 만큼 끔찍한 부상이었다.

"이거 심각하군요……. 중도의 저주에 걸렸습니다. 어서 의식마법 준비를!"

치료사가 선언하고, 사성교회에서 의식마법 술사들이 소환되

었다.

앞으로 갖가지 수단으로 치료를 받게 되겠지.

"정신 차리세요!"

"그래, 정신 차려! 형!"

"주인님!"

"라프!"

부상당한 용사들과 사디나가 치료를 위해 다른 방으로 후송되었다.

다행이다. 나와 여왕을 제외한 나머지 사람들의 부상은 비교적 얕은 것 같았다.

이 정도면 얼마 안 있어 활발하게 움직일 수 있을 정도로 회복될 수 있을 것이다.

"이제부터 치료를 시작하겠습니다. 여러분도 각자 부상을 치료하세요."

필로와 포울이 마지막 순간까지 연신 나를 소리쳐 불렀다.

여기서 한 번 시야가 어둠에 잠겼다.

그리고 그 뒤에 눈에 들어온 것은 여왕과 쓰레기였다.

여왕의 부상은 워낙 심각해서, 누가 보더라도 죽음이란 두 글자를 떠올릴 수밖에 없을 것 같았다.

"⋯⋯쿨럭!"

쓰레기는 부축받아 들어온 여왕의 손을 꼭 붙잡은 채 기도하고 있다.

"이그드라실 약제 투약을 개시, 그와 동시에 드라이파 힐, 고농도 성수를 사용, 더불어 의식마법 발동을——."

치료사가 상처에 대고 회복 마법을 걸면서 의사처럼 연신 지시를 내렸다.

상대가 여왕인 만큼, 상당히 고도의 치료를 받고 있었다.

그러나 그 치료들은 아무런 효과도 보이지 못했다.

"이런 지독한 저주가……. 지난번에 방패 용사님이 걸렸던 저주에 필적할 정도라니——."

"방패 용사님께는 생명력이 있었지만…… 여왕님은……."

"밀레리아."

쓰레기의 말에 반응한 건지, 여왕은 천천히 눈을 떠서 쓰레기 쪽을 쳐다보았다.

"목소리와…… 대화는…… 듣고, 있었습니다."

"말씀하시면 안 됩니다, 여왕님!"

치료사는 치료를 하면서 주의를 주었다.

하지만 여왕은 천천히 고개를 가로젓고 대답했다.

"알고 있습니다……. 저는 살아남을 수 없는 거지요?"

"그, 그건……."

쓰레기가 말을 얼버무리는 치료사를 매섭게 쏘아보며 벌떡 일어섰다.

"무슨 소리를 지껄이는 거냐! 지금 네놈이 치료하고 있는 건 이 나라의 여왕이다! 치료사라면 목숨을 걸어서라도 고쳐야 할 것 아니더냐!"

"무리한 명령을…… 하시면 안 됩니다."

여왕은 힘없는 목소리로 쓰레기를 타일렀다.

쓰레기의 심정이 이해가 간다는 게 영 찜찜했지만, 나는 지금 쓰레기가 어떤 기분일지 공감할 수 있었다.

지난날, 아트라를 잃었을 때의 경험과 겹쳐 보였기 때문이다.

소중한 사람이 영영 떠나 버린다는 것에 대한 슬픔.

무력한 자기 자신에 대한 실망, 그 원인을 제공한 자에 대한 증오.

그 모든 것들이 뒤섞여서, 아무것도 생각할 수 없게 된다.

"하, 하지만……."

"이건…… 천벌일지도 모르겠네요……. 무슨 수를 써서라도, 우리 나라를, 세계를 지키려 했던 저에 대한 벌……."

"아니야! 그건 절대 아니야!"

쓰레기는 여왕의 말을 필사적으로 부정했다.

"정말 그럴까요? 모든 게 다 저 때문일 것 같다는 생각만 드네요. 딸…… 마르티를 그런 아이로 기른 건, 저의 무능이 불러온 일이라고…… 생각할 수밖에 없는걸요. 일이 이렇게 된 것은…… 다 저의 안이한 판단 때문이었는지도 모릅니다."

"그건…… 내가, 내가……."

여왕을 잃게 된 원인이 자신에게 있다고 생각했는지, 쓰레기는 떨리는 목소리로 뇌까렸다.

여왕은 그런 쓰레기에게 말했다.

"채찍 용사…… 아니, 침략자는 아마 이 나라를 공격해 올 것입니다."

"……."

"지금 메르로마르크는 더없이 험난한 상황에 직면하고 있습니다. 하지만 불행 중 다행으로 이와타니 님과 다른 용사님들,

그리고 그 동료들이 있습니다."

"하지만 방패 용사는……!"

"당신도…… 알고 계시잖아요? 세계를 위해서는 과거의 원한을 버리고 앞으로 나아가야만 한다는 걸."

쓰레기의 눈에서 한 줄기 눈물이 흘렀다.

그것은 내가 염원했던 것, 그리고 포울이 기도했던 것과 같은 마음.

쓰레기가 신에게 무엇을 기원했을지, 나는 손에 잡힐 듯 선명하게 알 수 있었다.

"밀레리아…… 루시아……."

그리고 쓰레기는 조그맣게 아트라의 이름을 뇌까렸다.

"지혜의 현왕(賢王)이라 불렸던 당신이라면…… 희망을 찾을 수 있습니다."

"하지만…… 지팡이는 내 목소리에 대답해 주지 않아……!"

"아닙니다. 지팡이는 당신이 용사이기 때문이 아니라, 그 누구보다도 빼어난, 그 누구보다도 훌륭한 지혜를 갖고 있었기 때문에 힘을 빌려주었던 것입니다."

"……."

"저는 믿습니다. 열세에 처한 이 상황을 뒤집어엎을 수 있는…… 멸망해 가던 메르로마르크를 여기까지 끌어올렸던, 그 지략을……."

"나는…… 나는……!"

"후훗…… 이렇게 손안의 카드가 많으니, 이번에는 지혜의 현왕이 어떤 방법으로 세계를 깜짝 놀래켜 줄지 기대되는걸요?"

"밀레리아……."

"이 나라의 미래를, 부탁드릴게요. 부디, 이와타니 님과 함께 세계를…… 구해 주세요. 지팡이 용사님……."

여왕은 피를 토하면서도 쓰레기를 향해 미소 지었다.

"지혜로 가득한, 적대하는 자들 모두를 두려움에 떨게 만들던…… 그때 그 모습을 되찾으셔서…… 다시 한번 세계에 위용을 떨쳐 주십시오……. 나의 사랑하는…… 사람."

그 말을 마친, 바로 그 순간이었다. 여왕의 몸에서 완전히 힘이 빠져나간 것은…….

"여왕님!"

우당탕하는 소리와 함께, 치료 중이던 방에 국가의 중진들이 들이닥쳤다.

"포브레이가 전 세계에 선전포고를 했습니다! 세계는 포브레이에 의해 한 번 통일되어야 한다는 것이었습니다."

사태는…… 여왕이 생각했던 것보다 더 빨리 결론을 내려 움직이고 있었다.

다시 내 뇌리에 무언가가 나타난 것은 이틀 후.

"포브레이가 전면전쟁이라니 어떻게 그런 짓을!"

치료를 마친 렌과 동료들은 성에서 휴식을 취하던 연합군과의 회의에 참석했다가, 그 보고를 듣고 고함쳤다.

이 자리에 있는 자들의 얼굴은 하나같이 어두웠다.

포브레이라는 나라의 힘이 그만큼 강대하다는 건가.

무엇보다 렌과 용사들은 자신들보다 레벨이 3배는 더 높은 그들의 위력을 알고 있었다.

녀석들을 저지하고 싶다는 의욕은 강하지만, 그것이 어렵다는 것도 알고 있다.

"뭐 하는 짓거리인지, 그 비겁한 용사 놈……. 파도에 대비해야 하는 마당에 세계 정복 따위나 하고 있을 시간이 있을 거라고 진심으로 믿고 있는 거야?!"

"……아마 충분하겠지."

"장인어른과 필로땅. 게다가 우리 모두에게까지 그런 부상을 입힌 그 녀석을 난 절대 용서 못합니다!"

연합군들 역시 그런 세 용사들의 말에 동의했다.

포브레이에서 벌어진 사건은 연합군에게도 알려져 있었다.

실트벨트 측 사람들도 출석해 있었다.

겐무 종 노인과 바르나르도 와 있었다.

"나오후미는 치료 중……. 그런 상황에서 포브레이와의 전쟁이라……."

"네. 현재 포브레이는 전군을 동원해서, 메르로마르크를 제일 먼저 손봐 주겠다면서 이쪽으로 진군 중입니다. 그 진군 경로에 있는 나라들 중에 포브레이의 위광에 따르지 않고 반항한 자들은……. 신병기인 비행기에 의한 공중 강하와 폭약 공격을 얻어맞고 백기를 드는 상황입니다."

"맥없이 패배하는 데에는 그만한 이유가 있겠지?"

"네. 하늘을 날 수 있는 마물을 동원해서 공중전을 시도해 보기도 했습니다만, 비행기를 이용한 공격에는 손쓸 도리가 없어서……."

"보나 마나 조종사의 레벨이 상당히 높은 거겠죠."

"후에에……."

리시아가 평소의 입버릇을 흘리자, 이츠키가 리시아의 머리를 쓰다듬어서 다독였다.

렌이 쾅 하고 테이블을 주먹으로 후려쳤다.

"나오후미가 중상인 게 치명적이야……. 병세는 좀 어때?"

"썩 양호하지 못한 것 같아요. 생사의 경계를 몇 번씩이나 헤맬 정도로……."

"나오후미 씨……."

"용사의 무기를 빼앗는 능력을 가진 그 타쿠토라는 녀석, 대체 정체가 뭐야?!"

렌이 불퉁거린 바로 그때였다.

"새로운 소식입니다! 실드프리덴이 포브레이와 동맹을 맺겠다고 선언했습니다!"

"뭐라고?!"

"그리고 칠성용사인 타쿠토 앨서호른 포브레이가 민중들 앞에서 자신이 신의 아들임을 선언하고, 다수의 칠성무기를 소유할 수 있다는 사실을 공언했습니다!"

회의장에 출석해 있던 자들은 경악한 표정으로 의자를 박차고 일어섰다.

무난한 방법이기는 했다.

다수의 용사 무기를 사용할 수 있다는 건, 신들조차도 두려워하지 않는다는 뜻이거나, 신에게 사랑받고 있기 때문이거나, 혹은 그 둘 전부라는 얘기일 것이다.

이 세계에는 전설의 무기에 대한 신앙이 뿌리 깊게 박혀 있는 만큼, 그 점만으로도 특별한 존재로 받아들여지게 마련이었다.

용사를 살해한 자라 해도 말이다.

"게다가 자신이야말로 세계를 구원할 존재이며, 사성으로 소환된 자들은 악당이므로 사성용사를 토벌하겠노라고 각국에 선전하고 있습니다. 더불어 악의 칠성 중 네 명은 이미 숙청이 끝났음을 선언하기까지 했습니다!"

"그런 짓을 하고도 무사할 거라고 생각하는 거야?!"

"포브레이의 칠성교회는 이미 그 주장을 받아들인 것 같습니다. 하지만 포브레이 국내외를 불문하고 각지의 교회로부터 이의 제기가 쏟아지고, 반란이 발발했습니다. 그러나 용사의 가호를 받은 자들에게 힘으로 진압당하고 있는 모양입니다."

동시에 그림자가 실트벨트의 겐무 종 노인에게 뭔가를 속삭였다.

썩 반가운 정보는 아닐 게 분명했다.

"우리 나라도 어느 쪽에 붙을 것인지…… 이미 결정이 난 상태입니다만."

상황은…… 좋지 않은 쪽으로 진행되고 있었다.

"건틀릿 용사님은 어떻게 생각하시는지?"

"그건 나를 하쿠코로 보고 묻는 거야? 아니면 건틀릿 용사로 보고 묻는 건가?"

"방패의 신의 부하인 건틀릿 용사에게 묻는 것입니다. 그게 안 내키신다면, 우리 나라에서 스스로를 타일런 가 페온의 피를 계승한 자로 선언하시겠습니까?"

그렇게 말하는 노인의 태도는 마치 포울을 도발하는 것처럼 보였다.

"아트라 아가씨 일 때문에 국민들의 분노는 이미 극한까지 솟구친 상태입니다. 실트벨트를 대표하는 자를 비겁한 수로 살해한 포브레이의 용사는 절대로 용서할 수 없다면서……."

포울은 고개를 가로저었다. 그리고 또렷한 의지를 담아 말했다.

"나는 방패 용사가 재건한 마을을 지키는 건틀릿 용사야. 혈통 따위는 다음 문제야."

젠무 종 노인은 뜨거운 눈길로 포울을 쳐다보았다.

"그 마음가짐이야말로 우리가 기댈 기반이라는 걸, 건틀릿 용사님은 충분히 이해하고 계신 것 같군요."

바르나르가 그런 노인의 말을 이었다.

"그렇소! 용사님은 우리 동포들의 죽음에 눈물짓고, 분노해 주셨소. 우리 동포의 죽음을 초래한 비열한 자에게 굴복하는 것은 우리의 긍지, 그리고 신앙을 더럽히는 일일 뿐이오!"

연합군에 참가한 모든 아인들이 그런 두 사람의 말에 고개를 끄덕였다.

어떻게 용서할 수 있겠는가. 함께 싸웠던 자들을 살해한 만악의 근원을.

녀석에 대한 복수심을 불태우는 건 나뿐만이 아니다.

봉황과 싸우다가 죽어 간 모든 이들을 위해서라도, 녀석들을 용서할 수는 없다.

그런 의지가 이 자리를 가득 채웠다.

"……."

포울은 고요하게 회의장을 응시하고 있을 뿐이었다.

그 고요하면서도 의연한 모습은 포울 아버지의 예전 모습을 연상케 했노라고, 훗날, 겐무 종 노인이 감회에 잠긴 얼굴로 얘기하기도 했다.

"자, 그럼 이제 어떻게 움직일지……. 지혜의 현왕. 우리는 이미 나아갈 길을 확정했습니다. 그대의 현명한 아내가 남긴 뜻을 어떻게 이을 생각인지?"

렌이 회의를 속행시켰다.

"근본적인 의문점이 있어. 내가 보기에는, 녀석의 경력에는 뭔가 이상한 점이 있지 않은가 싶은데…… 그건 나 혼자만의 착각인가? 아무리 천재라고 해도 도가 지나치잖아. 비행기에 폭탄이라니……. 마치 우리 세계의 병기 같잖아."

"과거의 용사들이 이 세계에 남겨놓은 기술이 있으니까, 천재라면 그걸 재현해 내는 것도 불가능하진 않을 거예요. 하지만……."

이츠키가 말끝을 흐렸다.

"가능성을 생각해 보자면, 제가 살던 세계처럼 능력으로 능력을 빼앗는 것 정도겠죠. 제 세계에는 그런 능력을 각성한다는 내용의 소설이 많아요. 남의 능력을 빼앗아서 강해지기를 원하는 인물이 등장하는 얘기도 있죠. 그런 능력을 선천적으로 타고난 건지도 몰라요."

"그래, 이츠키가 그렇다면 정말 그런 건지도 모르지."

"지금까지 별로 두드러지지 않았던 건, 제가 아는 이야기 속에도 등장하는 것처럼, 원래는 사람들 눈에 띄기를 꺼렸다가 모종의 사건을 계기로 사람들 앞에서 그 힘을 사용하게 되는 식의 행동 패턴에 부합돼요. 제가 예전에 그랬던 것처럼."

이츠키는 고뇌에 찬 표정으로 렌에게 설명했다.

그것도 충분히 가능성이 있는 얘기인 것 같았다.

내가 아는 이야기 중에도, 너무 커다란 힘을 손에 넣은 주인공이 그 힘을 감춘 채 살아가는 얘기가 있었다.

대개는 이런저런 사건 때문에 들통 나는 게 보통인데, 그런 행동 패턴의 좋은 예가 다름 아닌 이츠키였다.

"용사의 무기를 빼앗고 다녔다는 게 들키면 곤란할 것 같다는 생각에 자중하고 있었던 거겠죠. 그러다가 이제 주사위가 던져졌으니, 이렇게 세계 통일을 위해 내달리기 시작했다……. 이런 식 아닐까요?"

"더불어 동료들이 다 여자인 걸 보면 예전의 모토야스 같은 사고방식을 갖고 있을 수도 있겠지. 그래, 아귀가 들어맞아. 이제 알 것 같아."

렌은 이제야 의문이 풀렸다는 듯 고개를 끄덕였다.

"영귀를 조종하던 이세계인인 쿄라는 분과 비슷한 경력을 갖고 있다는 것……. 좀 위험한 냄새가 나네요. 그나저나 지금은 포브레이와의 싸움을 어떻게 하느냐 하는 게 문제겠죠."

"쿠텐로의 기술……. 라프타리아 씨가 없으니 대신 루프트 씨를 대신 이용해서 축복을 걸고 아스트랄 인첸트를 사용하는 건 어떨까요?"

쿠텐로에는 레벨을 한 명에게 몰아주어서 저항할 수 있게 하는 기술이 존재했다.

게다가 성무기나 칠성무기의 힘을 약화시키는 힘까지 있다. 나쁘지 않은 작전이었다.

"그건 아마 어려울 거야. 스승님 말씀에 따르면, 앵천명석을 설치하고 기자재를 갖추어서 발동해야 한다고 했는데, 거기에도 레벨 상한선이 있어. 선전을 펼칠 수는 있겠지만, 단순한 레벨 싸움에서 밀리고 말 거야. 그리고 지난번에 이미 앵천명석 검으로 베어 보았지만, 그 녀석들에게는 별 효과가 없었어."

"경위가 어떻게 된 건지는 몰라도, 상대방 측에서 미리 대책을 세워 뒀던 걸지도 모르겠네요."

용사들과 연합군의 회의는 이렇게 계속되었다.

그리고 둥실둥실 떠 있는 것 같은 내 감각은 다음 장면으로 넘어갔다.

이번에는 어디인지 알 수 없는, 연신 깜박임을 반복하는 공간.

이곳은 어디인가.

나는 어떻게 주위의 상황을 감지할 수 있는 것인가. 나는 지금, 그것들을 가르쳐 주는 존재가 나타난 것을 깨달았다.

그러나 나는 그 모습을 보고 말문이 막힐 수밖에 없었다.

"아트라와…… 오스트잖아?"

"네."

내가 본 것은, 분명히 죽은 줄만 알았던 아트라와 오스트가 공중에 떠 있는 모습이었다.

나는 그들이 진짜인지 아닌지를 확인하기 위해서 다짜고짜…… 아트라를 끌어안았다.

"아아……. 소원이 이루어졌어요……. 나오후미 님—."

이건 진짜의 반응이다.

그나저나, 이 녀석은 죽어서도 달라진 게 없군.

뭐, 내 기억이 보여 준 환상일지도 모르지만.

그러자 옆에 있던 오스트가 후훗 하고 웃었다.

"이 분은 오스트 씨라는 분이에요. 나오후미 님의 근사한 면을 깊이 이해하고 계신 분이죠. 자, 나오후미 님, 더 껴안아 주세요."

"아트라, 진정해! 혹시 여기는 저승인가 뭔가 하는 세계야?"

지금까지 영혼만으로 주위 상황을 인식했었던 걸까.

보고 들은 상황으로 보아 내 몸도 아직 살아 있는 것 같긴 했지만, 뇌사 상태 같은 것이었는지도 모른다.

이렇게 처참하게 당한 채로 죽어 버리기는 싫은데.

그나저나, 나는 죽으면 지옥에 떨어질 줄 알았는데, 죽은 자의 나라는 이렇게 생겼었구나.

설마 이런 어중간한 공간이 천국일 리는 없겠지.

"여기가 죽은 자의 나라인지를 여쭤보신 거라면, 정답은 '아니오' 예요. 굳이 표현하자면 방패의 세계…… 아니, 전설 무기의 세계라고나 할까요?"

오스트가 미소 띤 얼굴로 대답했다.

"호오……. 그랬군. 아트라, 아프지는 않아?"

"네, 끄떡도 없답니다."

아트라의 대답에 나는 안도했다.

그러고 보니, 아까 보였던 광경들은 하나같이 용사가 있는 장면들이었던 것 같았다.

렌, 모토야스, 이츠키, 포울, 리시아, 쓰레기.

모두 용사로 선정된 녀석들이었다.

"그 채찍의 칠성용사가 있는 곳도 볼 수 있어? 빼앗겨서 그렇게 된 거지만, 현재 방패를 갖고 있는 건 그 녀석이니까."

"네. 단, 방패는 빼앗긴 게 아니에요."

"엉? 하지만 강탈당한 건 사실이잖아?"

"고작 그 정도 힘으로 사성무기를 완전히 차지할 수는 없어요. 기껏해야 표층 부분 정도. 그래서 무기의 본래 성능도 발휘하지 못하고 있는 것 같아요."

"네, 정식으로 선정 받은 사성무기를 그런 힘으로 빼앗을 수있을 리가 없지요."

타쿠토의 무기를 경유해서 과거의 사건들이 재생되었다.

진군 도중에 타쿠토에게 저항하는 나라가 있으면, 그 왕족이나 대표를 붙잡아서…… 공개 처형하고 있는 모양이었다.

"끄아아악…… 건방진 놈들! 언젠가 사성의 신벌이 내릴 줄알아라!"

장군 같은 초로의 남자가 뜨거운 철판 위에 내동댕이쳐져서온몸이 구워져 버릴 만큼 끔찍한 화상을 입으면서도 기력을 쥐어짜서 일어나서는, 실실 웃으며 처형 장면을 구경하고 있던 타쿠토와 여자들을 삿대질하며 고함쳤다.

그곳에는 그 장군의 딸도 있는 것 같은데…… 뭔가 분위기가이상하군.

넋이 나간 눈으로 타쿠토에게 몸을 기대고 있었다.

"아빠…… 혼약을 인정해 줘서 기뻐요. 드디어 올리와의 결혼을 허락해 주시다니."

"내가 올리라는 놈은 다 잊게 만들어 주지. 그나저나, 그 올리라는 놈이 이 여자의 처녀를 지켜 주고 있었던 건 엄청난 수확이었어!"

환술 같은 걸 걸어서 타쿠토를 약혼자로 위장하는 식으로 딸을 속이고 있는 게 분명했다.

"딸의 행복을 생각할 줄 모르는 놈은 존재 가치도 없어!"

"개소리 마라아아아아아아아아아아아!"

"타쿠토 님이 무조건 옳아! 이 아이는 행복해질 테니까 걱정 말고 죗값을 치르라구."

"그 목숨으로 말이야."

타쿠토의 여자들과 윗치가 그 광경을 보며 싱글싱글 웃고 있었다.

딸 앞에서 부모를 처형하다니……. 게다가 그 딸을 차지하겠다고 부모 앞에서 선언하기까지 하다니……. 뭐 이런 사악한 놈이 다 있어!

"신의 아들인 타쿠토의 뜻을 거스른 건 중죄! 죄에는 벌을!"

"하하하하! 고지식하게 아직까지도 그 쓰레기 용사를 신봉하는 놈들은 살아 있을 가치도 없단 말이다! 시대는 낡은 전설이 아니라 새로운 바람이 만들어 내는 법이라고!"

만들어 내긴 뭘 만들어 낸다는 거냐!

"라프타리아는……?"

"다소 과거의 일입니다만……."

처형 풍경이 지나가고…… 라프타리아가 감옥에 갇혀 있고, 타쿠토와 여자들이 감옥에 찾아오는 장면이 나타났다.

그리고 뭔가 달콤한 말을 속삭였지만, 라프타리아의 마음이 바뀌는 기색은 없었다.

타쿠토는 느끼한 표정을 지으며 떠나갔다. 잠시 동안, 포박당한 라프타리아 혼자만이 실내에 남겨졌다.

내심 초조해하던 바로 그때!

라프타리아의 몸…… 아니, 도가 빛을 내뿜고, 그 모습이 사라졌다.

전이했잖아? 대체 어디로?!

라프짱 2호가 이쪽을 향해 손을 흔들고 있었다.

그리고 라프짱 2호가 감옥 구석에 숨어 있으려니, 윗치 패거리가 나타났다.

……?

아, 라프짱 2호의 꼬리가 부풀어 올랐다. 뭔가 마법을 건 모양이었다.

그 후에…… 윗치 패거리는 어째선지 자기들의 동료 중 한 여자를 결박한 채 끌고 가서 고문하기 시작했다.

보아하니 환각 마법을 이용해서 그 여자를 라프타리아로 인식하게 만든 모양이었다.

"이쪽은 볼 필요가 없을 것 같습니다만."

"아니, 라프타리아가 걱정돼."

"라프타리아 씨는 당연히 무사할 테니 걱정 마세요. 고작 이런 고난도 못 이겨낼 정도였다면, 나오후미 님은 이미 내 것이 됐을 테니까요."

하긴…… 그 말이 맞다. 그런데 어쩌다 그런 신뢰 관계가 생긴 거야?

"라프타리아는 어디로 갔지?"

"아마 라프타리아 씨가 갖고 있던 무기의 세계일 거예요."

그 말은, 키즈나 쪽 세계로 소환된 덕분에 위기를 벗어났다는 뜻이 되겠군.

괜찮은 걸까? 당장에라도 데리러 가고 싶은 심정이었다.

"그런데? 나는 왜 이런 곳에 있는 거지?"

"나오후미 님께 힘을 빌려드리고 있는 방패의 정령님이 초대하신 거예요."

"호오…… 그 저주받은 방패 말이야?"

"그래요. 저주받은 방패죠."

"방패의 정령님이 좀 불쌍해지네요."

오스트와 아트라 사이에서 빛 구슬이 오르락내리락한다.

이게 방패의 정령인가? 빛이 영 미덥지 못한데.

내 마음이 전해진 건지, 움직임이 약간 커졌다.

"억울하다고 항의하고 있네요."

"그래? 일단 한 대 후려치고 시작하자."

자기한테 유리한 곳으로 소환시킨 죗값을 치르게 해 주마.

"그 기분은 저도 충분히 이해해요. 하지만 이 영역까지 오는 데 성공한 용사는 초대 방패 용사 이후로 나오후미 님이 처음이

래요."

"아, 그러셔? 그런데 그 방패의 정령이 무슨 일로 날 소환한 거지?"

"이와타니 님의 결단을 바란다고 하십니다."

방패의 정령과 비슷한 빛 구슬들이 주위로 몰려왔다.

아마, 이것들이 바로 무기의 정령이리라.

하나, 둘, 셋…… 왜 14개나 있는 건데?

그 가운데 색깔이 다른 것은 방패의 정령을 포함한 4개. 색깔은 같지만 빛나는 정도가 다른 것이 8개. 칠성무기라고 생각하기에는 하나가 더 많잖아. 게다가 빛이 약한 게 5개나 된다.

그리고 그 두 종류 중 어느 쪽과도 다른 색을 가진 빛이 두 개. 이것들은 뭐지?

"나한테?"

"네. 솔직하게 말씀드리자면, 방패의 정령님께서는 세계의 앞날에 관한 사명을 포기하는 것도 하나의 선택지가 될 거라 제안하셨습니다."

"포기……?"

"네. 그러니까 나오후미 님께 드릴 보상을 미리 지급하는 게 좋을지 어떨지를 여쭤보기 위해, 이렇게 모셔 온 것입니다."

"보상……."

"무사히 세계를 구해 낸 용사, 혹은 파도를 이겨낸 용사에게 전설의 무기가 증정하는 보상이라나 봐요."

아트라는 공중에 떠 있는 빛의 목소리를 거듭 경청하고 내게 전달해 주었다.

세계를 구해 낸 것에 대한 보상이라.

그런 건 처음부터 얘기해 줬으면 좋았을 것을.

"우선 첫 번째, 원래 세계로 귀환하는 것. 이 경우의 보상은, 원래 세계에서 뭐든지 세 개의 소원을 이루어 주는 거라고 하네요."

"뭐든지 다 들어준다니……."

"나오후미 님 쪽 세계의 인과율이라고 하나요? 그런 걸 건드려서 어지간한 건 다 이룰 수 있다고……. 부자가 되거나, 좋은 직장을 얻어서 평생 고생 없이 살 수도 있다는 모양이에요. 다만, 아무리 그래도 불로불사 같은 건 안 된대요."

"호오……."

"단 이번 경우에는 중도 이탈이라 그렇게까지는 안 될 거래요. 기껏해야 마음에 드는 사람을 데려갈 수 있게 해 주는 정도밖에 안 된다나 봐요."

"아트라, 너는?"

"저는 항상 나오후미 님 곁에 있을 거예요. 당연히 나오후미 님의 세계로 따라가겠어요."

흐음……. 이 정도면 나쁘지 않은 보상인데?

오스트 쪽을 쳐다보니 그녀는 쓴웃음을 짓고 있었다.

"저는 그렇게까지 접점이 많지는 않았으니 저까지 신경 쓰실 건 없습니다."

"뭐, 다시 재회한 걸 반가워하는 선에서 끝내는 게 좋겠다는 거지?"

"저는 항상 방패 안에 살아 있습니다. 영귀니까요."

겸허하기도 해라……. 마음씨는 참 좋아 보인단 말이지.

"혹시 너를 사역마 같은 걸로 만들어서 어떻게든 방패 밖으로 빼낼 수는 없는 거야?"

오스트는 어째선지 라프짱 2호가 보이는 영상 쪽으로 눈길을 돌렸다.

······저 라프짱 2호, 뭔가 구조적으로 비밀이 있을 것 같은데.

"할 수는 있을 것 같지만······ 사양하겠습니다."

"그래······."

생각을 본론으로 되돌린다. 실제로 나는 원래 세계로 돌아가길 원하니까, 이보다 좋은 조건은 없었다.

"원래 세계로 돌아가서 싸움을 잊고 평화롭게 살아가는 게 어떻겠느냐 하는 것이 방패의 정령님의 제안입니다. 물론 라프타리아 씨와 같이 간다 해도 문제가 생기지 않도록 해 주겠다고 약속하셨습니다. 다만······ 라프타리아 씨 쪽 정령과 교섭하는 게 좀 귀찮다고 하시는군요."

"왜 라프타리아 얘기가 나오지?"

"아닌가요? 라고 방패의 정령님이 말씀하셨습니다."

"그야 뭐······."

라프타리아와 함께 내 세계로 가서 계속 같이 있을 수 있다면 그것도 나쁜 선택은 아니다.

물론 라프타리아의 심정도 중요하지만, 본인도 나를 좋아한다고 했으니까.

나이 차이는 좀 있지만 외모만 보면 어른이기도 하고, 방패의 정령이라는 녀석이 문제 발생을 막는 조치를 취해 준다고 하지 않던가.

그래, 지금까지 최선을 다한 것에 대한 보상으로서는 정말로…… 나쁘지 않다.

"다른 선택지도 가르쳐드리지요."

오스트가 말을 이었다.

"두 번째. 이 세계에 남아서, 용사로서 칭송받으며 영주하는 것입니다. 이건 대다수의 역대 용사님들이 택하신 선택지라고 하는군요."

뭐, 나는 이해하기 힘들지만 별 탈 없이 용사로서 활약했던 녀석이라면 이해가 간다.

사실 이세계의 더러운 현실을 몰랐더라면 그야말로 최고의 대우였을 테니까.

"그건 보상이 아닌 것 같은 느낌도 드는데?"

"사람들을 위해서 싸우고, 스스로의 입지를 구축하고, 스스로의 손으로 구한 세계가 그 무엇보다 찬란한 보상이 아닌가 하는 것이 정령님의 말씀입니다."

"누가 지금 그런 말장난이나 듣고 싶대?!"

여유만만하잖아, 이 방패!

나 원 참……. 나는 그런 감언이설에 걸려들 만큼 인격자가 아니라고…….

"세 번째는, 일단 원래 세계로 돌아갔다가 다시 이 세계로 돌아올 수 있는 권리입니다."

"그거, 의미가 있긴 한 거야?"

"글쎄요……."

아…… 그래도 왕복할 수 있다면 나쁘지 않을 수도 있겠다.

원래 세계에서 해야 할 일을 마치고 여기서 영주하는 패턴.

이해가 안 가는 건 아니다. 나는 이 썩어 빠진 세계에서 살 생각 따위 없지만.

문득, 마을 녀석들의 미소가 떠올랐다.

돌아가고 싶은 건 사실이다.

하지만——

"물어보고 싶은 게 한둘이 아니야."

"어떤 질문이신지?"

"지금 당장 선택해야 하는 거야?"

"……네, 그런 것 같습니다. 지금 하지 않으면 타이밍상 문제가 있어서, 그야말로 세계가 평화를 되찾을 때까지는 불가능하다고 하는군요."

지금 바로 돌아갈 수 있다.

게다가 키즈나 쪽 세계로 가 버린 라프타리아까지 데려갈 수 있을지도 모른다.

"왜 하필 지금 그런 얘기를 하러 나타난 거지?"

내가 속아 넘어갈 위기에 빠졌을 때도, 괴로울 때도, 죽음의 위기에 직면했을 때도, 그 어떤 때도 이런 짓은 하지 않았었다.

그러다가 이제 와서 그런 조건을 제시하다니, 거기에 대체 무슨 의미가 있다는 거지?

"솔직히…… 나오후미 님은 지금까지 소환된 그 어떤 방패 용사님보다도 가혹한 운명에 농락당했다고, 방패의 정령님은 그렇게 말씀하셨습니다."

방패와 같은 색깔의 정령이 근처에서 빙글빙글 돌아다니는 게 보였다.

그것 참 영광이군.

"우리 전설의 무기들은 적과의 싸움에서 너무 많은 힘을 소모
했다. 이미 종말의 날에 싸울 수 없는 상태가 됐는지도 모른다.
그러니 하다못해 본의 아니게 소환된 용사라도 멸망해 가는 세
계에서 구해 주는 것도 하나의 방법일지도 모른다……. 방패의
정령님은 그렇게 말씀하셨습니다."

"나 참, 이제 와서 생색이라도 내겠다는 거냐."

"빈사 상태에 놓여 계신 것도 이유 중 하나라고 하셨습니다.
검, 활, 창의 용사님들도 빈사 상태에 빠지면 의견을 물어보실
거라고 하시는군요."

"만약에 내가 돌아가는 걸 선택하면 마을 녀석들이나 이 나
라…… 세계는 어떻게 되지?"

"아마…… 멸망할 거라고 하네요."

모두를 다 데려갈 수는 없다.

그러니까 내 세계에 데려갈 수 있는 건…… 라프타리아와 아
트라뿐이다.

만약에 내가 라프타리아에게 '이 세계를 버리고 사람들과 작
별해 줘.'라고 말한다면 라프타리아는 어떤 표정을 지을까?

그리고…… 나는…… 아트라가 죽기 전에 남겼던 말을 떠올
렸다.

"나는…… 지금은 안 돌아갈 거야. 세계를 구한 뒤에, 스스로
납득할 수 있는 형태로 돌아갈 거야."

돌아가고 싶었다.

하지만 지금 내게는 지켜야 할 녀석들이 있다.

용서할 수 없는, 물리쳐야만 하는 녀석이 있다.

그러니까 스스로 납득할 수 있을 때까지 남을 것이다.

무엇보다, 이 제안 자체가 진짜인지 아닌지도 의심스러웠다.

지금 당장 돌아가겠다고 하면, '너는 용사가 아니다'……라는 식의 배드 엔딩에 걸려들지도 모른다.

나란 놈도 게임에 지나치게 오염된 것 같군…….

내가 시답잖은 생각에 잠겨 있으려니, 방패가 있던 곳이 아련하게 빛나기 시작했다.

방패의 정령이라는 녀석이 기뻐하고 있는 건가?

"정말 괜찮으신 거죠? 만용은 스스로의 파멸과 직결되는 법입니다. 후회는 없습니까?"

"후회가 없다고 하면 거짓말이겠지. 하지만 돌아가서 후회하느니, 남아서 후회하고 싶어. 등에 짊어진 게 너무 많아……. 수레 없이는 돌아갈 수 없어."

무거운 짐도 수레에 실으면 손쉽게 돌아갈 수 있다.

나는 도보로 탈락하는 것보다는, 수레를 끄는 베스트 엔딩을 선택했다.

라프타리아를 데려갈 수 있다면, 라프타리아 본인에게 선택권을 맡기고 싶었다.

그리고 나는 그 마을 녀석들의 행복을 지켜보면서 돌아가고 싶은 것이다.

정말이지 성가신 짐들을 너무 많이 떠안았군……. 하지만 그게 싫지는 않았다.

"역시 방패의 정령이 선택한 용사라고, 다른 정령님들이 말씀하고 계세요."

"그래, 그래. 그 대신 이것저것 가르쳐 주기나 해."

나는 내가 품고 있던 몇 가지 의문점을 방패의 정령이라는 녀석에게 물어볼 생각이었다.

이 세계는 나에게 일부러 숨기기라도 하는 것처럼 의문투성이니까.

"먼저 물어볼 건…… 그래, 왜 나를 소환한 거지?"

"그건 나오후미 님이 용사의 자질을 갖추고 계시기 때문이라나 봐요. 결과론적인 얘기지만, '어떤 역경 속에서도, 피를 토하면서도 앞으로 나아가는 나오후미 님을 선택한 건 올바른 판단이었다.' 라고 그러시네요."

사성의 영령들이 크게 움직여서 뭔가를 어필하려 하고 있었다.

그중에서도 방패의 정령은 어쩐지 거만하게 가슴을 쫙 펴는 것 같은 느낌이었다.

"피를 토하다니……. 그게 다 누구 때문이었는데!"

나 원 참……. 그나저나, 용사의 자질이란 말이지.

그런 소리를 들으니 기분이 좋긴 하지만, 그런 말을 듣고도 뭔가 꿍꿍이가 있는 것 아닌가 의심하는 나에게 용사의 자질이 있다고? 하는 생각도 들었다.

"검, 창, 활의 정령님들이 방패의 정령님에게 야유를 퍼붓고 있어요. '늘 너만 제1후보를 감쪽같이 소환해 버리잖아.' 라면서요."

"그런 식으로 말하면 다른 녀석들은 뭐가 되는데?"

제1후보는 또 뭐야. 뭔가 입시라도 치르는 것 같잖아.

"흠흠…… 대충 제3후보 정도라는 모양이에요."

렌과 모토야스, 이츠키는…… 이른바 안전빵이라는 건가? 이건 본인들한테는 말 못하겠군.

그나저나 제일 문제가 많을 법한 내가 제1후보였다니, 이 녀석들 머리는 괜찮은 건가?

아니, 너무 까다롭게 굴기보다는 적당한 선에서 타협한 건지도 모른다. 내가 왈가왈부할 일은 아니겠지.

"제1후보를 소환하는 데 성공해도 금방 죽어 버리는 경우도 많다나 봐요. 그러니까 꼭 제1후보가 최선이라고 단정할 수는 없다고 말씀하셨어요."

그러고 보니, 실트벨트에 가면 음모에 휘말려 죽을 위험성이 있었다고 그랬던가?

별 기대를 받지 못했으면서도 크게 성장한 용사도 있을 테니까, 후보의 순위는 그리 중요한 게 아니라고 보는 게 옳겠지. 그런 의미에서는, 렌과 다른 용사들도 지금까지 살아남은 걸 보면 결과적으로 나쁜 인선은 아니었던 건지도 모른다.

"제3후보라는 건, 용사의 자질은 높은 것 같지만 커다란 문제점도 안고 있었기에 그렇게 된 거라는 모양이에요."

"아아, 그러셔……. 그래서?"

"당연한 의무로서, 보상을 지불할 때는 죽음을 면제받게 된다고 합니다."

하긴, 녀석들은 소환되기 전에 죽었으니까, 그건 필수사항이겠지.

기껏 고생해서 이 세계를 구했는데 원래 세계로 돌아가자마자 죽어 버리면 억울해 미칠 일일 테니까.

"그 논리로 따지면 나도 큰 문제점을 안고 있는 것 같은데."

내 대답에 방패의 정령은 둥실둥실 위 아래로 움직였다.

뭐지? 뭔가 비웃음을 받는 것 같은 느낌인데?

"'남을 지키는 게 숙명인 방패의 정령이 사람을 잘못 볼 리가 없다. 방해에 굴할 리는 더더욱 없다.' 라고 하시네요."

방해? 뭔가 사태의 원인을 알고 있는 것 같은 말투잖아.

이것도 조사해 봐야겠지.

"이해하지 못하시는 것 같지만, 방패의 정령님은 나오후미 님이 가장 적임자라 판단하고 소환하신 거예요. 나오후미 님은 자부심을 가지셔도 돼요."

"그건 알았어. 그것 말고도 더 물어보고 싶은 게 있어. 가르쳐 줘."

"아무래도 전설의 무기는 자신들의 역할이 아닌 것에 관해서까지 자세하게 이해하고 있는 건 아니라는 것 같은데, 그래도 괜찮겠어요? 라고 하시네요."

"아아, 상관없어. 그 방해라는 건 뭐지?"

"전설의 무기가 원래 맞서 싸워야 할 적이에요."

"그게 누군데?"

"거기까지는 모른다는 모양이에요. 당해 낼 수 있는 차원이 아닌, 세계를 잡아먹는 존재. 그 존재가 세계에 침입하는 것을 막는 게 용사의 역할이라나 봐요."

"못 들어오게 먼저 안에 틀어박혀 있는 식으로?"

"적어도 세계를 관장하는 사성 정령보다 더 강력한 힘을 가진 존재라는 건 분명하다……라는 모양이에요."

으음……. 수수께끼가 점점 늘어나는데.

"하여간에. 파도에 의해 세계가 융합됐을 때 세계가 파열돼서 멸망하도록 뒤에서 조종하는 존재가 있다는 거지?"

세계를 잡아먹는 존재라고 가정해 두는 게 좋을 것 같군.

게임 풍으로 표현하자면 절대로 이길 수 없도록 제약이 걸려 있는 캐릭터……라고나 할까.

그런 녀석의 의도대로 되지 않도록 세계를 지켜야 한다는 얘기겠지.

"네. 어디까지나 예측일 뿐이지만요."

오스트가 긍정하고, 아트라가 설명했다.

"이번의 적도 그 첨병일 거예요. 건틀릿도 사전에 모종의 방해를 받아서, 방패의 강화방법을 전달하는 부분에 장해가 발생한 걸 발견했다고……. 책의 권속기 소지자도 같은 경우를 겪었다나 봐요."

강화방법 도움말이 안 나왔던 게 그거였구나!

이것도 배후에 있는 적이 방해한 탓이었던 거냐!

그나저나…… 그럼 쿄도 적의 첨병이었던 거군! 이제야 납득이 갔다.

둘 다 성격이 완전 판박이잖아!

방패의 정령이라는 녀석이 둥실둥실 움직여서 존재감을 어필했다.

"진정으로 원하신다면 방패의 정령님도 나오후미 님의 각오에 부응하실 거예요. 이제 다시는 그 정도 공격에 당하는 일은 없을 거예요. 아니, 그런 잔챙이 따위는 이제 상대도 되지 않을 거예요."

"호언장담하는 거야 좋지만……."

휴웅 하고 다른 정령들이 방패의 정령 앞으로 다가와서 자신들의 존재를 어필했다.

같은 색깔의 여덟 정령 가운데 하나도 색깔이 다른 두 개를 가로막듯이 앞으로 나서서 뭔가를 주장하고 있었다.

"나오후미 님은 그 가짜를 손수 처단하고 싶으신가요?"

"뭐, 할 수만 있다면."

"이 정령님이 나오후미 님에게 일시적으로 힘을 빌려주겠다고 하십니다. 그 경우, 방패의 정령님을 다시 불러낼 때까지는 방패의 제약을 중단시킬 수도 있습니다."

"그 말은…… 내가 방패 이외의 다른 무기로도 싸울 수 있게 된다는 거야?"

"네, 원하는 때에 방패를 불러내 주십시오. 다른 칠성용사님들의 허가만 있으면, 그때까지는 해당 무기로 싸울 수 있을 것입니다."

"단, 완전히 부활하려면 그 잔챙이에게 빼앗긴 무기를 되찾는게 좋을 거예요."

정령들이 주위를 떠다니면서 힘을 빌려주자, 그 정령이 어떤 무기인지를 알 수 있었다.

그리고 그 채찍 용사…… 아니, 세계의 이물질을 제거하기 위한 방법도 전해져 왔다.

그렇군, 정공법으로 처치하려면 이렇게 해야 한단 말이지?

하긴 이러면 이길 수 있겠지.

아니, 지난번에는 아트라를 잃고 시야가 좁아져 있었던 탓에 이기지 못했던 것이다.

이제는 이길 수 있다.

"'부디, 내 소유자를 다시 일어설 수 있게 해 줘.' 라고 말하고 있습니다."

"나는 내 나름의 격려밖에 못해 줘. 결과는 기대하지 마."

"사성이나 칠성은 아니네요. 붙잡혀 있는 다섯 개의 권속을 그런 적으로부터 해방시켜 주세요."

"알아. 그 방법도 이해했어. 마지막으로…… 내가 이세계로 올 때 읽었던 사성무기서라는 책…… 그건 뭐였지?"

"약간의 미래 예측이 기록된 서적이자 이세계의 문이라나 봐요. 예측은 완전히 빗나가 버렸다지만요."

아트라와 오스트가 정령들과 함께 두둥실 떠올랐다.

"저는 언제나 나오후미 님과 함께하겠어요."

"아트라……. 나는 너를 지켜 주지 못했어."

"나오후미 님."

"왜 그래?"

아트라가 나를 향해 미소 지었다.

"제가 한 말을 계속 마음속에 담아두지 마시고, 나오후미 님은 있는 그대로의 모습으로 지내 주셨으면 해요."

"그건, 네가 죽은 후의 내 모습을 보고 하는 말이야?"

"네. 저는 나오후미 님이 무리하시는 모습을 보면 너무 괴로우니까요."

"그거야말로 무리한 부탁이군……."

있는 그대로라니, 내가 생각하기에도 나는 엄청 거만하고 인간 불신에 빠진 남자라고.

그러면서도, 나를 좋아하는 상대의 마음을 받아들이라는 터무니없는 난제를 던지다니…….

하지만 아트라가 이렇게 얘기하는 이상…… 주야장천 그 말에만 매달려 있으면 안 되겠지.

하하……. 죽은 아트라에게 설교를 듣는 신세가 될 줄이야.

"알았어. 목숨을 바쳐서 나를 지켜 준 아트라의 말이니 들어줘야지."

"그래야 나오후미 님이시죠! 저나 라프타리아 씨 수준으로 나오후미 님에 대한 사랑을 드러내는 사람이 있다면, 받아들여 주도록 하세요."

"그 조건이라면…… 해당자가 별로 없을 것 같은데."

아트라나 라프타리아 수준으로 나를 좋아해 주는 녀석이……그렇게 여럿 있을 리가 있나.

"후후후. 라이벌은 발에 차일 만큼 많답니다."

"그런 것치고는 여유만만한데."

"저는 이미 나오후미 님의 방패가 됐으니까요. 여유 만만한 게 당연하죠."

아트라다운 말이군. 나도 모르게 미소가 떠올랐다.

"그래."

나는 아트라에게 손을 뻗어서…… 아트라의 손에 깍지를 꼈다.

그 살결에 닿으니, 슬프지도 않은데 눈물이 났다.

"다시 만날 수 있을까?"

"항상 곁에 있을게요."

오스트도 같이 손을 잡았다.

"저희는 세계를 위해 싸우는 당신 곁에 항상 함께하고 있습니다. 말을 걸어 주시면 응답하겠습니다. ……자비와 영귀의 마음은 방패 용사 곁에 함께합니다."

"……그래."

"그리고 방패의 정령님으로부터의 전언이 있습니다."

"뭔데?"

오스트 근처에서 방패의 정령이 둥실둥실 자기주장을 해댔다.

"현재 당신 곁에 있는 세인이라는 분이 방패의 정령님께 힘을 주고 계시다고 합니다. 앞으로는 조금 더 출력이 향상될 것입니다."

정령들이 세인을 아군으로 인식하고 있다는 뜻이리라.

"그렇군……. 알았어."

"방패 용사님의 앞길에 많은 행운이 함께하길 기원하겠습니다."

오스트도 미소 띤 얼굴로 내게 말했다.

"그럼, 항상 지켜보고 있을게요."

아트라와 오스트는 모습을 빛으로 바꾸고 스르륵 사라졌다.

그 모습을 지켜본 후, 내 의식은 현실 속에 각성해 갔다——.

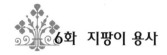

6화 지팡이 용사

"으⋯⋯."

눈을 뜨는 동시에 통증이 몰아쳤다.

"나오──."

"나오후미 씨!"

곁에서 간병하고 있었던 건지, 눈을 뜨고 몸을 일으키는 나를 보자마자 세인과 그 사역마가 외쳤다.

가슴에⋯⋯ 뭐지? 네모난 보석⋯⋯?

보석이 어렴풋하게 빛내며 통증을 억눌러 주고 있었다는 걸 알 수 있었다.

이 액세서리의 힘으로 나와 방패의 부상을 치료한 건가?

⋯⋯그리고 보면 세인은 대체⋯⋯ 정체가 뭐지?

아니, 다른 세계의 권속기 소유자라는 건 알고 있다.

하지만 수수께끼가 있는 것 역시 사실이었다.

"이제 괜찮아."

방패가 없으면 대화가 불가능할지도 모르지만, 방패는⋯⋯ 형태는 존재하지 않지만 틀림없이 내게 힘을 빌려주고 있다.

"렌과 다른 사람들은 회의 중이야?"

"네. 그리고⋯⋯ 그날, 저희는 간신히 목숨을 건져서 도망쳤지만, 라프타리아 씨가⋯⋯."

"알고 있어."

"라프~."

침대 밑에 있던 라프짱이 튀어나와서 내 위에 올라탔다.

"의식이 없는 동안에도 무기를 통해서 주위를 인식할 수 있었어. 덕분에 상황도 어느 정도는 파악하고 있고. 여왕은…… 이미……. 맞지?"

"네. 포브레이에서 도망쳐 온 후…… 치료한 보람도 없이."

"그랬군."

"지금 메르티 씨와 필로 씨가 장례에 참가하고 있습니다."

"그렇구나……."

"이제 어떻게 하시겠습니까?"

"슬픔 때문에 눈을 질끈 감고만 있는 칠성용사의 눈을 뜨게 해 줘야지."

수많은 국민들이 참석한 장례식은, 그야말로 눈물바다를 이루었다.

그런 장례식이 끝난 후…… 고요히 잠든 여왕의 관 앞에 말없이 서 있는 한 사람.

그 뒤에서는 메르티가 빨갛게 부은 눈으로 필로의 손을 잡고 있었다.

"메르티."

"아, 나오후미!"

메르티가 울면서 나를 향해 달려왔다.

"어머니가…… 어머니가!"

"미안해……. 제대로 지켜 주지 못해서."

"아니…… 나오후미 잘못이 아니야. 나오후미가 지켜 주려고 최선을 다해 줬다는 건 필로가…… 많은 사람들이 얘기했고, 나오후미가 중상을 입었다는 건 나도 봤으니까."

"그래도, 결국 못 지켜 줬어."

그래, 지켜 주지 못한 것이다.

여왕은 나를 위해 최선을 다해 애써 주었다.

진실하게 대해 주며, 힘을 빌려주었고, 국가를 움직여서 지원해 주기까지 한 것이다.

"메르티. 참을 필요 없어. 지켜 주지 못한 나를…… 미워해도 좋아."

"으, 으아아아아아아아아아아아아아아아아아아아앙!"

내 말에, 메르티는 굵직한 눈물방울을 흘리며 내게 매달렸다.

방패의 가호가 없다 보니 제법 아팠다.

하지만, 이건 내가 받아 주어야 할 슬픔이다.

메르티가 울자 필로도 덩달아서 울음을 터뜨렸다.

한동안 나는 메르티와 필로를 다독여 주었다.

"미안해, 나오후미."

"괜찮아. 울어서 조금이라도 기분이 풀리기만 한다면."

"고마워……."

메르티는 자리에서 일어서서 교회를 나섰다.

"장례는 이제 됐어?"

"어머니와의 작별은 이미 끝났어. 지금은 전쟁에 대비한 준비를 하는 게 먼저야."

"그렇군……. 넌 진짜 강한 애라니까."

"필로!"

"응!"

메르티는 필로를 타고 내달렸다. 회의에 참석할 생각인 것이다.

"그럼 이번엔……."

나는 여왕의 관 앞에서 홀로 침묵하고 있는…… 쓰레기에게 다가갔다.

죽은 여왕의 얼굴은 말끔했다.

당장에라도 깨어날 것 같다는 생각까지 들 정도였다.

쓰레기는 여왕의 시신을 고요히 바라보고 있었다.

쓰레기가 여왕을 사랑했다는 건, 전설의 무기가 보여 준 영상을 통해 알고 있었다.

쓰레기는 내가 온 것을 이미 알아챘지만, 그럼에도 여왕 쪽만 쳐다보고 있을 뿐이었다.

"나를 비웃으러 온 거냐? 소중한 것을 하나도 지켜 주지 못하는, 어리석은 나를."

"아니."

나는 여왕의 관에 꽃을 바쳤다.

그런 잠깐의 동작만으로도 슬픈 감정이 복받쳐 올랐다.

여왕은 지금껏 계속 내게 힘을 빌려주었다. 그래서 나도 어느 정도 여왕의 부탁에 응해 왔다.

원래는 실트벨트로 넘어가서 이 나라에 전쟁을 걸어도 이상할 게 없는 상황이었다.

하지만 여왕이 온 힘을 기울여 준 덕분에, 메르로마르크는 실트벨트와 전쟁을 피할 수 있었다.

이제 알 수 있다. 그것이 얼마나 어려운 일이었는지를.

국내의 귀족들과 종교는 집요하게 나를 괴롭혀댔었다.

아마 내가 모르는 곳에서 갖가지 공방이 벌어졌을 것이다.

그렇지 않았다면 여왕이 그렇게 매일같이 국내의 격무에 시달릴 일도 없었을 테니까.

그러면서 한편으로는 딸을 교정하기 위해 몇 번이고, 그야말로 헤아릴 수도 없을 만큼, 다양한 방법을 시도했으리라.

하지만 그럼에도 녀석은 마음을 고쳐먹지 않았고, 자신의 욕망을 위해서 태연하게 남들을 나락에 빠트리며 웃어 대는 짓을 되풀이해 댔다.

나는 여왕이 딸과 남편을 위해 필사적으로 내 환심을 사려 애썼다는 걸 알고 있었다.

그 모든 노력들이 수포로 돌아갔다.

딸은 여왕의 자식 사랑을 짓밟은 것도 모자라서, 목숨을 빼앗는 짓까지 저지르기에 이르렀다.

쓰레기는 딸의 그런 만행을 그저 지켜볼 수밖에 없었다.

"방패 용사. 나라를 부탁한다……. 나는 못 싸워."

나는 울컥해서 쓰레기의 멱살을 움켜쥐었다.

"네놈 아내가 나라를 나한테 맡기라고 그러던?! 네놈 아내가 너에게 전하려던 뜻이 뭔지, 네놈은 그것도 이해 못하는 거냐?!"

내 물음에, 쓰레기의 얼굴에도 분노가 깃들었다.

하지만 그 분노도 금세 잦아들고, 쓰레기는 시선을 외면해 버렸다.

"그럼 날 보고 뭘 어쩌라는 거냐……."

"거기서 슬퍼하고만 있으면 여왕이 살아 돌아오나? 기도하면 아트라가 돌아오나? 기적을 빌기만 하면 세계가 평화를 되찾을 수 있다는 거냐?!"

"닥쳐라! 네놈이…… 네깟 놈이——!"

쓰레기는 나를 향해 분노를 드러내며 주먹을 휘둘렀다.

내가 슬쩍 피하자, 쓰레기는 분노를 토해 낼 대상을 찾았다는 듯 나를 쏘아보았다.

"내가 몰라서 이러는 줄 알아?!"

"……."

나는…… 말없이 아트라를 떠올렸다.

방패 안에서 나에게 속삭여 주었던 그 소녀는, 이미 이 세계에는 없다.

우리를 지켜 주기 위해서 그 몸을 바친 것이다.

"나는 아트라의 원수를 갚을 거다. 더불어 네 딸인 윗치도 처형할 작정이고. 메르로마르크에 해를 끼칠 테니까."

노골적인 연기를 펼쳐 보였다.

정령이여, 이게 안 통하면 그냥 포기하라고.

"실트벨트는 방패 용사를 신으로 섬기는 나라야. 메르로마르크는 이미 내 거고, 다음은 포브레이 차례……. 세계의 대국들은 다 이미 수중에 들어온 거나 마찬가지잖아. 하하하, 새 나라를 설립해도 되겠는데."

"뭐가 어째?!"

"쓰레기, 그렇게 되면 제일 먼저 네놈부터 처형해 주마. 아무짝에도 쓸모없는 용사라는 죄목으로 말이지. 그다음은 메르티인가? 그 녀석은 나를 착한 놈이라고 오해하고 있으니까. 아마 재미있는 구경거리가 될걸? 네놈 아내가 원했던 것처럼 아예 성노예로 삼아 버릴까?"

본인이 들으면 나를 죽이려고 들겠지.

방패가 없는 현재의 내 상태로는 메르티의 마법도 상당히 위협적이다.

하지만 이쯤 얘기해 두면 쓰레기도 꼭지가 돌겠지.

"내가 가만히 보고만 있을 것 같으냐?!"

쓰레기는 나를 향해 순수한 분노를 표출하며 주먹으로 후려쳤다.

나는…… 그 주먹을 얻어맞았다.

쓰레기의 레벨이 얼마인지는 모른다. 그래도 방패가 휴면 상태인 탓에 입속에서 피비린내가 감도는 것만은 알 수 있었다.

"나는…… 아니, 내가, 밀레리아가 사랑한 메르로마르크를 지키겠다! 네깟 놈에게 빼앗길 줄 알고?!"

"……그래, 좋아. 마음만 먹으면 잘하네."

"뭐야……?"

쓰레기는 내 대답에 말문이 막혔다.

"다시 한번 묻지. 네놈 아내는, 나한테 나라를 맡기겠다고 했나? 아니잖아? 너한테 맡겼잖아! 지팡이 용사이자 지혜의 현왕! 네가…… 누구보다도 사랑했던 여자의 유언을 지키란 말이다!"

쓰레기는 퍼뜩 놀라서 눈을 휘둥그렇게 부릅뜨고 한 발짝 뒷걸음질 쳤다.

그리고 눈물을 훔쳤다.

"그 말이 맞아……. 내 눈이 흐려져 있었어. 슬픔에, 소중한 사람을 지키지 못했다는 비탄에 몸을 맡겨 버린 채, 방패…… 이와타니 공에게 과거의 슬픔을 떠넘기고 있었던 거야."

원래 성격 같았으면, 방패 주제에 왜 아내를 지켜 주지 못했느냐면서 나를 다그치려 들었을 것이다.

안 그래도 애초부터 쓰레기는 나를 싫어했었다.

나로서는 터무니없는 생트집으로만 느껴지지만, 쓰레기에게도 방패 용사인 나를 싫어할 이유는 얼마든지 있었다.

하지만, 지금 쓰레기에게서 그런 기색은 느껴지지 않았다.

쓰레기는 여왕이 오기 전에 나와 적대하던 시절에 내뿜었던 패기…… 아니, 그것을 웃도는 무언가를 발산하며 날카로운 눈매로 나를 응시했다.

"아내는 나에게 나라를 맡겼다. 그러니 내가 해야 할 일은 오직 그 유지를 잇는 것뿐. 용서해 달라는 말은 안 하겠다. 하지만, 그래도 우리 나라를 위해 싸워 주지 않겠나? 아니, 제발 싸워 줘!"

쓰레기는 스스로 내 앞에 무릎까지 꿇으며 애원하려 했고…… 나는 쏘아붙이듯 말했다.

"고작 이딴 일로 고개 숙이지 마. 그에 대한 대가는 여왕에게서 충분하고도 남을 만큼 받았으니까."

"하지만……."

여왕은 나라를 지키기 위해 힘을 빌려 달라고 했다.

그러기 위해 최대한 지원하겠다고도 했다.

죽을 때까지 그 말을 지켜 준 여왕과의 약속은 반드시 완수해야 할 의무가 있다.

나는 포브레이에 둥지를 튼 진짜 쓰레기를 청소하기 위해서 싸워야만 한다.

렌, 모토야스, 이츠키가 달라진 것처럼, 그리고 나 자신이 달라진 것처럼, 사람은 누구나 달라질 수 있다.

"너는 앞으로 달라질 거잖아? 그러니까 말로 사과하거나 고개를 숙이지 말고, 행동으로 보여."

말로만 한다면, 아트라를 죽인 타쿠토를 몇 백 번이고 몇 천 번이고 해치울 수 있다.

나아가서 순식간에 이 세계를 구해 낼 수도 있다.

하지만 말주변만 가지고 적을 쓰러뜨릴 수는 없고, 세계를 구해 낼 수도 없다.

우리는 이제 정치 놀이가 아니라 전쟁을 해야 한다.

그것도 절대로 져서는 안 되는, 죽은 이를 추모하는 전쟁이다.

"자, 뭐 하고 있는 거지? 지금 당장에라도 이 나라를 위해 움직여!"

"……알았다."

쓰레기는 자리에서 일어서서, 다부진 표정으로 경례를 붙였다.

그 말에 응답이라도 하듯, 쓰레기 앞에 번쩍이는 지팡이가 출현했다.

"이건……."

그렇다. 지팡이의 칠성무기는 이 순간을 기다리고 있었다.

눈이 흐려지고 썩어 있던 쓰레기…… 아니, 올트크레이가 눈을 뜨는 순간을.

쓰레기는 지팡이를 움켜쥐었다. 그러자 빛이 흩어지고, 칠성무기가 되살아났다.

지팡이의 정령. 난 약속을 지켰다고.

쓰레기는 지팡이를 받아 들더니…… 의식용 단검을 꺼내서 지금껏 길게 기르고 있던 머리와 수염을 깎고 일어섰다.

"가지, 이와타니 공."

"그래, 지혜의 현왕…… 올트크레이."

그러자 올트크레이는 고개를 가로저었다.

"나는 사랑하는 이를 지키지 못했어. 그런 어리석은 나에게 어울리는 이름은 쓰레기면 족해."

"……."

"나는 쓰레기. 모든 일이 다 내가 초래한 것. 앞으로도 쓰레기라 불러라."

사람이 완전히 달라졌군……. 스스로 현자를 자처하는 놈치고 멀쩡한 녀석은 없다고 들었는데, 스스로 쓰레기를 자처하는 놈은 어떨까?

적어도 현자를 자처하는 놈보다는 나을 거라고 믿어 봐야겠다.

"알았어, 쓰레기. 작전은 네게 맡기지. 네 머릿속에 있는 지혜에 기대하마."

"최소한의 희생으로 적을 처치해 주지."

나는 여왕의 관으로부터 돌아서서, 조용히…… 발걸음을 내디뎠다.

렌을 비롯한 아군이 회의를 열고 있는 회의실 앞에 도착했다.

가는 길에 세 마리 필로리알과 놀고 있던 모토야스도 데려갔다.

"이건 방패 용사님과……."

내 뒤에는 세인, 그리고 뭔가 전과는 전혀 다른 아우라를 풍기는 쓰레기가 따라오고 있었다.

성의 병사들도 그것을 알아본 듯, 숨을 죽이고 있었다.

한눈에 봐도 알아볼 수 있는 아우라라는 건 거의 영웅의 영역이나 다름없는 것 아닐까 하고 나 스스로도 느낄 정도였다.

확실히, 지금의 쓰레기에서는 전과는 아예 다른 사람인 것 같은 무언가가 느껴졌다.

처음 만날 때 느꼈던 것 같은 무언가가 아니라, 뭐랄까……눈을 뗄 수 없는 카리스마 같은 것이 흘러나오고 있다.

"국왕님."

병사가 신중하게 말을 표현을 골라서 말을 걸었다.

"그래, 용사님들과 연합군 사람들과 대화하고 싶다. 길을 비켜 줄 수 없겠나?"

병사는 경례를 붙이고 문을 열었다.

우리는 곧바로 회의실에 들어갔다.

"나오후미!"

렌이 나를 보자마자 일어서서 달려왔다.

"다친 데는 괜찮아?"

"일단은."

아직 아프기는 하지만 움직일 수 없는 정도는 아니고, 서서히 회복되어 가고 있다.

방패의 도움도 있으니, 녀석과 결전을 벌일 때까지는 싸울 수 있는 상태로 회복될 것이다.

"그리고……."

렌이 쓰레기 쪽으로 눈길을 돌리고는, 말문이 막혔다.

"이봐, 저건……."

"그래, 동일 인물이야. 나도 놀랐어."

쓰레기가 다부진 표정으로 회의장 안 사람들을 둘러보고는 지팡이를 내보였다.

누구냐 넌, 이라고 묻고 싶을 만큼 패기 넘치는 얼굴이었다.

예전의 거만한 얼굴도, 그 뒤의 한심한 증오에 찬 표정도 아니었다.

처음부터 이런 상태였다면 아마 내가 지지 않았을까?

"메르로마르크의 지팡이 용사가 이제야 의욕을 보이는 건가? 너무 늦은 거 아닌가?"

겐무 종 노인이 쓰레기를 향해 도발적인 말을 던졌다.

"그래. 나도 눈이 흐려져 있었다. 하지만, 지금은 다르다. 아내…… 여왕의 유지를 받들어, 내가 이 나라를 지켜야 하니까."

예전의 쓰레기였다면 이 타이밍에 격앙돼서 회의장을 난장판으로 만든 끝에 쫓겨났으리라.

하지만 지금의 쓰레기는 자신의 잘못을 솔직하게 인정했다.

"메르티."

"아, 네."

렌과 함께 회의를 주관하고 있던 메르티가 등을 꼿꼿이 펴고 대답했다.

메르티는 위화감 같은 걸 느끼고 있는지, 아버지를 보며 어리 둥절한 듯 미간을 찌푸렸다.

"회의를 속행해 주겠느냐? 나와 이와타니 공도 같이 참석하 겠다."

"알겠어요."

쓰레기는 내가 앉을 의자를 빼내 주고 그 옆자리에 앉았다.

그 모습만 보고도 주위 사람들이 숨을 죽였다.

과거의 원한을 다 잊고 내게 경의를 표하는 태도라는 것이 그 들에게도 전해진 것이리라.

내가 생각하기에도 신기한 기분이었다.

진지하기 그지없는 표정으로 의자를 빼내 준 것뿐인데, 이거 뭔가 좀 이상한 거 아닌가 하는 생각에 휩싸였다.

왜 이렇게 느껴지는 건지 대충 이해는 간다. 지금까지 완전 막 장이었던 녀석이 갑자기 맹활약하면 멋지게 보이는 것과 같은 원리이리라.

기대치를 얼마나 웃돌 수 있는가 하는 게 관건이겠지.

"뭐 하고 있는 거지? 빨리 회의를 진행하거라. 남은 시간이 얼마 없지 않느냐?"

"아, 알았어요."

메르티는 서류를 꺼내서 그 내용을 벽에 걸린 보드에 옮겨 적 는다.

타쿠토의 전력표다. 갖가지 발명품을 전쟁에 투입하고 있는 모양이었다.

그리고 전황은 절망적이었다.

타쿠토는 포브레이에서 메르로마르크를 향해 똑바로 돌진해 오고 있는 것으로 보였다.

그 중간에 있는 나라들에게 항복을 요구해서 지배하며 진격하는 그 기세는, 지나치게 빠른 것 아닌가 하는 생각까지 들 정도였다.

공개 처형에는 충분히 시간을 들이고 있으면서 말이지.

앞으로 며칠이면 메르로마르크에 도착할 것이다.

그런 상황이었다.

"검, 창, 활의 용사님들은 방어선에 참가하지 않은 모양이지?"

쓰레기가 물었다.

그러자 메르티가 손을 들고 대답했다.

"아무래도 포브레이에서 위협적인 전력은 병기와 용사의 능력이니, 상대방에게 용사가 있는 이상은 함부로 우리 쪽 용사를 내면 안 될 것 같아서, 눈물을 머금고 대기시켰습니다."

"흐음……. 현명한 판단이다. 비행기라……. 그게 어떤 병기인지는 나도 어느 정도 알지만, 그게 그렇게까지 위협적이냐?"

"네. 비행기나 비행선으로 공중 폭격을 한 후에, 낙하산을 이용해 병사를 강하시켜서 점령하는 식이에요. 접근하는 자에게는 기총을 이용한 반격까지 가하는 것 같아요. 각국의 고레벨 용기사들이 접근전을 시도해 보기는 했지만 파일럿의 레벨이 아군보다 훨씬 높아서……."

레벨 차를 이용한 막무가내 전술 때문에 접근이 불가능하다는 건가.

심플하지만, 그 심플함 때문에 공략할 틈이 없어서 무너뜨리기 힘든 전법이다.

마법이나 원거리 공격으로 격추하면 되겠지만, 높은 레벨을 이용해서 회피하는 식이겠군.

"비행기는 몇 기가 오지?"

"최대 다섯 기로 공격해 온다는 모양이에요. 전장 근처에서 타고 내리면서, 상대편 국가 상공에서 병사를 강하시켜 제압하는 작전을 구사하고 있어요."

"용사 여러분, 그 비행기에 대한 여러분의 의견을 듣고 싶소."

"의견을 말하고 싶어도 우리는 개요 정도밖에 몰라. 실현 가능할 거라는 생각은 들지만, 어디까지나 어렴풋한 생각에 불과해."

"용사님들의 세계에서는 비행기가 어떤 식으로 운용되고, 전쟁에서는 어떤 식으로 이용되었는지, 그 외에 어떤 식으로 응용될 수 있는지, 그런 것들을 듣고 싶다는 거요."

"그런 게 중요한 거야? 이 세계에도 과거에 존재했었다면서?"

"그렇소. 하지만 만전을 기해야 하는 상황이니, 그걸 모르면 작전을 세울 수가 없소."

그렇게 쓰레기는 이게 정말 필요한 건가 싶을 만큼, 비행기에 관한 지식들을 시시콜콜하게 캐물었다.

더불어 총기에 관한 것…… 이건 이츠키가 제법 해박하게 알고 있어서, 부품의 명칭 같은 것까지 자세하게 설명해 주었다.

이능력이 존재하는 세계 출신이면서 밀리터리 오타쿠였냐.

하지만 도움이 되는 건 사실이니, 그런 태클은 마음속에만 담아 두기로 했다.

하긴 생각해 보면 '명중' 능력이라면 총이나 활 같은 게 없으면 사용할 수 없으니까, 그런 지식이 있는 게 당연할지도 모른다.

"……아직 부족하구려."

"엉?"

"아직 미심쩍은 게 있어서 말이오."

그렇게 줄창 질문해 놓고도, 쓰레기는 또다시 우리에게 질문을 던지려 했다.

우리와 메르티는 처음에는 그 모습에 어리둥절한 표정만 짓고 있을 뿐이었지만, 다른 나라의 수뇌진, 특히 쓰레기와 연배가 가까운 녀석일수록 확신에 찬 미소를 머금은 채 묵묵히 지켜보고 있었다.

"이봐, 뭔가 알고 있는 거야?"

"저게 바로 지혜의 현왕이 되살아났다는 증거. 녀석은 필요한 정보가 다 갖춰질 때까지 집요하게 정보를 수집하죠. 그런 식의 전법으로 우리를 수도 없이 물 먹였던 걸 생각하면, 지금 저 모든 것이 든든할 따름입니다."

"하아……."

"녀석이 확신을 얻지 못했다는 건, 아직 용사님들로부터 필요한 정보를 다 듣지 못했다는 증거입니다. 부디 협조를 부탁드립니다."

그런 신뢰가 어디서 난 건지는 모르겠지만, 쓰레기의 저런 모습을 보는 건 처음이니 한번 기대해 봐야겠군.

"이와타니 공."

"뭐, 뭐지?"

실은 쓰레기가 '방패'라고 부르지 않는 것만으로도 어색하게 느껴졌다.

게다가 저 무시무시한 안광. 어쩐지 분위기에 휩쓸려서 아는 것들을 술술 늘어놓고 싶은 기분이 들었다.

"지난번 적…… 놈에 관해서는 이와타니 공에게 일임하겠소. 그래도 괜찮겠소?"

"그래, 녀석은 내가 죽여 버릴 거니까."

"나오후미, 괜찮은 거야? 너는 방패를 빼앗겼잖아?"

"괜찮아. 그러고 보니……."

내가 기억을 떠올린, 바로 그때였다.

그 자리에 있던 용사의 무기들이 어렴풋이 빛나기 시작했다.

빛이 렌, 모토야스, 이츠키, 내 방패가 있던 곳을 경유해서, 포울, 쓰레기의 무기에 닿았다.

"뭐지? 컨버트……?"

"강화방법 해방? 지금까지 안 보였던 항목이 출현했는데?"

저마다 뇌까리면서 시선으로 뭔가를 쫓기 시작했다.

그렇다……. 내가 해방한 무기와 용사들이 해방한 무기가 상승 효과를 일으켜 한층 더 해방된 것이었다.

동시에 건틀릿의 강화방법도 복구되었다.

쓰레기는 천천히 내게 지팡이를 내밀었다.

"지팡이가 특례적으로 이와타니 공의 소유물이 되어 힘을 빌려주겠다고 하는구려."

"넌 괜찮겠어?"

"나는 지략을 쓰는 게 중심이니, 무기는 별로 중요하지 않소."

"그렇군."

나는 쓰레기의 지팡이를 움켜쥐었다.

팟 하고, 방패가 있던 때와 비슷한 항목이 나타났다.

특례적으로 방패 용사의 소유를 허가합니다!
특례무기 해방!

펜리르 로드의 조건이 해방되었습니다!

펜리르 로드 0/90 C
해방 불가……장비 보너스,「펜리르 포스」
전용효과「글레이프니르 로프」「신에 대한 반역」
숙련도 0

그런 시스템 메시지가 나타났고, 나는 스테이터스를 확인했다.

내가 알고 있던 자신의 스테이터스와 비교해 보니 여러모로 변동이 있었다.

이 정도면 전투 방식을 바꿔야겠군.

지팡이는 늑대 같은 장식이 지팡이를 물고 있는 형태였다.

사슬이 얽혀 있어서 쥐기가 좀 불편했다.

웨폰북을 살펴보니, 상당수가 해방되어 있었다.

아마 칠성 고유의 능력인 컨버트라는 것이, 신뢰하는 사성용사의 무기의 해방 상태를 계승할 수 있게 해 주는 모양이었다.

이것만 해도 상당한 능력 향상 효과가 있었다.

하지만…… 내가 기억하고 있는 방패의 수치보다는 낮았다.

이건 칠성이 사성보다 격이 낮은 무기이기 때문이리라.

그리고 지팡이의 강화방법을 살펴보았다.

"포울, 너도 도움말에 나와 있는 강화방법을 우리한테 얘기해 줘. 우리도 너한테 알려줄 테니까. 그걸 실시하는 거야."

"아, 알았어. 이제 보여. 전에는 그렇게 샅샅이 뒤져도 안 보였는데."

"렌, 모토야스, 이츠키도 알고 있겠지? 용사의 강화에서는 믿는 게 중요하다는 걸. 쓰레기가 갖고 있던 이 지팡이와 포울의 건틀릿에 기재돼 있던 강화방법을 바로 가르쳐 주지."

"알았어."

"알겠습니다!"

"네."

우리는 서로의 도움말에 기재되어 있던 강화방법을 서로에게 가르쳐 주었다.

"잠깐. 그 강화방법은 지난번에 시도했다가 안 됐었던 거 아니야?"

"칠성의 강화방법으로 사용되고 있었던 거야. 용사들이 서로 힘을 합치지 않으면 강해질 수 없다는 제약이 걸린 채로."

"이 마당에 그런 제약이 걸려 있다니, 솔직히 성가시군."

렌이 투덜거렸다. 뭐, 그런 불만도 일리는 있다.

아마 이것도 파도 측 적의 방해 때문에 생긴 폐해……라고 생각하면 납득이 갈 것 같기도 하다.

하지만 종류가 전혀 다른데도 지팡이와 건틀릿의 강화방법이 똑같다니, 참 기구하군.

나는 펜리르 로드를 여러모로 강화해 나갔다.

스테이터스가 껑충 뛰어올랐다. 그래도 영귀갑 방패에는 못 미치지만.

그건 아트라 덕분에 해방된 자비의 방패에 의한 강화까지 걸려 있었으니, 그것과 비교하는 건 실례일지도 모르지.

"해방은 됐지만 장비 보너스는 아직 적용이 안 돼."

포울이 내게 보고했다.

"시간이 얼마 없지만 최대한 적용시켜. 강화에 필요한 재료는 국가에서 마련해 줄 거야. 내 마을의 창고에 있는 재료도 최대한 갖다 써."

"알았어."

"용사 여러분, 대화는 끝났소? 그럼 작전을 짜도록 합시다."

쓰레기가 의자에 앉아 회의 속개를 선언했다.

그 후로 쓰레기는 정말이지 기가 질릴 만큼 이세계의 지식을 시시콜콜 캐물어 댔다. 이 정보만 있어도 획기적인 발명 정도는 할 수 있지 않을까 싶을 정도였다.

정신을 차리고 보니 바깥은 이미 해가 저물어 가고 있었다.

"아직 더 필요해?"

"앞으로 더 손을 봐야 할 것 같지만, 오늘 입수한 정보를 바탕으로 작전을 짜자면 이 정도가 되겠구려."

쓰레기는 보드에 끄적끄적 뭔가를 적기 시작했다.

성의 병사들이 모여서 그것을 메모했다.

겐무 종 노인이 그러도록 지시한 모양이었다.

그 내용을 본 우리는 납득하고 고개를 끄덕였다. 상대방의 신병기가 가진 가능성과 대응 방법까지 적혀 있었기에, 솔직히 놀랐다.

이 녀석, 우리에게서 들은 지식을 가지고 뭘 하려는 거지?

"그럼, 작전 초안은 이 정도면 되겠소?"

쓰레기는 1부터 20까지 작전을 적고, 병사들에게 그 모든 작전에 대한 준비를 지시했다.

"그, 그래."

"용사 여러분은 각 부대로 분산돼서 행동해 주셨으면 하오."

"그건 이해하겠는데……."

나는 쓰레기가 제시한, 타쿠토가 메르로마르크에 쳐들어올 것으로 예상되는 날짜를 응시했다.

"정말 이날에 쳐들어오는 거야?"

"그렇소. 포브레이의 용사는 틀림없이 이날 쳐들어올 거요. 내가 그자라면 분명히 이날 쳐들어올 테니까. 그보다 일찍 온다면 어리석음을 비웃어 주는 수밖에."

확실히 이날에 오면 나로서도 난감했다.

그렇다……. 그날은 바로, 파도가 오는 날이다.

당연히 적으로서는 가장 효과적인 방법이겠지.

우리는 일단 메르로마르크에 있는 용각의 모래시계를 등록해둔 상태다.

"각국의 파도 상황은 어떻지?"

"가장 가까운 건 메르로마르크의 모래시계고, 다른 곳은 아직 여유가 있는 것 같소."

"그렇군……."

이거 아주 성가신 문제인데.

포브레이와의 전쟁 중에 파도에 의해 소환되기라도 하면 속이 터질 일인 것이다.

그렇다고 해서 파도에 대한 대처를 소홀히 할 수도 없는 노릇이었다.

그렇다면 용사들을 몇 팀으로 분산시켜 두는 수밖에 없다.

"용사 여러분도 사전에 준비해 줬으면 좋겠소. 가능하면 발이 빠른 필로리알을 이용해서, 시급히."

"알겠습니다! 자, 갑시다, 천사들!"

모토야스가 멋대로 세 마리를 데리고 내달렸다.

어이, 어디 가려는 건데?!

"그럼 창의 용사님은 이쪽 부대로."

그리고 우리는 일단 대강의 인원 배분을 정해 두기로 했다.

"맞아, 쓰레기. 정보원으로 소개해 두고 싶은 녀석들이 있어."

"알겠소. 그게 누군지?"

한 명은 단순한 정보원.

상당히 불만이 많은 녀석이었으니 분명 협조해 줄 것이다.

무엇보다 그 녀석은 내 노예다. 거부할 수 있을 리가 없다.

다른 한 녀석은…… 직접 보여 주는 게 빠르겠지.

본 적은 있겠지만, 능력에 대해서는 모를 테니까.

나는 그 녀석들을 소개하기 위해 자리에서 일어서 움직였다.

이미 날이 저물었지만 한시가 아까운 마당이었기에, 쓰레기에게 현재의 상황······ 구체적으로 말하자면 내 마을 거주자들 가운데 전력이 될 법한 녀석들을 보여 주기로 했다.

일단 쓰레기도 여왕과 함께 봉황과 싸웠으니 모를 리는 없겠지만, 자세한 전력까지 파악하지는 못하고 있을 터였다.

"아, 형."

렌의 포탈을 타고 귀환한 우리를 발견한 키르가 이쪽으로 달려왔다.

"몸은 이제 괜찮아?"

"그럭저럭. 그보다 너희 쪽은 별문제 없었고?"

"응. 그런데 거기 있는 사람, 여왕님 옆에 있던 사람 맞지?"

"그래."

"이렇게 얘기하는 건 처음이군. 내 이름은 온 나라 사람들이 다 알고 있으니 너도 알고 있겠지. 쓰레기다. 다른 이름으로 불러도 좋다."

"형. 이 사람 괜찮아? 창 쓰는 형 같은 녀석이잖아?"

"아마 괜찮을 것 같긴 한데······."

자학도 정도껏 해 줬으면 좋겠다. 그런 이름을 붙인 장본인이 바로 나였지만.

"형······ 라프타리아는?"

"별 탈 없이 살아남았다는 건 분명해. 걱정 마. 내가 기필코 다시 데려올 테니까."

라프타리아의 권속기가 안전을 위해 키즈나 쪽 세계로 데려가 버렸다.

이번 소동이 끝나면 데리러 갈 것이다. 그때까지는 기다려 주기를 부탁하는 수밖에 없다.

"알았어, 형! 나도 열심히 싸울게!"

"그래, 부탁한다!"

"멍멍! 강해지러 갔다 올게!"

키르는 강아지 형태로 변해서 달려갔다.

레벨업을 하러 가려는 것이리라. 그냥 다녀오도록 내버려 두었다.

"쓰레기…… 일단 같이 좀 가자. 렌은 마을 녀석들에게 설명해 줘."

"알았소."

나는 내가 소개하고자 하는 녀석이 있는 곳으로 쓰레기를 데려갔다.

"어라? 백작, 다친 건 이제 괜찮아?"

"그래."

나는 쓰레기와 함께 라트의 연구실을 찾아갔다.

커다란 배양기 안에는…… 뭔가가 떠 있었다.

모양은, 마차인가? 어째…… 라프짱을 연상케 하는 털이 돋아 있는데, 저건 대체 뭐지?

"라트, 이번 사건과 전쟁에 대해서는 알고 있어?"

"그래. 백작에게 중상을 입힌 게 그 칠성용사잖아?"

"널 추방한 그 녀석이야?"

"그래. 내 라이벌이었던 연금술사 편을 들었지. 연구 내용도 충돌해서, 여간 고역이 아니었다니까."

예전에도 비슷한 얘기를 했었지만, 설마 그 장본인과 적대하는 상황이 찾아올 줄은 몰랐다.

하지만 상대에 관한 정보를 자세히 알고 있는 인재가 아군에 있다는 건 큰 이점이다.

그리고 라트처럼 유능한 인재를 내보낸 것은 타쿠토의 실책이었다.

"적 쪽에도 연금술사가 있는 거야?"

"그래, 외모는 그야말로 어린애인 데다 유아체형인 연금술사야."

"기계 전공?"

"그건 칠성용사 쪽. 한 명이 더 있거든. 전공은 인공생명 창조였고, 육체 개조에도 일가견이 있었던 걸로 기억해. 무슨 원리인지는 모르겠지만, 용사의 무기를 빼앗는 무기도 그 녀석이 모종의 방법으로 만들어 낸 게 아닐까 싶어."

"흐음……."

이츠키는 타고난 능력일 거라고 했지만, 후천적으로 얻은 능력일 가능성도 있다는 거군.

생각해 보면 쿄도 발명을 이용해서 영귀의 능력을 빼앗았으니까.

힘을 준 게 그 녀석일지도 모르겠군.

그런데…… 라프짱 2호의 환각에 속아서 고문당하던 녀석이 바로 그런 느낌이었던 것 같기도 한데?

애초에 녀석은 파도의 첨병이라는 모양이니…… 어찌 됐건 흑막에 대한 정보를 캐내야 할 필요가 있다.

"내가 보기엔 평범한 연금술이야. 뭐, 다른 녀석들보다 인공 생명에 대한 지식이 해박한 건 사실이겠지만 나보다는 못해. 정작 나도 마물 전문이지만."

어린아이 같은 외모의 연금술사와 드센 누님 같은 외모의 연금술사.

당신은 어느 쪽을 선택하시겠습니까? 이런 식이었다는 건가?

그리고 결국은 어린 외모를 선택했다는 거군. 다만, 파도의 흑막치고는 너무 약한 것 같은데.

"지금 생각해도 열불이 치민다니까. 연애에 푹 빠진 나머지 연금술에서 나한테 진 주제에!"

"그 녀석과 사이가 나빠서 추방당한 거야?"

"정확하게 말하자면, 칠성용사 자신이 추진했던 분야와 내 연구 내용이 겹쳐서 쫓아낸 거 아닐까 싶은데. 비행기라고 그랬던가? 드래곤이나 그리핀을 쓰면 되는 거 아니라고 논쟁했던 기억도 나고."

"그러고 보니, 포브레이는 대폭 개조한 전차를 침공에 동원하고 있다더군."

"호오……."

라트가 마차형 마물에 대해서도 연구하고 있다는 건 배양기 안에 떠 있는 형체를 보면 충분히 알 수 있다.

이 마물의 공격 방법 중에는 원거리 저격 기능도 있었을 터.

연구 내용이 겹쳤다는 말도 이해가 갔다. 이쪽은 생물이고 상대는 기계였던 것뿐.

이 차이가 어떤 영향을 끼칠지는 불명확했지만, 레벨 개념을 반영하면 어떻게 될까?

기계의 장점은 탑승자의 레벨에 따라 위력이 달라진다는 점이 었던가? 단점은 파손되면 갈아타야만 한다는 것.

생물이라면 레벨을 올려야만 하지만, 죽지 않는 이상 회복 마법을 걸면 전투 속행이 가능해진다.

그렇기에 포브레이에서는 기술적 라이벌 측면이 강한 라트를 쫓아낸 것이리라.

"라프~."

그때 라프 종이 나타났다.

라트에게 정밀 검사를 맡긴 상태이기도 했고, 애초에 내 마을에는 잔뜩 있으니까.

"맞아, 쓰레기. 네게 보여 주고 싶은 마물이 바로 이거야. 네가 생각한 작전에 활용할 수 있을 것 같지 않아?"

"아내가 말하길, 이와타니 공이 이세계에서 데려온 마물이라고 하더구려."

"그래, 원래는 이세계에서 식신(式神)…… 사역마로 부리던 것이었는데, 독자적으로 진화해서 이렇게 됐지."

라프짱이 서서히 성장하던 모습이 뇌리에 떠올랐다.

그리고 마을의 마물들은 클래스업을 통해 하나하나 새로운 종으로 변화해 갔었지.

"라프 종이라고 부르고 있지."

"봉황을 상대로 싸우던 모습을 본 적이 있소. 다양한 변종이 있는 것 같더구려."

"클래스업을 통해서 변화하는 마물이니까. 원래의 마물과 섞여서 개체 수도 많고."

"그렇군……."

"라프~?"

"이 녀석들도 전투에 활용하고 싶어. 일손이 부족하다면 말이지."

이렇게 말하면 좀 그렇지만, 솔직히 메르로마르크 병사들은 포브레이 녀석들에 비해 레벨이 턱없이 낮다.

백병전에서는 불리할 가능성이 있다.

물론 내 휘하에 있는 노예들 중에서도 지원자를 모집할 생각이지만, 그래도 절대적인 머릿수가 부족하다.

그렇기에 라프 종을 비롯한 마물들을 기용하고자 하는 것이다.

"그런데, 이 아이들은 어떤 능력을 보유하고 있는지?"

쓰레기의 질문에 나는 라트에게로 시선을 돌렸다.

"각 개체마다 제각각이야. 단…… 환각계 마법은 공통적으로 다 쓸 줄 알지."

그야 원래 모델이 라프타리아였으니까.

라프타리아의 주력 마법은 환각 계열.

분류상으로는 빛과 어둠에 해당한다지만, 형체를 숨기거나 적을 현혹시키는 것쯤은 식은 죽 먹기다.

뭐, 라프타리아 본인은 마법에 그다지 의존하지 않고 검술을 중점적으로 사용하고 있지만.

"환각계 마법 사용자라……. 이번 작전에 활용할 수 있을 것 같군. 게다가 단독 개체의 능력도 기대할 만한 수준인 것 같으니."

"내 휘하에 있는 다른 녀석들 중에는 전력이 될 만한 녀석들이 몇몇 더 있어. 그리고 필요한 무기가 있으면, 내가 아는 녀석에게 부탁해서 전쟁 전까지 어느 정도는 제작할 수 있고."

이건 나중에 무기상 아저씨나 이미아의 숙부, 그 스승인 모토야스 2호에게 부탁해야겠지.

내가 신뢰하는 실력자들이다.

"성안 사람들과 협조하면…… 알겠소이다. 이와타니 공의 설명, 좋은 참고가 됐소."

"그럼 다행이군. 네 전략, 기대할게."

"걱정 마시오. 그럼 이곳 전투원을 살펴본 뒤에 성으로 귀환해서 전략을 수정하도록 하지."

"알았어."

그리고 쓰레기는 내 마을 녀석들 가운데 전쟁에 참가할 자들을 선정하기 시작했다.

이번에는 상대가 인간인 만큼, 의욕이 있더라도 참가시키기 곤란한 자도 있다는 것이 쓰레기의 조언이었다.

의욕이 있어 보이는 녀석을 다독이느라 고생깨나 했지만 말이지.

하지만 쓰레기의 지적대로, 의욕이 있더라도 막상 실전에 나서면 손이 덜덜 떨리는 녀석이 있으리라는 건 분명했다.

마물을 상대로 싸울 때는 괜찮더라도, 살인은 차마 저지르지 못하는 녀석도 있는 것이다.

전쟁에 나가지 못하는 설움에 눈물짓는 녀석들을, 살인 같은 건 못해도 상관없다고 다독였다.

전체적으로는 처음부터 마을에서 지내던 녀석들 가운데 그런 걸 두려워하는 자들이 많았다.

원래부터 여자애들이 많았으니까.

"방패 형. 나도…… 싸우고 싶어."

루프트가 주먹을 움켜쥐고 나를 쳐다보며 말했다.

그 눈빛은 마치 라프타리아를 연상케 했다.

역시 친척은 친척이군. 얼굴이 제법 닮았다니까.

"루프트, 미안하지만 너는 참여시킬 수 없어."

"왜?!"

"네 직책 문제도 있지만…… 그보다 레벨과 실력, 경험이 압도적으로 부족해. 너는…… 사람들을 지키기 위해 전장에서 사람을 죽일 수 있겠어?"

"……."

나는 루프트의 어깨에 손을 얹고 타일렀다.

"심정은 이해해. 하지만…… 무리하지는 마. 무리했다가 죽는 게 제일 무서워. 너는 라프 종들을 돌보는 일을 맡아 줘."

"알았어. 하지만 언젠가 나도…… 사람들을 지켜 주고 싶어. 이 마을에 와서, 나 스스로 고민해서 그런 생각을 하게 됐어."

처음 만났을 때의 마냥 어리기만 하던 모습이 이제 한참 달라지려 하고 있었다.

역시 라프타리아와 닮은 녀석이다.

"잘해 봐. 그 마음이 중요한 거야. 될 수 있으면 나나 라프타리아가 아니라, 메르티나 이 쓰레기를 참고해서 크도록 해. 그게 너를 위해서도 좋고, 우리에게도 도움이 될 테니까."

천명으로서 쿠텐로를 더 좋은 곳으로 만들기 위해서도 말이지······.

"알았어."

루프트는 굳은 결의를 담아 고개를 끄덕였다.

어느덧 밤도 깊었기에, 렌에게 부탁해서 쓰레기를 성으로 데려다주었다.

마을에 돌아오자 사디나와 세인이 낯익은 녀석들과 한창 술판을 벌이고 있었다.

"아, 나오후미~!"

사디나가 손짓하는 걸 보고 그쪽으로 다가갔다.

"위기에 처한 이 누나를 구하러 달려와 준, 제르토블 용병 3투사를 소개할게."

"엉? 달려왔다고?"

"무슨 소리를 하는 거지?"

그 당사자가 나와 비슷한 반응을 하고 있잖아.

얼빠진 목소리로 되묻는 나를 무시하고, 사디나는 친구 소개를 시작했다.

"콜로세움에서는 여장부인 사사, 별칭 죽림의 라사즈사."

"뭐야, 그 소개는! 자기 멋대로 닉네임 붙이지 마!"

제르토블의 콜로세움에서 사디나와 만났을 때 싸웠던 판다 수인인가. 사디나에게 태클을 걸고 있었다.

그 곁에는 부하로 보이는 개나 늑대를 닮은 수인이 대기하고 있는 것 같군.

"콜로세움 중량급 단골 멤버인 인기 투사 에르, 별칭 땅울림의 여왕 에르메로."

"바, 방패 용사님…… 잘 부탁드립니다."

뭔가 거대한 코끼리 수인이 나를 보고는 긴장한 듯 손을 모은 채 손가락을 꼼지락거리고 있었다.

실트벨트의 숙소에서 덮치려고 들었던 매머드 수인이 생각나는군.

그나저나 제르토블에서 싸웠을 때의 모습과는 어째 좀 다른 것 같은데?

코끼리 수인이면서도 내 앞이라 내숭을 떠는 거겠지.

"세 명째는?"

판다 수인의 부하는 고개를 가로저었다.

세 명째가 실디나는 아닐 테고, 머릿수가 안 맞잖아?

"그리고——."

"미스터리어스하면서 섬뜩한 전투 스타일로 관객들의 시선을 빼앗는, 머더 삐에로, 세인 님!"

세인이 이쪽으로 다가와서 득의양양하게 가슴을 폈다.

뭐야, 사역마가 마치 자기 얘기처럼 떠들어 대잖아.

"미리 짠 거야?"

반사적으로 그런 딴죽이 튀어나올 만큼, 사디나의 이번 태도는 활기차 보였다.

"전쟁에서 어느 쪽에 붙을지 고민하고 있다가 느닷없이 불려 왔지 뭐야."

"어머나? 난 그냥 믿음직한 전력이라서 소개한 것뿐인걸. 이 언니가 싸워 본 상대 중에서는 손에 꼽을 수 있을 만큼 강자니까. 혹시 사사랑 에르는 포브레이군에 붙으려는 거야?"

"으음…… 그쪽 군은 대장이 너무 일방적으로 설치는 게 좀 그렇긴 해. 제르토블에서는 얼굴에 먹칠을 당했다면서 길길이 날뛰고 있고."

"타쿠토 일파는 제르토블 내의 세력 분열을 일으킨 일이나 도끼 용사 살해 때문에 미움을 사고 있어요."

코끼리 수인이 나를 보며 공손한 말투로 얘기했다.

아마 실트벨트와 관련이 있는 녀석들인가 보다.

판다 수인은 눈치 보는 태도가 아니군. 편하게 어울릴 수 있을 것 같다.

"이길 가망은 있는 거야? 상황에 따라서는 협조할 수도 있어."

판다 수인이 돈을 표시하듯 손가락을 둥글게 말아 보이며 말했다.

"없다고 하면 떠날 거냐?"

"아니, 듣자 하니 지혜의 현왕이 그 관록을 선보였다면서? 게다가 방패 용사의 파벌에 가담해서 승리하면 명성도 치솟을 테고, 돈벌이도 수월해질 것 같은 냄새가 난단 말이지."

오…… 이거 틀림없이 돈에 따라 움직이는 용병이군. 시원시원해서 좋은데.

마음에 들어. 그 분석력과 냉정한 판단력.

"나디아…… 본명은 사디나라고 했던가? 이 녀석이 있으면 이쪽에 거는 게 무난하겠지."

그렇군. 사디나의 실력을 알고 있으니까 이쪽에 붙겠다는 건가.

"알았어. 우리 군에 가담하고 싶으면 좋을 대로 해. 사디나, 네가 알아서 해."

"네~에. 알았어, 나오후미."

"이 술고래가 이렇게까지 친근하게 구는 걸 보니, 소문이 사실이었나 보네?"

"혹시나 해서 묻는 건데, 그 소문이라는 게 어떤 거지?"

"방패 용사는 괴물처럼 술이 세다는 얘기야. 혹시 틀렸어?"

"정말이야~. 이 언니도 못 이길 만큼 센걸."

"지금 나오후미의 주량 얘기를 하는 거야?"

그때 실디나가 달려왔다. 중량급 수인들이 이렇게 모여 있으니 갑갑하군.

"에엑! 더 늘어났잖아!"

판다 수인이 놀라서 소리쳤다.

"얘는 실디나. 이 언니의 여동생이란다~."

판다 수인이 식은땀을 흘리기 시작했다.

보아하니 사디나의 술 강권에 시달려 온 모양이군. 틀림없다.

"일단 얘기는 이쯤 해서 끝내고, 우리는 돌아가야겠어."

"어머나~, 언니들이랑 더 마시고 가라구~."

"마시고 가~."

범고래 자매가 판다 수인과 코끼리 수인을 꽉 붙잡았다.

"뭐야! 이거 좀──."

코끼리 수인이 팔려 나가는 새끼 양 같은 눈으로 나를 쳐다보았다.

"아, 적당히 해 둬."

"말 안 해도 알아~. 나오후미가 같이 가 준다면 살살 해 줄게."

"응!"

범고래 자매가 술자리에 나를 끌어들이려 들었다.

하아……. 하는 수 없지.

"조금만 마시고 갈 거야. 그 녀석들을 너무 괴롭히면 곤란하니까."

용병들은 술을 좋아할 거라는 이미지가 있는데, 이 녀석들은 다른 건가?

"고, 고마워! 술고래 괴물들 좀 처리해 줘!"

판다 수인과 코끼리 수인이 연신 고개를 끄덕이며 고마움 가득한 표정으로 나를 쳐다보았다.

참고로 이들도 술 마시는 걸 좋아하긴 하지만, 그렇다고 범고래 자매에게 시달리면서까지 마실 만큼 좋아하는 건 아니라는 모양이었다.

앞으로 며칠만 더 있으면 전쟁과 파도가 찾아올 것이다.

준비는 끝났다. 해야 할 일은 최대한 다 마쳤다.

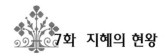

7화 지혜의 현왕

이렇게 해서 포브레이와의 전쟁이 시작되었다……. 예정보다 며칠 일찍.

"채찍 용사는 어리석은 자인가?"

쓰레기가 회의실에서 미간을 찌푸린 채 고개를 갸우뚱거리고 있었다.

쓰레기는 적들이 파도가 오는 타이밍에 맞추어 메르로마르크에 쳐들어올 거라고 예측했었는데, 타쿠토는 그보다 더 일찍 쳐들어온 것이다.

속도가 곧 승리의 비결이라는 듯이.

확실히 준비 부족 상황에서 적을 맞이하게 될 가능성도 있었던 건 사실이지만, 쓰레기가 신속하게 지시를 내린 덕분에 만전의 준비를 갖출 수 있었다.

성 밑 도시의 성벽 위에서 저 먼 곳에 시선을 집중하니, 포브레이의 군단이 쳐들어오는 모습이 보였다.

나는 포브레이 군이 생각보다 일찍 쳐들어온 것에 대해, 성에서 쓰레기와 대화를 나누는 중이었다.

"이유로 생각해 볼 수 있는 건, 파도가 발생한 동안은 이와타니 공 일행의 레벨이 타세계에서의 레벨과 합산되기 때문이라는 건데……. 그렇다 해도 레벨에서 앞설 자신은 있을 터…… 이런 어리석은 짓을 할 리는 없을 거요."

그럴 가능성도 충분히 있긴 하지만…… 타쿠토 입장에서 보면 그래도 충분히 이길 수 있는 상대라 생각할 것이다.

"뭔가 꿍꿍이가 있는 건지도 모르겠지만…… 상관없지. 이 타이밍에 공격해 온다면 맞상대해 주는 수밖에."

"준비는 다 된 거야?"

"그렇소, 이와타니 공."

"그나저나 용케도 이렇게 다양한 작전들을 생각해 내는군."

나는 쓰레기가 짠 작전에 어느 정도는 준비해 둔 상태였다.

물론 그사이에 수련도 게을리하지 않았지만.

아무리 용사에게는 레벨 제한이 없다고 해도, 자칭 레벨 350인 타쿠토의 레벨을 단 며칠 만에 따라잡는 건 불가능했다.

하지만 우리에게는 비장의 카드가 있다.

내가 가르쳐 준 지식과, 쓰레기와 포울 등 칠성용사를 통해 얻은 지식을 총동원해서 작전을 고안했다.

어제 메르로마르크의 요새 하나가 녀석들의 손에 함락 당했다.

정확히 말하자면 고의적으로 이쪽에서 넘겨준 거나 다름없었지만.

그건 쓰레기의 작전에서 상정한 범위 안의 일이었다.

나, 렌, 모토야스, 이츠키는 쓰레기가 짜낸 작전을 기억해 두고, 경우에 따라서 대응 방안을 변경하기로 합의했다.

기본적으로는 타쿠토를 공격하는 건 나와 렌, 전장에서 응전하는 건 모토야스와 이츠키다.

전장의 작전 지시와 거점 방어는 쓰레기가 담당하기로 했다.

아, 포울은 나와 동행할 예정이다. 리시아는 렌과 함께 행동하게 된다.

즉 용사는 타쿠토 본진과 전장, 두 쪽으로 분산되는 것이다.

필로, 라프짱, 가엘리온, 사디나, 세인, 실디나는 나와 함께 행동할 예정이다.

키르를 비롯해서 대인전이 가능한 몇몇 마을 사람들은 전쟁으로 보내기로 했다.

라프 종은 별동대가 되어 움직이도록 할 계획이다.

나머지는 쓰레기의 작전에 달렸다.

하늘에 떠 있는 비책이 제대로 먹히기를 기도하는 수밖에 없다.

"이와타니 공, 이건 어디까지나……."

"알아."

쓰레기의 작전이라 깔보고 있었는데, 이렇게까지 꼼꼼한 작전을 짜오니 수긍하지 않을 수 없었다.

적어도 내가 작전을 짜는 것보다는 성공률이 높겠지.

이런 건 유능한 녀석에게 맡기는 게 제일이다.

모든 사람이 그 상황에서 해야 할 역할을 최대한으로 해내면, 나쁜 결과가 나오지는 않을 것이었다.

아니, 나쁜 결과가 나오지 못하도록 내가 막을 것이다.

"이제 슬슬 시작할 시간입니다."

"그래……."

메르로마르크, 실트벨트, 쿠텐로 등에 소속된 병사들, 거기에 내 영지의 노예들이 모두 전장 앞에 모인 가운데, 나는 모두에게 잘 보이는 위치에 설치된 단상에 올라서…… 대담하게 웃으며 선언했다.

"잘 들어! 지금부터 벌어질 싸움은 메르로마르크 여왕의 영전에 바치는 전투다. 그와 동시에, 적들은 봉황과의 전투에 개입한 무뢰배들이며, 사성용사의 전설을 더럽히려는 세계의 적이다! 이 자리에 있는 자들은 그 점을 잘 알고 있으리라 믿는다!"

"""오오—!"""

"우리는 세계를 지키기 위해 싸우고 있다. 그런데 녀석들은 어떤가? 세계를 독차지하기 위해 싸울 뿐 파도를 도외시하고,

죄 없는 자들을 괴롭히고 죽여 댄다! 사성용사의 이름으로, 그런 자들은 절대 용서하지 않겠다!"

""오오—!""

모두 같은 심정인 모양이군.

"모두들! 마음을 하나로 모으자! 세계의 적에게 죗값을 치르게 해 주는 거다! 이건 설욕전이다! 너희 동료를 다치게 한 자들을 처치하라!"

내 말에 호응하는 목소리들이 전장에 울려 퍼졌다.

나 참……. 나는 때때로 이런 역할을 떠맡곤 하는데, 역시 하는 편이 사기가 더 오른단 말이지.

"나오후미~."

사디나가 단상에서 내려온 나에게 다가왔다.

"왜 그래?"

"건강해 보여서 다행이야. 이제 괜찮은가 보네."

"그야 뭐……. 빈사 상태에 빠졌을 때 이런저런 일들이 있었거든."

"그래? 그거 다행인걸. 나오후미가 후련하게 다 나았다면 이 누나도 열심히 싸워야지."

"신난다고 너무 설치지는 마."

"네~에. 있잖아, 나오후미. 이 싸움에서 이기면 이 누나랑 재밌는 거 할래?"

"그래, 그래. 뭐, 예전보다 관대해지긴 했으니까 진짜로 놀고 싶다면 한번 생각해 볼 수도 있어. 그 전에 먼저 라프타리아를 데려오고, 이것저것 정리하는 게 먼저지만."

그렇게 대답하자 사디나는 뭔가 싱글싱글 웃으며 내 어깨에 손을 올렸다.

"컨디션 최고인걸. 그런 모습을 보니 이 누나도 기뻐. 그럼 힘차게 가 보자구~!"

인사를 마친 나는 쓰레기에게서 넘겨받은 지팡이를 가볍게 휘두르고, 작전에 따라 움직이기 시작했다.

몇 시간 후.

타쿠토는 점령한 요새의 전망 좋은 테라스에서 여자들 사이에 둘러싸인 채 메르로마르크를 바라보고 있었다.

메르로마르크의 성 밑 도시에서 검은 연기가 피어오르고 있었다.

그 표정은 승리에 취한 자의 얼굴 그 자체였다.

"보고 드립니다!"

이번 보고도 낭보일 거라 확신하고 있는 것 같았고, 실제로도 그 보고는 낭보였다.

"타쿠토 님의 신병기와 작전에 메르로마르크의 수도에 대한 우리 군 병사의 강하 작전이 성공. 적들의 지휘부는 혼란에 빠져 있습니다. 황급히 달려온 용사가 가까스로 타쿠토 님의 군대와 교전하고 있지만 중과부적, 전투 속행이 불가능해지는 건 시간문제로 보입니다."

"후후후, 당연히 그렇겠지. 지금까지 이 작전으로 승승장구해 왔으니까. 녀석들의 지능도 수준이 뻔하군."

"역시 타쿠토 님이세요!"

"대단하세요!"

"그 일제 사격을 견딜 수 있는 병사는 아무도 없어요!"

"타쿠토 님이 제안한 비행기에 의한 공중 폭격과 강하 작전에는 누구나 속수무책으로 당할 수밖에 없을 걸요."

"그렇게 비행기 태우지 마. 이것도 다 이 세계를 위해, 사람들을 위해 하는 일이니까. 빨리 전쟁을 끝내고 그 쓰레기들이 지배하던 나라를 소멸시켜 버려야지."

타쿠토는 가벼운 웃음을 지으며 말했다.

"그나저나 너무 손쉽게 이기니 재미가 없네. 하지만 승리만큼 즐거운 것도 없겠지. 특히 내 작전으로 이렇게 이기는 건 더더욱 그렇고."

"네."

"맞아요."

"하하하하하!"

드높은 웃음소리가 메아리쳤다.

"──방금 그거 다 거짓말."

"엉?"

타쿠토는 요란하던 웃음을 멈추고, 보고하러 온 병사……로 위장한 우리를 쳐다보았다.

경비병들, 엄청 허접하더군.

작전은 이러했다.

고의로 함락되도록 방치한 요새에 미리 포털을 등록해 두었다.

그 포털을 통해 침입해서 전령병인 척을 하며 타쿠토에게 가고, 쓰레기의 계획대로 보고하면서 반응을 확인. 예상 그대로라면 정체를 밝히고 처치하는 식의 흐름이었다.

전령병의 장비 세트는 제르토블의 비밀 길드를 통해서 변통했다.

포브레이는 원래 오랜 역사를 가진 나라이다 보니, 그런 물건도 많이 돌아다니는 모양이었다.

만전을 기하기 위해 라프짱에게 부탁해서 냄새까지 바꾸는 환각 마법을 걸어 두었다.

환각이라는 게 꼭 모습을 감추는 것만 해당하는 건 아니니까.

제아무리 후각이 뛰어난 자들도 알아채지 못한 모양이군.

"애초에 전령이 이렇게 많을 리가 없잖아. 바보들이냐?"

어안이 벙벙한 표정의 타쿠토 패거리 앞에서 보란 듯이 변장을 풀었다.

여기에 있는 것은 포울, 세인, 렌, 라프짱이었다.

필로와 가엘리온, 사디나와 실디나는 타쿠토 주위의 병사들과 전투에 들어갔다.

"아주 신이 나게 웃어 대고 있더군. 애석하지만 저 연기는 네놈이 만든 비행선이 격추당하면서 내뿜는 연기야."

"말도 안 돼! 루리나가 당했다고?!"

그렇다. 타쿠토 측 비행기는 쓰레기의 작전으로 모조리 격추당했을 터였다.

쓰레기의 작전대로 풀렸다면, 이번에 공중 폭격과 강하 작전에 동원된 비행기는 쓰레기가 글라웨이크 광산에서 가져다가 메르로마르크 상공에 모아 놓은 광석에 막혀 있을 것이다.

글라웨이크 광석, 한마디로 날아다니는 바위다.

이 세계에는 그런 광석이 공중에 떠 있는 곳이 많은 만큼 타쿠토 측에서도 회피를 염두에 두었겠지만, 그 점은 라프 종 녀석들의 힘을 빌려서 해결했다.

은폐 기능 하나는 압도적으로 뛰어나니까.

합창마법을 응용해서 메르로마르크 상공에 아무것도 없는 것처럼 보이게 만든 것이다.

다행히 오늘 날씨는 쾌청.

얼핏 보면 비행기가 날기에 최적의 환경으로 보이게 마련이다.

실제로는 곳곳에 글라웨이크 광석이 떠 있지만 말이지.

그러니 날아다니는 바위를 피하지 못하고 충돌해서 추락하리라는 건 불 보듯 뻔했다.

물론 그것뿐이었다면 결국은 돌파당할 가능성도 있으나, 거기까지도 이미 계산해 두었다. 낙하산을 이용해 낙하하는 강하부대를 향해, 글라웨이크 광석을 발판 삼아 올라 선 메르로마르크의 마법사들이 힘을 모아 바람 마법과 중력 마법을 다중 영창했다.

낙하산의 약점은 딱히 어렵게 생각할 것도 없다.

낙하산의 천에 마법을 맞히면 그대로 극락행인 것이다.

긴급 상황에는 바람 마법을 이용해서 착지하는 것도 염두에 뒀겠지만, 중력 마법으로 증가된 낙하 속도까지 전부 다 상쇄할 수는 없다.

게다가 밑에서도 마법이나 활의 공격이 날아드니, 제아무리 레벨이 높다 해도 무사할 수는 없을 것이다.

이번에는 우리에게 순풍이 불어 주고 있는 셈이다. 지혜의 현왕님 만만세군.

"어, 어째서?!"

"길게 얘기할 생각 따위는 없어. 그래도 하나 가르쳐 준다면, 과거의 전쟁에서 명성을 떨쳤던 지혜의 현왕을 깔본 게 패착이 었겠지."

"큭!"

타쿠토의 떨거지들이 총을 꺼내서 전투태세를 취했다.

"지혜의 현왕 왈, 네 작전은 하책 중에서도 최하책이라더군. 선택도 형편없었다고 했고."

그렇다. 타쿠토의 작전들 가운데 가장 어리석은 작전이 이런 결과를 초래한 것이다.

우리가 여기에 올 것을 미리 계산하지 못한 게 바로 그 증거……라는 것이 쓰레기의 말이었다.

내 생각에 가장 위험하게 느껴졌던 건 타쿠토가 제1선에 나서서 일기당천의 싸움을 벌이는 작전이었는데, 쓰레기 말로는 그것도 하책이라고 했다.

뭐, 정말로 타쿠토가 그렇게 나왔다고 해도 용사들이 힘을 모아서 처치할 수 있을 거라는 전망은 있었으니, 그리 큰 위협도 아니었긴 했다.

더불어 싸움이 시작된 직후에 쓰레기가 이런 말을 뇌까리기도 했다.

『내가 상정했던 가장 어리석은 계책보다도 한층 더 어리석은 수단으로 나오다니……. 이건 마치 알아서 자멸이라도 하는 것 같지 않은가. 혹시 현혹이라도 당한 건가? 아니, 우리를 너무 얕보고 있었을 가능성도 있어……. 좋아, 함정이라면 걸려든

척하고 상대방의 대응을 봐야겠군. 함정이 아니라면 이 작전은 훗날에 큰 영향을 끼치게 되겠지.』

그 훗날에 큰 영향을 끼치게 될 작전이라는 건 지금쯤 효과를 발휘했을까?

아니, 그건 상관없다. 나는 내가 할 수 있는 일만 하면 된다.

아쉬운 점이 있다면 할망구가 여기 없다는 점이었다.

아쉬워하는 기색이 역력했지만 전장 경험이 풍부한 녀석이라 이쪽에서는 제외했다.

라프타리아가 무사히 탈출했다는 소식을 듣고는 안도의 한숨을 내쉬었었지.

또한, 쓰레기의 활동을 본 실트벨트 간부들의 얼굴에 떠오르던 심란한 미소도 인상적이었다.

『오랜 숙적이었던 지혜의 현왕이 아군이 되는 날이 올 줄은 꿈에도 생각 못 했어. 역시 우리는 무시무시한 자를 상대하고 있었던 거군.』

감회에 젖어 그렇게 뇌까렸다.

참고로 백병전 쪽으로 갖가지 기발한 계책을 활용한 모양이었다.

그리고 정보 누출을 염려해서 쓰레기 본인의 입으로 얘기하지는 않았지만, 동시에 전개할 수 있는 작전이 100개 내지 200개는 있는 모양이었다.

우수한 통신 수단을 활용해서 전투를 보조한다고 그랬던가.

본인 왈 '전부 다 작동하는 건 아니지만, 이 정도면 급조한 것치고 양호한 편이겠지.' 라고 했다.

우리는 적 본진에서 대장을 처치하는 데만 집중하면 된다는 것이었다.

적을 깔보는 건지, 아니면 내가 모르는 승리 전략이 있었는지.

그건 쓰레기에게 물어보라는 대답밖에 못 하겠군.

그나저나, 그 녀석은 무슨 창작물에 나오는 천재 군사라도 되는 거냐.

이렇게까지 일이 술술 풀리니, 초능력이라도 갖고 있는 것 아닌가 하는 태클이라도 걸고 싶어질 지경이었다.

전성기의 쓰레기를 상대할 일이 없어서 천만다행이라는 생각이 절로 들었다.

나에게 누명을 씌웠을 당시의 쓰레기가 이런 수준이었다면 결백을 증명할 길이 없었을지도 모르겠는데.

"그럼 지금이라도 내가 전장에 나서면 그만이다!"

타쿠토는 당장에라도 뛰쳐나갈 기세로 손톱을 꺼내 들었다.

"아니, 우리를 잊으면 곤란하지. 내가 지난번과 같을 거라 생각하면 오산이라고."

이 녀석을 저지하고, 나아가서 처치하기 위해 여기에 와 있는 거니까.

"네놈 따위가 나를 이길 수 있을 줄 알아?"

"당연하잖아? 이건 네놈의 인생을 결딴내는 싸움이니까. 어디서부터 잘못된 선택을 했는지, 싸우면서 후회나 하시지."

그 낯짝이 형편없이 일그러질 설 생각하니 너무 즐거워서 어지간한 도발에는 화도 안 난다.

우리도 아무 계책 없이 여기에 온 게 아니다. 승산이 충분할 거라 보았기에 여기에 있는 것이다.

"무슨 소리를 지껄이는 거야? 네놈들은 내 강화의 먹잇감이 돼 주려고 일부러 여기까지 온 거잖아? 얼마든지 상대해 주지."

타쿠토의 떨거지 여자들이 철컥 하고 총을 겨누었다.

"그래서? 또 비겁하게 일제사격으로 약화시킨 뒤에 사냥하시겠다?"

쓰레기가 제안한 작전대로 타쿠토를 도발했다.

그러자 타쿠토는 울컥한 듯 미간을 찌푸렸다.

엄청 단순한 놈이잖아. 이렇게 한 방에 걸려들다니.

"말이 좋아 지략이지, 사실은 완전 비겁한 거잖아."

뭐, 녀석이 도발에 걸려들지 않았을 경우에 대비한 수단도 없는 건 아니다.

……젠장, 주위를 둘러보니 윗치가 없잖아? 어딜 간 거지?

"좋다. 네놈들 정도는 나 혼자 상대해도 충분하지. 내 레벨은 350이니까."

평균적인 정의감은 있는 모양이군. 아니면 자존심이 터무니없이 높은 바보거나.

어찌 됐건 쓰레기의 작전, 타쿠토와의 전투는 페이즈 2로 이행되었다.

지금부터는 나 자신의 싸움이며, 쓰레기는 관여하지 않는다.

여기서 지면 웃음거리가 되겠군.

"네놈들이라고? 그건 내가 할 소리야. 우리가 네놈들이 했던 것 같은 비겁한 기습으로 맞받아치지 않은 이유가 뭔지 알아?"

"어차피 기습 따위 나에겐 안 통해!"

전제를 물었는데, 다짜고짜 '안 통한다' 라는 결론으로 대답하다니……. 말이 안 통하는 녀석이군.

"어찌 됐건, 나는 네가 쌓아 올린 것들을 모조리 파괴해 버리려고 일부러 정공법으로 싸우고 있는 것뿐이다."

확실히 이길 수 있는 비장의 카드를 쓰지 않는 것은, 그것을 전부 증명하기 위해서다.

"가짜 용사, 네놈을 처치하는 건 나 혼자 힘으로도 충분해."

"형?!"

내 말에 포울이 놀라서 소리쳤다.

"미안하다, 포울. 좀 참아 줘."

"하지만……."

"진정해. 아주 싸우지 말라는 얘기는 아니니까, 차분하게 지켜보고 있어."

나는 한 발짝 앞으로 나서서, 보란 듯이 지팡이를 꺼내어 어깨에 걸쳤다.

"음? 그 지팡이는……."

"그래, 네놈이 원하는 칠성무기 중에 하나지. 현재는 내 소유물이고."

"그거 잘됐네. 방패를 넘겨준 네놈에게서 무기를 하나 더 빼앗아 주마."

"할 수 있으면 해 보시지."

나와 타쿠토가 눈싸움을 벌이기 시작했다.

"아, 맞아, 윗치는 어디 있지? 또 사람들 속에 숨어서 후방에서 비겁한 마법 공격의 기회라도 노리고 있는 거냐?"

"마르티 말이냐? 홍, 그 애는 포브레이에 있다. 그래도 여기는 자기 조국이니 멸망하는 순간을 보고 싶지는 않겠지."

"너, 윗치의 성격을 알고는 있는 거냐?"

뭔가 착각하고 있다. 메르로마르크가 멸망하는 순간을 보면 누구보다 기뻐할 녀석이 바로 윗치이련만.

"타쿠토 님, 저희도 싸우고 싶어요."

여자들 중 몇 명이 한 발짝 앞으로 나서서 타쿠토에게 말했다.

그것은 지난번 조우전 때 포울과 적대하던 아오타츠 종 여자, 사디나에게 적의를 내보였던 인어 같은 여자였다. 그리고 두 명더…… 도마뱀 같은 여자와 필로처럼 등에 날개가 달린 여자도 서 있었다.

각각 가엘리온과 필로를 쏘아보고 있었다.

"넬리센, 샤테, 렐디아, 그리고 아쉐르. 알았어. 그냥 구경만 하는 것보다는 낫겠지. 실력 차이를 확실하게 보여 주도록. 승리하는 것은 진정한 용사와 그 동료들이라는 것을!"

"진정한 용사는 무슨! 그따위 짓을 저지른 주제에…… 그런 놈들이 용사라니 말도 안 되는 소리!"

렌이 한 발짝 앞으로 나서서 선언했다.

그러자 타쿠토의 떨거지들 중 도마뱀 같은 꼬리를 가진 여자가 렌과 가엘리온을 쏘아보았다.

"타쿠토가 용사가 아니라고? 눈이 썩어 문드러진 모양이네. 약하기로 소문이 자자한 사성용사 주제에. 패왕이라는 게 무엇인지 똑똑히 가르쳐 주마!"

아오타츠 종 여자가 포울 앞을 막아섰다.

"네놈들이 상대하고 있는 게 얼마나 고귀하고 근사한 인물인지, 그 몸으로 똑똑히 깨닫게 해 주지. 방패 용사 따위를 숭배하니까 하쿠코는 물론 실트벨트 전체가 쇠퇴하는 거라는 걸!"

"꺼져! 잔챙이!"

"포울."

"왜 그래?"

"그 녀석을 해치우면 이쪽 싸움에 합류해도 돼. 그때까지 이 녀석이 쓰러지지 않았다면 말이야."

"알았어. 형, 금방 갈게! 그때까지 잘 싸워 줘!"

포울과 아오타츠 종…… 넬리셴이란 녀석이 눈싸움을 벌였다.

"그럼 이 누나랑 싸울 상대는 너니?"

"루카 종 여자…… 존재 자체가 죄악이다!"

인어처럼 생긴 여자가 변신했다. 어쩐지 상어를 연상케 하는 수인이었다.

"노이드 종과 크샤 종의 혼혈이니? 이 언니한테 무슨 원한이라도 있나 봐?"

"뻔뻔한 것! 네놈들 루카 종이 지금껏 우리를 얼마나 업신여겼는데!"

"이유가 뭔지는 모르겠지만 이 언니랑 싸우고 싶다면 상대해 줄게. 실다나는 물러서 있으렴."

뭔가 종족 간에 원한을 갖고 있는 녀석이 있나 보군.

내 알 바 아니지만.

자신은 잘못한 것도 없는데 생트집을 잡히다니, 사디나도 고생이 많다.

"에? 나도 싸우고 싶은데."

"그럼 필로 쪽을 도와주렴. 그쪽이 좀 불리할 것 같지 않니?"

실디나는 필로와 그리핀 쪽을 보고 고개를 끄덕였다.

"어머……. 최대한 빨리 끝낼게. 그리고 그다음부터는…… 본격적으로 싸워 볼게."

"그래, 잘하고 오렴."

"헛소리 마! 네놈들 둘 다 내가 해치워 줄 테니까!"

상어 같은 수인이 그렇게 말하자 사디나가 살기를 내뿜었다.

실디나는 뭔가 들뜬 표정이었다.

네놈들은 무슨 전투민족이냐!

"고작 너 따위가 이 언니와 실디나를 동시에 상대하겠다구? 그렇게 함부로 사람을 깔보면 이 언니가 화나잖니?"

주제도 모르고 감히! 라는 식의 압박감에 상어 수인도 순간적으로 주춤했지만, 곧 분노를 터뜨렸다.

"건방지게 여유를 부리다니! 혼쭐을 내 주겠어!"

그렇게 말하는 와중에 내 옆에 있던 세인이 한 발짝 앞으로 나서서, 날아온 총탄을 가위로 쳐냈다.

"조금──."

"성급한 것 아닌가요?"

타쿠토 옆에 있던 메이드녀를 가위로 삿대질하자, 사역마가 세인의 말을 대변해 주었다.

보아하니 라이플로 내게 선제공격을 날리려 했던 모양이었다.

"타쿠토를 불쾌하게 만든 죗값을 치르게 하겠습니다."

"그런 짓은…… 용납 못해!"

세인은 메이드녀와 싸우게 되는 건가.

"용제의 조각을 가진 자야. 제 발로 나에게 돌아오다니, 빼앗기고 싶어서 안달이 난 모양이구나"

"뀨아!"

"후……. 허약하고 왜소한 조각에게 진짜 용제의 힘을 똑똑히 보여 주마."

빠득빠득 소리가 나면서, 도마뱀 같은 여자가 드래곤으로 변신하기 시작했다.

엄청나게 컸다. 아버지 가엘리온보다도 한참 더 커 보였다.

어쩐지 가엘리온과 적대하는 드래곤에게서는, 영귀나 봉황에게서 느껴지던 찌릿찌릿한 무언가가 느껴졌다.

방패가 있던 자리가 욱신거린다……. 저 드래곤에게는 뭔가 비밀이 있는 게 분명하군.

솔직히 나는 처음에는 타쿠토 따위를 상대하는 데 렌까지 데려오는 게 내키지 않았었다.

하지만 쓰레기는 뭔가 불길한 예감이 든다면서, 만전을 기하기 위해 렌을 나와 동행시켰다.

그건 이런 상황에 대비한 조치였는지도 모르겠다.

"왜소한 용제의 조각이여. 타쿠토는 여자는 살려 두라고 했지만, 너는 아니다."

"이런, 나를 잊으면 안 되지."

가엘리온 옆에서 렌이 검을 움켜쥐었다.

"나오후미, 나는 누구와 싸우면 되지?"

"제일 세 보이는 드래곤을 상대해. 가엘리온과 같이 싸워."

"알았어."

렌은 고개를 끄덕이고 거대해진 가엘리온에 올라탔다.

『목숨을 걸고 싸웠던 자와 힘을 합쳐 싸우게 되다니…… 기구한 운명이군.』

아버지 가엘리온이 그리 말하는 것도 이해가 가는 조합이었다.

"사성용사 따위가 나를 이길 수 있을 것 같으냐!"

"렐디아, 용사를 이길 수 있겠어?"

"나를 뭐로 보고 있는 거냐, 타쿠토. 상대가 누구건, 나에게 맡겨 두면 두려워할 것 없다."

그 곁에 있던 날개 달린 여자도 변신했다. 그리핀이었다.

그리고 필로가 그리핀녀와 대치하기 시작했다.

"필로리알, 땅바닥을 기어 다니는 우리의 숙적, 그 여왕의 후예의 숨통을 끊는 것은 그리핀인 나."

"와~, 새? 고양이? 필로, 이번에는 안 질 거야."

얼굴에 긴장감이 없는 건 여전하군.

분명히 자기보다 고레벨의 적을 상대해야 하는 상황이건만…… 필로 녀석은 여유가 넘쳤다.

"신조…… 같이 싸우자. 빨리 해치워서 사디나보다 뛰어난 면을 보여 주고 싶어."

실다나는 필로를 신조라고 부르는 모양이다.

아…… 그러고 보니 루프트가 내린 공고 때문에 쿠텐로에서는 필로를 신조로 취급했었지.

자, 쓸데없는 생각은 무시해 두고…….

"좋아, 그럼 연극을 시작해 볼까. 결말이 정해져 있는 싸움을."

나의 말에 타쿠토는 도발적으로 대꾸했다.

"그래! 우리의 승리로 정해져 있는 싸움을 시작해 보자고!"

각자의 싸움이 시작되었다.

 8화　X

요새의 테라스는 전투를 벌이기에는 너무 비좁았다.

싸우기 용이하도록, 나와 타쿠토 그리고 방관자 여자들을 제외한 나머지 사람들은 자연스럽게 테라스에서 내려가 성안에서 각각 싸움을 시작했다.

그리고 가엘리온과 렌, 필로와 실디나는 하늘에 있었다. 가엘리온이 렌을 등에 태운 채 날고 있고, 실디나가 마법으로 필로를 띄워서 지원해 주고 있다.

"라프……."

라프짱이 꼬리를 부풀리며 타쿠토의 떨거지들 중 여우녀를 쏘아보고 있었다.

……비열하게 환각 마법을 전개해 둔 건가. 정말이지 더러운 녀석들이다.

그리고 라프짱이 그걸 무효화하는 모양이군.

최근 들어, 라프짱은 눈부시게 성장하고 있다.

여우녀는 결정적인 순간에 같은 패거리를 지원하려고 숨어 있는 것이리라.

애석하게 됐군.

그건 그렇고…… 일단은 타쿠토에게 의식을 집중해야겠지.

"하하하, 고작 하나의 칠성무기밖에 없는 네놈 따위가, 칠성무기 다섯 개에 사성무기 하나, 총 여섯 개나 되는 무기를 가진 나를 이길 수 있을 것 같아?"

"그래 봤자 부정하게 손에 넣은 힘이야. 가짜는 진짜를 이길 수 없다는 걸 똑똑히 가르쳐 주지."

"입만 산 놈이군."

"지금 누워서 침 뱉는 거냐?"

"하? 그건 또 무슨 개소리지?"

"그럼 너 같은 멍청이도 알아들을 수 있게 얘기해 주지. 자기가 던진 부메랑에 맞아 죽는다는 소리다."

"뭐가 어째?!"

애초에 갖고 있는 무기의 수보다, 알고 있는 강화방법의 수가 더 중요한 것이다.

무기가 많으면 전략의 폭이 넓어지긴 하겠지만, 여러 종류의 무기를 혼자서 사용하는 데에는 한계가 있다.

솔직히 전설의 무기를 독차지하는 것보다, 여러 사람에게 쥐여 주는 게 더 상대하기 성가셨을 것이다.

그런 의미에서는 쿄 쪽이 그나마 머리가 더 좋았던 셈이다.

나는 즉시 양손으로 지팡이를 쥐고 마법을 영창했다.

이것이 칠성의 지팡이에 깃들어있는 능력, 마법 영창 시간을 단축해 주는 힘이었다.

쓰레기의 말에 따르면, 완전히 적응하면 드라이파 클래스의 마법도 영창 없이 사용할 수 있다고 했다.

그 밖에, 적성에 맞지 않는 마법을 익히게 해 주는 능력도 있었다.

이건 꽤나 우수한 능력이라, 사용해 보고 놀랐을 정도였다.

방패가 얼마나 까다로운 무기인지, 지팡이를 써 보니 뼈저리게 실감할 수 있었다.

쓰레기에게 돌려주기가 아까울 정도다.

나는 SP와 마력을 혼합시켜서, 이 자리에 있는 모든 아군에게 마법을 걸었다.

전에는 영창할 때 나타나는 퍼즐을 다섯 개는 풀어야 발동했는데, 이제 두 개면 끝났다.

게다가 조립하는 구조도 간단했다.

그리고 나는…… 칠성의 지팡이에 내포되어 있던 강화마법을 발동시켰다.

『나, 용사가 하늘에 명하고, 땅에 명하고, 이치를 끊고, 연결하여, 고름을 토해 내게 하노라. 내 마력과 용사의 힘과 더불어 힘을 이루어라. 힘의 근원인 용사가 명한다. 삼라만상을 다시금 깨우쳐, 저자들에게 모든 것을 줄지어다.』

"알 레벌레이션 아우라 X!"

온라인 게임에서는 레벨업 등으로 얻은 포인트를 자신이 원하는 스킬이나 마법에 투자해서 능력을 끌어올릴 수 있는 시스템이 존재한다.

레벨을 올려서 스킬 포인트를 배분하고 스킬을 익히는 것.

온라인 게임의 정석적인 시스템이다.

스킬 습득제라 표현하면 이해하기 쉽겠지.

방패와 건틀릿의 강화방법이 바로 그런 것이었다.

지팡이는 마법, 건틀릿은 스킬에 포인트를 배분할 수 있게 해주었다.

현재의 레벨에 따른 포인트가 들어오고, 그 포인트를 마법과 포인트에 분배할 수 있었다.

뭐, 하나의 마법에 중점적으로 투자하면 그에 상응하는 포인트가 소비되지만.

이런 시스템의 문제점인 포인트 재분배도 일단은 가능한 것 같아서 그래도 안심이 됐다.

무기 안에 있는 강화 포인트…… 이 경우에는 렌이 가르쳐 준 숙련도 포인트가 가장 유용하게 사용되었다. 이것을 일정 수치 배분하고, 하루의 쿨타임을 거치면 다시 재분배할 수 있었다.

상당히 유용한 능력이었다.

그리고 지금 내가 영창한 것은 동료들의 모든 능력치를 상승시켜 주는, 뛰어난 지원 효과를 가진 아우라였다.

게다가 용사만이 영창할 수 있는, 다중 적용되는 레벨레이션 클래스의 아우라.

여기에 지팡이의 강화능력을 이용해서 포인트를 통한 상승 효과까지 건 것이다.

"받아라!"

타쿠토가 나를 향해 반진 클로를 이용한 첫 공격을 날렸다.

나는 여유를 부리며 그 공격을 피했다.

어떻게 여유를 부릴 수 있냐고? 타쿠토의 공격이 엄청 느리게 느껴지기 때문이다.

직선으로 날아오는 광선이지만, 솔직히 그 궤적이 다 보였다.

광선인데도 탄속이 느린 것이다.

정신을 집중해서 들으니, 방금 타쿠토가 외친 말인 "받아라!"
가 "바아아아아아아아아아다아아아아아아아아아라라아아아아아
아아아아아아아아아아아아!"로 들렸다.

타쿠토의 공격이 내 뒤로 지나가 버렸다. 유도성이 있다 해도
무한정은 아닌 모양이군.

이렇게 현재 내 능력은 어마어마하게 상승한 상태였다.

렌이 플레이하던 온라인 게임 속 세상처럼, 단계가 오를 때마
다 효과가 대폭 상승하는 것이다.

효과뿐만이 아니라 효과 시간의 연장, 그리고 추가 효과가 발
생하는 것까지 있는 등, 제법 심오한 구조였다.

지금까지 사용하기 까다롭게 느껴 왔던 마법이나 스킬에도 가
능성이 잠들어 있다.

알 레벌레이션 아우라처럼 강력한 마법은 필요 포인트도 높지
만, 그만큼 효과 상승 폭도 컸다.

이것이 지팡이와 건틀릿의 힘.

이 세계를 지키고자 하는 의지…… 정령들이 완전한 형태로
힘을 빌려주고 있다.

"이걸 피해?!"

"왜 그래? 너는 언제나 일격필살 아니었어? 애초에 첫 번째
공격부터 튕겨 나가긴 했지만."

타쿠토의 눈에는 내 움직임이 제대로 보이지도 않은 모양이군.

내 지원 마법의 능력이 그만큼 향상됐다는 뜻이리라.

그나저나 처음부터 대뜸 필살기를 날려 놓고 상대가 피하니까 놀라다니…… 무슨 빛의 거인이냐.

왜 악당들이 처음부터 강한 공격을 안 쓰고 아껴두는 건지 이해가 안 갔었는데, 빗나가면 이런 상황에 빠지기 때문이었군.

"흥. 봐주느라 일부러 빗나가게 쏜 거다. 한 방에 죽으면 재미 없잖아."

"그래, 그래. 맘대로 지껄여."

나는 지팡이를 힘껏 움켜쥐고 힘을 주었다.

지팡이의 능력은 아직 다 발휘된 게 아니었다. 게임 속에 나오는 차지 공격이라고 하면 이해가 빠를지도 모르겠다.

"좀 놀아 주마."

타쿠토는 그렇게 말하며 나를 향해 손톱을 겨누고 휘둘렀다.

나는 그 공격을 모두 간파하고 회피해 냈다.

몸을 낮추기도 하고, 뛰어 보기도 하고, 타쿠토 본인을 발판 삼아 도약해 보이기도 했다.

지금의 나는 방패 용사가 아니다. 칠성무기를 빌렸다고는 해도, 방어력 면에서는 사성용사인 렌보다도 낮았다.

타쿠토의 공격에 맞으면 그냥 좀 아픈 정도로 끝나지 않는 것이다.

그렇다고 무기를 맞대고 힘 대결을 했다가는 무기를 빼앗길 수도 있었다.

무술의 소양이 없지는 않은 모양인데? 타쿠토의 자세와 움직임은 제법 세련되게 느껴졌다.

하지만 말이지, 지금까지 내 대련 상대는 아트라와 라프타리 아였다고.

그냥 단순하게 공격하는 법 없이, 내 예상을 능가하는 찌르기 공격을 선보였다. 그런 녀석들을 상대로 싸우다 보니, 이 정도 공격은 시시하게 느껴졌다.

애석하게도 하나같이 내 예상을 넘어서지 못하는 공격들.

강한 자가 약한 자를 처치하기 위한 무술. 타쿠토의 전투 방식에서 받은 인상은 그러했다. 키즈나 쪽 세계에 있던 쓰레기 2호와 별반 다를 게 없군.

타쿠토는 속임수를 섞어 가면서, 나를 죽일 작정으로——

"에어스트 슬래시!"

스킬을 내쏘았지만, 속임수까지도 뻔히 보여서 김이 빠질 지경이었다.

일부러 회피 타이밍을 늦추어서, 자신만만한 타쿠토의 얼굴을 쳐다보면서,

"웃차."

가볍게 회피해 버렸다.

"큭…… 방어밖에 못하던 전직 방패 용사 주제에 제법 잘 피하잖아."

따분하기 짝이 없었다. 공격들이 하나같이 뻔히 보이는군.

"뭔가 착각하고 있는 것 같으니까 가르쳐 주지. 방어라는 건 공격보다 어려운 거다. 상대의 공격이 적중하는 타이밍을 어긋나게 해서 위력을 경감시키거나 하는 식으로 말이지."

"이때다! 세컨드 슬래시!"

타쿠토는 내가 얘기하는 틈을 타서 기습적으로 손톱을 휘둘렀지만, 나는 지팡이 끝으로 타쿠토의 가슴을 찍어서 공격을 비껴나게 만들었다.

그 바람에 타쿠토가 내쏜 세컨드 슬래시라는 스킬은 제 위력을 발휘하지 못한 채 사라지고 말았다.

"빈틈 찌르기치고는 너무 어설퍼."

"크윽……."

"어디 마음껏 스킬을 써 봐. 곧바로 위력을 상쇄시켜 주지. 이게 방패 용사의 전투법이다."

방패 용사라고 해서 꼭 적이 내쏜 공격을 모조리 정면으로 막아낼 필요는 없다.

그 공격을 흘려보낼 수도 있고, 사전에 손을 써서 위력을 경감시킬 수도 있다.

이세계에 온 이후로 그 점에 대해서 꾸준히 연습해 온 나였기에, 상대방의 공격을 방해하는 방법을 숙지하고 있었다.

더불어 적의 공격을 나에게 집중시키는 법 등 이런저런 노하우가 있지만, 타쿠토는 현재 나에게 의식을 집중하고 있으니 그점은 생각할 필요 없겠지.

이 정도면 어느 정도는 여유가 있을 것 같다.

의식을 동료들 쪽으로 조금 옮겨 볼까.

위험한 상황에 처해 있을지도 모르니까.

──이제 두 번 다시 동료가 죽는 꼴은 보지 않겠다고 다짐했지 않은가.

먼저 포울 쪽을 살펴보았다.

"지금 당장 항복하고, 훼방 놓지 않겠다고 약속한다면 봐 주겠다. 아오타츠 종 여자."

"다른 사람도 아닌 아오타츠 종 최강의 족장에게 무슨 소리를 하는 거냐, 하쿠코——. 아니, 냄새로 보아 혼혈인가? 어리석은 것."

"실드프리덴은 순혈주의 국가였던 실트벨트에 환멸을 느낀 자들이 자유를 찾아 건설한 국가. 그 대표가 이 꼴이라니, 실트벨트에서 알면 웃음거리가 될걸."

"——건방진 자식! 다시는 못 나대게 해 주마!"

포울이 수인화해서 주먹을 앞으로 내뻗었다.

그에 맞서는 아오타츠 종, 넬리셴의 실루엣이 서서히 부풀어 나갔다.

"……."

이윽고 넬리셴은 거대한 동양의 용으로 변신했다.

"기나긴 역사를 통틀어, 이 모습으로 변신할 수 있는 것이야말로 족장의 증거! 잡종 하쿠코가 이런 나를 감당할 수 있겠느냐?"

"유치하군. 지금 내가 가진 힘 정도면 못할 것도 없지만, 네놈 따위는 힘을 쓸 가치도 없어."

포울은 주먹을 붕붕 휘두르고 도발하면서 대꾸했다.

"자, 하쿠코이자 건틀릿의 용사! 오랜 원한에 종지부를 찍어 주마! 아오타츠 종이야말로 최강의 종족임을 뼈저리게 느껴라!"

넬리셴이 물 마법을 영창해서 곧바로 포울에게 퍼부었다.

포울은 그 마법을 가볍게 쳐내고 순식간에 접근, 아오타츠 종의 안면에 발길질을 날렸다.

"방금 그거, 뭐 한 거야?"

"건방 떨지 마라아아아아아아아아아아!"

천둥소리가 울리고, 포울을 향해 벼락이 떨어졌다.

바람과 물을 자유자재로 다루는 종족이라는 건가…….

"에어스트 슬래시 V!"

"으으윽!"

포울의 주먹이 넬리셴의 복부에 꽂혔다.

"하, 어…… 윽…….."

아오타츠 종의 족장이라는 녀석이 지금의 포울을 당해 낼 수 있을지 의문이군.

다음은…… 벼락 치는 하늘 아래서 눈싸움을 벌이고 있는 사디나와 샤테 쪽을 살펴보았다.

"죽어라!"

샤테는 직진하며 공격을 내질렀지만…… 내가 걸어 준 지원 마법의 영향을 받은 사디나는 그 공격들을 모조리 종이 한 장 차이로 회피하고 있었다.

"소중한 사람을 지켜 주지 못했다는 건 슬픈 일이지. 나오후미의 심정은 이 누나도 뼈저리게 잘 알아…….."

사디나는 샤테가 꼬리를 휘둘러 날린 일격을 일부러 얼굴로 얻어맞고 몸을 젖혔다.

"지켜 주지 못했다는 후회와, 그 원수 같은 자를 찾아냈을 때의 기분도."

"여유 부리긴! 그 여유가 언제까지 갈지 두고 보자!"

퉤 하고 피를 뱉은 사디나가 다시 샤테를 쏘아보았다.

"아트라의 원수이자 라프타리아를 잡아간 적은, 이 언니도 용서 못해. 그러니까 지금 당장 물러나렴. 그렇게 하면…… 살아남을 수 있는 시간이 조금 더 늘어날 테니까."

사디나는 샤테가 들고 있는 작살을 한 손으로 꽉 붙들고 그렇게 내뱉었다.

"고작 노이드 종과 크샤 종 주제에 이 언니 앞을 막아섰던 걸 후회하게 되기 전에."

샤테는 상어의 피부에 닭살이 좌르륵 돋아서 뒷걸음질 쳤다.

"어쩔 거니?"

"까……깔보지 마아아아아아아아아아아아아!"

격분해서 작살을 힘껏 치켜들고, 마법과 함께 내쏘았다.

"메일스트롬 스피어!"

샤테가 내쏜 기술은 소용돌이를 만들어 내며 사디나를 향해 날아갔다.

"아, 맞아, 뭔가 착각하고 있는 것 같은데 말이야."

사디나는 주특기인 번개 마법을 영창해서 파직파직 주위에 흩뿌렸다.

스파크를 내뿜는 작살을 본 샤테는 넋이 나가 버렸다.

"뭐야…… 루카 종이…… 번개를?!"

"이 언니를 말이야, 그런 약해 빠진 녀석들과 동급에 놓으면 못쓰지. 안 그래, 실디나?"

사디나가 내쏜 전격 작살이 샤테가 내쏜 기술을 말끔히 지워 버렸다.

그리고 필로를 지원하고 있는 실디나 쪽을 쳐다보았다.

실디나는 필로 지원 임무를 수행하며 고개를 끄덕였다.

"이 언니가 화가 좀 많이 났거든. 언니의 화풀이 상대 노릇을…… 넌 얼마나 버틸 수 있을지 몰라? 본격적으로 한번 시작해 볼까."

빠득빠득 하고…… 사디나가 한 단계 더 변신하기 시작했다.

내 시야에 수화(獸化) 보조 요청이 나타났다.

흐음…… 하긴 타쿠토 주위에도 2단 변신을 하는 녀석이 있었으니, 허가해 줘도 되겠지.

나는 허가를 내리고 수화 보조를 발동시켰다.

사디나가 커다란 범고래의 모습으로 변화해서 떠올랐다.

"나오후미의 사랑으로 파워 업!"

……이런 상황에서도 헛소리 늘어놓기를 좋아하는 사디나의 성격은 여전하군.

"아, 부러워. 나도 해 보고 싶어."

실디나가 그 모습을 보고 나와 사디나에게 볼멘소리를 늘어놓았다.

기회가 생기면 해 줄 테니까 이번엔 좀 참아.

"나오후미가 준 힘이 얼마나 강력한지, 그 몸에 똑똑히 새겨 두렴."

빛이 폭발하고, 사디나와 싸우던 상어 수인의 표정에는 절망이 떠올랐다.

다음은 상공의 싸움을 살펴볼 차례였다.

가엘리온 혼자였다면 위험했겠지만, 이쪽에는 렌이 있다. 최악의 경우에도 패배는 절대 없다.

지금의 우리…… 용사들에게는 그만큼의 역량이 있다.

"너희에게 용제의 무서움을 뼈저리게 느끼게 해 주마!"

마침 그때, 렐디아라는 거룡이 아버지 가엘리온보다 더 빠르고 훨씬 더 강력한 화염 브레스를 토해 내고 있었다.

"메가 프로미넌스 노바!"

그러자 가엘리온에 타고 있던 렌이 검을 드높이 치켜들고 마법을 영창했다.

"레벌레이션 매직 인첸트 X!"

필살의 마법이었을 강력한 브레스가 렌의 검에 빨려들었다.

매직 인첸트라는 건 자신을 공격하는 마법을 흡수해서 검에 부여하는 마법이었던가?

드래곤의 브레스도 대상에 포함되는 모양이군.

"하이퀵!"

"하이퀵!"

그 주위를 고속으로 내달리는 두 개의 그림자. 필로와 그리핀이었다.

실디나가 필로를 보좌하며 마법 지원을 걸어 주고 있다. 필로가 날 수 있도록 지속적으로 마법을 사용해 주고 있는 모양이군.

"날아다니는 필로리알……. 내 조상들이 멸망시켰을 텐데. 아직 살아 있었던 거야?!"

아…… 그러고 보니 피트리아가 메르티에게 그런 얘기를 했었던 것도 같군.

필로가 떠 있는 걸 보고 놀라서, 날아다니는 필로리알이라 착각하고 있는 건가.

실디나가 뭘 하는 건지 알아보지도 못하다니, 황당해서 말도 안 나오는군.

"그게 아니야~."

얼빠진 대답을 하면서, 필로와 그리핀은 서로 뒤엉키듯 각자의 공격을 내쏘았다.

""드라이파 토네이도!""

"스파이럴 스트라이크!"

"스크루 스트라이크!"

그런 필로 쪽을 무시한 채, 가엘리온이 한껏 숨을 들이쉬었다가 브레스를 내뿜었다.

"규아아아아아아아!"

그 색깔은 흰색.

그러고 보니 아버지 가엘리온이 얘기했었지.

특수한 브레스를 습득했다고.

뭐였더라? 방해를 목적으로 한 어려운 브레스가 이제 곧 완성될 거라고 그랬었는데.

아마 지금 쓰려는 게 그거겠지.

"윽…… 뭐야?!"

렐디아가 목구멍이 막힌 듯 거세게 재채기를 해댔다.

"다음은 내 차례다!"

렌이 선언하고 검을 겨눴다. 그 검신은 붉게 번쩍이고 있었다.

"플레임 엣지 X!"

심홍색 참격이 거대한 용제를 향해 날아들었다.

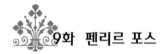 ## 9화 펜리르 포스

세인 쪽은…… 메이드녀와 옥신각신하고 있는 모양이군.

"감히 어디서 한눈을 팔고 있는 거냐아아아!"

"아아, 미안미안."

자, 여유를 부리는 건 이 정도로 해 두자.

이제 슬슬 나도 본격적으로 상대해 주는 게 좋겠지.

"모두들, 나에게 지원 마법을 걸어 줘! 너희가 있으면 이런 녀석 하나 쓰러뜨리는 것쯤은 식은 죽 먹기야!"

타쿠토가 외쳤다.

뭐야, 그게…… 어느새 규칙이 바뀌어 버렸잖아.

너 혼자 힘으로 상대할 수 있는 거 아니었냐?

"쯔바이트 부스트!"

"쯔바이트 매직!"

타쿠토의 동료들이 지원 마법을 걸어 준 모양이었지만, 썩 달라진 건 없어 보이는군.

그에 비하면 알 레벌레이션 아우라 X의 성능은 엄청나다니까.

3배 가까운 레벨 차이를 메울 만큼의 능력 상승을 기대할 수 있을 정도라니.

하긴 제아무리 용사라고 해도 강화방법을 실천하지 않은 녀석은 기껏해야 이 정도겠지.

그야말로 돼지 목에 진주 목걸이. 무기의 힘을 끌어내지 못하면 잔챙이나 마찬가지다.

쿄 때처럼 무기가 힘을 빌려주지 않고 있는 것이리라.

"좋아, 이 정도면 처치할 수 있어!"

"너, 진짜 그걸로 충분하다고 생각하는 거냐?"

"좀 강해졌다고 우쭐대지 마!"

"네놈이 할 소리는 아닐 것 같은데."

"언제까지 그렇게 웃을 수 있나 두고 보자. 동료들의 힘을 통해 한층 더 강해진 내 마법을 받아 보시지!"

아니, 난 지금 웃는 게 아니라 황당해하는 건데…….

그런 생각을 하고 있으려니, 타쿠토가 마법을 영창하기 시작했다.

일단…… 빨라지기는 한 것 같군.

『힘의 근원인 진정한 용사가 명한다. 다시금 이치를 깨우쳐, 저자를 불사르는 화염의 바람을!』

"드라이파 파이어 스톰!"

"드라이파?!"

아니, 잠깐. 마법의 극의에 달한 녀석이 쓴다는 게 고작 드라이파냐?

아무리 가짜라고는 해도, 그래도 명색이 용사잖아?

이거 우스운 일이군.

하긴, 그러고 보면 레벌레이션 계열은 용사 전용 마법이니까.

일반적인 세계의 기준으로 따지면 드라이파가 가장 강한 계통이 되겠지.

"받아라아아아아아아!"

타쿠토가 득의양양하게 웃으며 마법을 발동시켰다.

그리고 화염 소용돌이가 일어나서 나를 향해 날아들었다.

『힘의 근원인 보통 용사가 명한다. 다시금 진리를 깨우쳐, 저 자를 불사르는 바람을 흩어 놓아라!』

"안티 드라이파 파이어 스톰!"

나는 타쿠토가 영창한 마법을 읽어내고, 무효화 마법을 발동시켰다.

그러자 화염 소용돌이는 아무 일도 없었던 것처럼 흩어져서 사라졌다.

이렇게 시간차를 두고 발동시켰는데도 완전히 무효화됐잖아.

"기가 막혀서 말도 안 나오는군. 너…… 정말 마법의 극의에 달한 거냐? 하다못해 무영창으로 발동시키기라도 하든가."

뭐, 내가 아는 무영창 마법은 위력이 형편없는 쓰레기였지만.

드라이파 클래스 마법을 무영창으로 발사하는 적이 나타나면 상대하기 버거울지도 모른다.

"억——."

필살의 마법이 맥없이 무효화되는 모습에, 타쿠토는 말문이 막혀 버렸다.

범위 마법이었던 것 같은데, 지금까지 이 마법으로 레벨업을 해 온 건가?

"이게 지팡이의 능력…… 꼭 빼앗고 말겠어!"

"틀렸어……."

뭘 착각한 건지, 이게 지팡이의 능력이라 생각하고 있는 모양이었다.

렌과 용사들의 예전 모습이 떠올랐다.

뭐, 해석 속도가 빠른 건 지팡이 덕분이지만, 마법을 읽어내는 건 나 자신이 단련한 성과라고.

드라이파 클래스는 사디나도 할 줄 안단 말이다!

"그나저나, 용제를 데리고 있으면 용맥법도 익혔을 거잖아? 그쪽 마법은 방해에 특효약이잖아! 머리를 좀 쓰란 말이다!"

진심으로 기가 막힌다. 이 녀석, 진짜 마법의 극의에 달한 거야?

영창 속도가 빠른 건 인정한다. 드라이파를 영창하는 데 5초도 안 걸렸으니까.

그러나 나는 그보다 훨씬 더 빠른 속도로 영창할 수 있다.

쓰레기의 지팡이와 지원 마법 덕분이지만.

내 추측이 사실이라면 이 녀석은…… 아니, 이런 건 나중에 생각해도 되겠지.

응? 마력의 기운을 느끼고 고개를 돌려 보았다.

그러자 타쿠토의 떨거지 여자들이 나를 향해 일제히 마법을 퍼부으려 하고 있었다.

윗치 같은 짓거리를……. 어림없지.

스텝을 밟아 사선을 조정한다. 타쿠토와 함께 모조리 날려 버리겠어.

"쯔바이트 윙블로——."

"펜리르 포스 X!"

나는 타쿠토와 여자들을 단번에 쓸어버릴 생각으로 사선을 맞추고, 기를 담은 스킬을 내쏘았다.

지팡이가 빛을 내뿜고 늑대 모양의 장식 부분이 열렸다. 그리고 보석 부분에서 광선이 발사되었다.

내 앞에서 굵직한 레이저 같은 것이 뻗어 나와 타쿠토를 향해 날아갔다.

"우옷!"

하지만 애석하게도, 반동 때문에 궤도가 흔들리고 말았다.

바로 코앞에 있던 타쿠토는 그 공격을 회피해 버렸다.

은근히 반사 신경이 뛰어나잖아.

지팡이를 움켜쥐고 나서 스킬을 쓸 때까지, 3초쯤 걸렸던가?

빗나갈 것 같아서 취소했는데도 SP 소모가 빨랐다.

"칫! 빗나갔잖아."

"……."

"나오후미 씨."

그때 세인과 사역마가 불만 섞인 눈길로 나를 쳐다보았다.

"미안, 미안."

완전히 빗나가는 바람에 엉뚱한 녀석을 맞히고 말았다.

세인이 싸우고 있던 메이드복 차림의 여자가 눈먼 공격에 얻어맞고 만 것이다.

아예 흔적도 없이 사라진 모양이다.

이거, 살인에 해당되는 건가? 죄책감이 전혀 안 들었다.

어차피 세인과 싸우던 녀석이니, 눈먼 공격으로 없애 버린다고 해서 나쁠 건 없겠지.

"아⋯⋯."

흔적도 없이 사라진 여자가 남긴 것으로 보이는 스카프가 하늘하늘 허공에서 떨어져 내렸고, 타쿠토는 넋 나간 얼굴로 그 스카프를 쳐다보고 있었다.

"다음에는 꼭 처치해 주마."

쿨타임이 은근히 길잖아. 지팡이를 움켜쥐고 충전을 개시했다.

"이 새끼가아아아아아아아아아아아아아아아아아아아아아!"

예전의 쓰레기처럼 격노한 타쿠토가 나를 향해 마구잡이로 무기를 휘둘러댔다.

손톱, 채찍, 도끼, 망치, 투척구.

나는 그 모든 공격을 회피했다.

"네놈은! 네놈은 지금, 에리를 죽였다! 절대 용서 못해! 비참하게 죽여 버리겠어!"

"꺄아아아아아아아아아아아아아아아아아아아아아아아아아아악!"

타쿠토의 하렘에 속한 여자들이 그제야 상황을 파악하고 비명을 내지르며 혼란에 빠졌다.

한편, 타쿠토의 움직임은 분노 때문에 오히려 단조로워졌다.

애니메이션 같은 곳에서 보면 분노가 힘으로 작용하곤 하지만, 실제로는 이렇게 되는 게 보통인가 보군.

문득 커스에 침식당했던 렌이 에클레르와 싸우던 모습이 떠올랐다.

그때 에클레르도 이런 식으로 피했던 거겠지.

좀 모순된 표현이지만, 화를 낼 때도 냉정하게 화를 내야 하는 법이다.

지금의 나처럼, 상대를 어떻게 죽일지 궁리해 가며 화내야 한다.

"이 자식, 알고는 있는 거냐? 에리는…… 내가 어린 시절부터 계속 함께 지냈던 소꿉친구였어! 내 첫 경험의 상대였고, 모든 걸 받아들여 준 존재였는데. 그런 에리를, 네놈이 무슨 자격으로 죽인 거냐!"

"알 게 뭐야! 전쟁에 나온 이상, 언제 죽어도 이상할 게 없는 법이야. 네놈은 자기가 지금까지 죽여 온 자들에게도 그런 소리를 할 수 있겠나?!"

억지도 이런 억지가 없다.

자기 동료는 안 죽고 상대만 죽이겠다니, 그런 억지가 통할 리가 있겠는가.

동료가 죽는 걸 원치 않는다면, 자기 몸으로 지켜 줄 각오를 해야 하는 것이다.

아트라는…… 그 사실을 내게 가르쳐 주었다.

사람은 전장이 아닌 어느 곳에서든 죽을 수 있다.

그렇기에 소중한 사람을 항상 지켜 줄 수 있는 곳에 있어야 하는 것이다.

내가 지팡이를 휘두를 때, 이 녀석은 뭘 하고 있었던가?

보호하기 위해 움직이기는커녕, 자기가 피한 탓에 소꿉친구를 죽게 만들지 않았느냐 말이다.

그렇게 소중한 존재라면 곧바로 자기 몸을 던져서 지켰어야지.

상대의 공격이 위협적으로 느껴졌다면 더더욱.

"이번에는 그 여자를 죽인 내 입으로 말하마. 피한 네놈이 잘못한 거야. 주위 상황을 제대로 살피란 말이다, 얼간이!"

논리니 뭐니 하는 건 알 바 아니다. 이 전쟁은 죽고 죽이는 싸움이란 말이다.

희생자를 최소화하면서 지키고 싶다면, 자기 목숨을 걸어야 한다.

방법은 얼마든지 있었다.

넌 자기도 죽을지도 모른다는 각오가 결여되어 있단 말이다.

아아……. 짜증이 솟구친다.

"에어스트 플로트 미러, 세컨드 플로트 미러."

플로트 실드의 지팡이 버전 스킬을 전개해서, 타쿠토의 주위에 회전시켰다.

"으윽! 젠장! 어딜 도망치려고!"

"도망치는 게 아니야. 피하는 거지. 내가 왜 순순히 네 공격을 맞아 줘야 하는데? 방패와는 전투 방법이 다르다고."

그렇다. 나라고 딱히 반사 신경이 둔한 건 아니다. 지금까지는 일부러 피하지 않았던 것이다.

방패 담당이 피해 버리면 그걸 어디에 써먹겠는가? 상대방의 움직임을 저지하는 게 임무인데.

"이것저것 마법을 쏠 테니까 한 번 맞아 보시지."

"누가 얌전히 맞아 줄 줄 알고?!"

영창 시간이 짧은 마법을 발동시켰다.

"쯔바이트 파이어! 쯔바이트 워터!"

참고로 내가 익힌 속성 마법은 이 둘뿐이었다.

원래는 사용할 수 없는 것이다.

빌린 지팡이 덕분에 사용할 수 있는 것뿐이고, 애초에 딱히 익힐 필요도 없겠지.

"고작 그따위 공격——."

타쿠토는 일직선으로 날아간 그 공격을 손쉽게 피했다.

하지만 내 목적은 그게 아니었다.

회피한 타쿠토 뒤에 있던 미러에 각 마법이 명중했다.

"큭?! 뭐, 뭐야?!"

"너도 그 정도는 이해할 거 아니야?"

플로트 미러의 능력, 그것은 스킬이나 마법을 지정한 각도로 반사하는 것이었다.

"그럼 이해하기 쉽게 보여 주지. 에어스트 블러스트!"

충전시켜 두었던 지팡이를 휘둘러 스킬을 내쏜다.

마력이 빔포처럼 사출되었다.

타쿠토는 또다시 회피하려 했지만, 내가 자유자재로 조종하는 미러가 블러스트를 반사해 대며 타쿠토 주위를 날아다녔다.

애초에 맞힐 생각도 없었기에, 그야말로 갖고 노는 거나 마찬가지였다.

블러스트에 의한 감옥 같은 게 만들어졌다.

아, 콤보가 발생했잖아. 이런 기능도 있었던가.

그나저나 이 미러, 자동으로 움직여 주기까지 하는군. 편리한데.

쓰레기는 이걸 직접 다 조종할 수 있는 걸까?

……할 수 있겠지.

그건 그것대로 힘들 것 같다는 생각도 든다.

역시 어느 무기에나 저마다 적성이 있는 것 같으니까.

지금의 쓰레기라면 더 잘 다룰 수 있을 것 같다.

이것의 상위 스킬도 쓸 수 있다고 그랬었고 말이지.

본인의 말로는, 내가 쓰는 미러와는 달리 반사성 다각면체를 내쏘아서, 스킬이며 마법을 거기에 맞추어 반사함으로써 광범위 공격을 퍼붓는 식이라던가.

차폐물 뒤에 숨은 적까지도 적중시킬 수 있는 게 이점이라고 했다.

그러다가 아군까지 피해를 입을 것 같다는 생각도 들었지만, 계산을 통해 해결할 수 있다고 했다. 나는 그 정도까지는 못 한다.

내가 할 수 있는 건 기껏해야 미러를 자유자재로 움직이는 정도였다.

이건 플로트 실드를 사용한 경험이 있었기에 가능한 일이었다.

그나저나 미러라……. 키즈나 쪽 세계의 권속기가 생각나는군.

"블러스트 프리즌!"

외치는 동시에 블러스트로 이루어진 감옥이 폭발했다.

"끄아아악!"

폭발과 동시에 타쿠토가 나가떨어졌다.

떨거지 여자들도 비명을 질렀다.

몇몇 여자들은 가까스로 혼란으로부터 회복돼서, 나를 향해 라이플을 겨누기 시작했다.

"아직 안 끝났어! 나는…… 이 정도는 간지럽지도 않아. 이,

이 정도는…… 그냥 좀 긁힌 것뿐이야."

"아, 그러셔."

허세 부리기는……. 그렇게 생각하고 있으려니, 바깥쪽에 있던 여자들이 회복 마법을 영창했다.

그런 건 자존심 상하지 않는 거냐? 분노 때문에 그런 건 안중에도 없는 모양이군.

"여자들이 죽는 게 그렇게 싫은가 보지? 그럼 내가 여자들 쪽을 겨냥하면 너는 방어밖에 못 하겠네?"

타쿠토는 흠칫 놀라더니, 새파랗게 질린 얼굴로 주위 여자들을 쳐다보았다.

그리고 그 여자들은 나를 보며 떨기 시작했다.

이거 뭐지……. 엄청 못된 악역이 된 것 같잖아. 기분 끝내주는데.

복수가 이렇게 속 시원한 일이었다니……. 처음 알았다.

무기가 방패였던 탓에, 지금까지는 간접적으로 괴롭히는 것밖에 못 했으니까.

누구냐, 복수는 아무것도 낳지 못한다느니 하는 소리를 지껄인 게.

복수할 대상이 반성이나 개과천선을 하지 않으면, 결국은 죽이는 게 낫다는 결과가 나오잖아.

그래도 이 생각은 좀 위험하긴 하다.

너무 흥분하면 다시 커스에 침식당할 것 같으니, 이쯤 해서 접어 둬야겠다.

"뭐, 나는 그런 썩어 빠진 짓도 싫어하진 않지만, 흥이 깨질 것 같으니까 인질을 잡는 건 관둘게. 고마운 줄 알라고."

어느 정도 후련해지기는 하겠지만, 그건 나중을 기약하도록 하자.

그것도 악역 같기는 매한가지지만.

그 직후, 분위기 파악 못 한 떨거지 여자 중 일부가 쓸데없는 행동에 나선 것 같았다.

"꼼짝 마! 움직이면 이 여자의 목숨은 없을 줄 알아!"

목소리가 난 쪽을 돌아보니, 몇몇 여자들이 이성이라도 잃은 건지…… 옴짝달싹 못하도록 수갑이 채워진, 초췌한 행색의 라프타리아(웃음)를 데려온 모양이었다. 최악의 사태에 인질로 삼으려고 데려온 거겠지.

그녀들은 인질에게 총을 들이대고, 함부로 움직이면 죽여 버리겠다는 표정으로 이쪽을 쏘아보았다.

"우웁!"

라프타리아(웃음)는 재갈이 채워져서 말도 제대로 하지 못하고, 여자들에게 짓눌린 채 헛된 저항을 하고 있었다.

"나 참……. 흥이 깨진다는 말을 하기가 무섭게 이런 짓을 저지르다니. 정말 답도 없는 버러지들이군."

기가 막혀서 말도 안 나오네. 라프타리아를 인질로 잡은 여자들을 경멸 어린 시선으로 쏘아보자, 타쿠토가 적장의 머리라도 딴 양 득의양양한 웃음을 지었다.

"잘했어!"

하아…….

"잘하긴 뭘 잘해? 기껏 흥을 깨지 않으려고 인질 잡기를 포기해 줬는데, 그 말이 끝나기가 무섭게 일을 저지르다니, 넌 대체 뭐 하는 놈이냐!"

나는 손을 들어서 녀석들의 말을 따르는 시늉을 하고는, 공격을 중지하고 회피에 전념하도록 주위의 동료들에게 신호를 보냈다.

"닥쳐! 내가 왜 네놈의 홍 따위를 생각해 줘야 한다는 거냐! 지략으로 이기는 게 더 잘난 놈이라고!"

"이 짓거리가 어딜 봐서 지략이라는 건지……. 용사라는 이름을 달고는 도저히 못 할, 예의 없고 비열한 짓인 것 같은데?"

그건 진심에서 우러나온 말이었다. 적어도 정신이 제대로 박힌 인간이라면 인질을 잡아 우위에 서려는 짓은 하지 않을 것이다.

"귀엽게 생겼기에 내 매력을 깨달을 시간을 만들어 줄까 했는데, 생각이 바뀌었어!"

게다가 이 녀석, 진심으로 라프타리아를 유혹할 꿍꿍이였던 모양이다.

라프타리아가 그런 것에 넘어갈 성격이었다면, 모토야스가 들이댔을 때 넘어갔을 것이다.

"에리의 원수! 네놈도 같은 기분을 맛보게 해 주마!"

이거, 요구대로 내가 안 움직여도 인질을 죽이려는 거잖아. 비열함의 극에 달한 놈이군.

"그건 이미 맛봤으니까 이렇게 복수하는 거다!"

네놈 때문에 아트라가 죽었단 말이다!

여자가 죽었다고? 같은 기분을 맛보라고?

"이제 서로의 여자가 똑같이 하나씩 죽은 셈이다, 이 더러운 가짜 놈. 자기가 저지른 죄를 자각해라!"

뭐, 내가 죽인 건 사실이지만, 타쿠토도 아트라를 죽인 주모자 아니었던가.

같은 살인귀들이니 서로의 감정을 이해할 수 있을 줄 알았는데…… 이해하기는 글러 먹은 것 같군.

그래도 여기서 이해하고 물러선다면 얘기 정도는 들어줄 수도 있다.

처치한 후에 가해질 형벌을 조금이나마 가볍게 해 줄 수도 있고.

"에리의 목숨은 네놈 여자들의 목숨보다 수십 배는 더 귀해! 건방지게 동격에 놓지 마!"

타쿠토가 손톱에 힘을 불어넣어서 스킬을 내쏘았다.

"반진 클로!"

그 표적은…… 여자들이 결박하고 있는 라프타리아(웃음)였다.

하지만 일부러 느린 속도로 발사된 그 스킬을…… 나는 그냥 묵과했다.

"우웁——?!"

타쿠토가 내쏜 스킬은 섬광과 함께 라프타리아(웃음)에게로 날아들어서는, 관통하고 지나갔다.

"하, 하하하하…… 해냈어. 한 방 먹였다고! 하하하하하하하! 네놈의 여자를 죽여 버렸다고! 얼마나 날뛰어 대면서 애를 먹이던지!"

"아하하하하하! 순순히 타쿠토 님을 따랐더라면 이런 꼴은 안 당했을 텐데."

"맞아, 맞아!"

"원망하려거든 바보 용사를 원망하라구!"

"""아하하하하하하하!"""

멍청하게도 타쿠토가 한 짓에 찬동하며 일제히 웃어 대기 시작하는 여자들.

싸움은 아직 끝난 게 아닐 텐데?

"아아…… 진짜 해도 너무하네."

그때 내가 황당해하며 말했다.

타쿠토와 주위 여자들 중 아무도 눈치 못 챈 건가?

내 동료들 표정에 당황하는 기색이 조금도 없다는 걸.

"으음?!"

떨거지들 중에서 다른 여자들을 보호하듯 앞에 나서 있던 여우녀가 그제야 뭔가를 깨달았다.

"이제야 알았나?"

여우녀가 떨거지 여자들 중 한 명을 향해 손톱을 휘둘렀다.

"다프~."

"이럴 수가! 그때 내가 분명히 제압했을 텐데! 어떻게 도망친 것이냐!"

챙 하는 소리와 함께, 그 떨거지 여자들 중 한 명이 여우녀의 손톱을 막아내고…… 모습이 변화했다.

그리고 거기서 얼굴을 드러낸 것은…… 나조차도 생각하지 못했던 인물이었다.

"이 자식! 설마?!"

"기억이 났느니라……. 사람을 속여서 타락시키는 것에만 전념하던 어리석은 요괴 여우가 있었지. 자기가 속을 걸 생각 못

하는 건 여전하구나."

실디나가 목소리의 주인을 보고 부르르 떨었다.

하긴, 상대는 자기 몸을 지배했었던 자니까.

거기에는…… 과거의 천명이 태연자약하게 서 있었다.

"또 권력자에게 빌붙어서 악행을 저지르고 있는 모양이구나……. 반성도 하지 않은 채 봉인이 풀리다니, 한탄스러운 일이야."

"하, 하하…… 하하하하하하하하! 드디어 만났구나! 그때 그 라쿤! 이런 곳에 숨어 있었을 줄이야!"

뭐, 레벌레이션 아우라 X를 영창하면 모든 동료들에게 마법이 걸리게 돼 있었기에, 그때부터 어디쯤에 있는지 대충 눈치챘었지만.

"라프~."

숨어 있던 라프짱이 과거의 천명을 향해 달려간다.

그나저나, 역시 라프짱 2호였나?

"숨어 있었던 건 아니었느니라……. 나 원, 이미 이 세상을 떠난 노병에게 생명을 불어넣어서 부려먹다니, 황당함 반, 놀람 반이구나. 그건 그렇고……."

과거의 천명은 해머를 꺼내서 움켜쥐었다.

"지난번에는 반성할 거라 기대하고 봉인하는 선에서 그쳤다만, 이번에는 확실히 목숨을 앗아가 줘야겠구나."

"봉인돼서 갇혀 지내는 신세가 됐던 그 원한! 이 자리에서 갚아 주고 말겠다! 죽어라아아아아아!"

여우녀가 과거의 천명에게로 덮쳐들었다.

"좋아! 얘들아, 전투를 재개해! 자기가 상대하고 있는 적을 해치워."

나는 엄지로 목을 긋는 시늉을 하며 말했다.

그 모습을 본 모두가 고개를 끄덕이고 전투를 재개했다.

"뭐?! 그럼…… 아까 내가 죽인 여자는——."

넋 나간 표정의 타쿠토가, 아까까지 라프타리아라 생각했던 여자의 시체를 쳐다보았다.

스윽 연기가 걷히고, 흰 가운을 입은 유아 체형의 여자가 숨통이 끊어진 채 쓰러져 있는 모습이 나타났다.

연구와 관련해서 라트와 대립했던 여자였던가? 운이 나빴군.

"봤지? 기분이 어때? 자기 여자를 자기 손으로 죽인 기분이?"

"비열——."

"그런 비열하고 무의미한 짓은 더 이상 못 하도록 해야겠죠."

세인과 사역마가 떨거지 여자들에게 가위를 겨누고 위협했다.

"그럴, 수…… 가……."

"왜 그러고 있어? 말 좀 해 달라니까? 자기 여자를 자기 손으로 죽인 기분이 어떤지 말이야."

최대한 사악하게 물었다.

이 녀석은 인질을 잡은 것도 모자라서, 그 인질을 죽이려고 한…… 아니, 죽이기까지 했잖아?

게다가 움직이지 말라고 나한테 명령까지 한 상태에서 말이다. 약속을 지킬 생각 따위는 처음부터 없었던 것이다.

"가만 안 둘 거야아아아아아아아아아아아아!"

"자기가 죽여 놓고 가만 안 두긴 뭘 가만 안 둬? 그 녀석은 네가 죽인 거라고."

황당해서 말도 안 나오네.

자기가 살해해 놓고 책임을 전가하다니……. 행동하기 전에 상대를 잘 확인했어야지.

내가 인질을 방치하는 걸 보고 이상하다는 생각도 안 해 본 거냐?

"그럼, 나도 인질을 잡고 공격해 봐야겠군. 네놈이 했던 것처럼."

나는 펜리르 로드의 전용효과, 글레이프니르 로프를 발동시켰다.

그러자 바닥에서 쇠사슬이 나타났고, 나는 여자들을 표적으로 지정했다.

"그만——!"

"안 할 테니까 걱정 마. 내가 너 같은 줄 알아?"

그러는 척을 하다가 타쿠토를 옭아맸다.

아까 입은 대미지가 아직 회복되지 않은 건지, 손쉽게 포획할 수 있었다.

"으악…… 힘이……!"

"그래, 그 사슬을 쉽게 벗겨낼 수는 없을걸."

글레이프니르 로프의 효과 시간은 사용자의 마력에 영향을 받는다.

내 세계에서는 신을 죽인 것으로 유명한 늑대를 옭아매고 있던 족쇄의 이름이었다.

그렇게 쉽게 끊어지면 이름이 아까울 테니까.

"크윽……. 그럼 이건 어떠냐!"

타쿠토는 울분에 찬 표정으로, 내게서 빼앗은 방패를 꺼내서 움켜쥐었다.

방패의 형태로 보아, 라스 실드였다.

나에 대해 상당히 분노하고 있다고 생각하는 게 옳겠군.

"앵천명석 방패가 더 좋을 텐데."

그 방패를 쓰면 어지간한 스킬류나 용사의 공격은 다 무력화시켜 준다.

"헛! 네놈의 조언 따위 들을 줄 알고? 게다가 애초에 바꿀 수도 없잖아!"

아아, 앵천명석은 중재자의 방패이기도 하니까.

방패가 납득하지 않은 상황에서는 변화시키는 것 자체가 불가능하겠지.

"이쪽이 훨씬 더 강해! 네놈이 지껄이는 말 따위 누가 들을 줄 알아?"

하긴…… 라스 실드는 마룡이 화끈하게 강화시켜 준 특별한 물건으로, 괴물처럼 강력한 힘을 갖고 있긴 하다.

어떤 의미에서는, 정말로 변화시키면 제일 무서운 건 사실이었다.

블러드 새크리파이스와 아이언메이든은 조심할 필요가 있겠군.

부작용이 나타날지 어떨지는 모르겠지만, 녀석이 그걸 사용하도록 내버려 두면 이쪽이 어느 정도 유리해지지 않을까?

아니, 그보다 다짜고짜 공격을 계속하는 게 무난하겠지.

"좋아, 그럼 힘 조절을 해 주지. 제대로…… 막아 내 보라고. 안 그러면 뒤에 있는 여자들이 맞을 테니까."

겁에 질려서 옴짝달싹 못하고 있는 여자들을 슬쩍 쳐다보고, 타쿠토는 그녀들을 지키겠다는 결의가 가득 담긴 눈으로 나를 쏘아보았다.

그래, 그래, 바로 그 얼굴을 보고 싶었어.

아트라, 여왕, 마을 녀석들, 연합군, 그 밖에 나와 얽힌 수많은 사람들의 목숨을 앗아간 너의, 분노에 물든 그 얼굴을.

"그렇게 노려보지 마. 아직 널 충분히 괴롭히려면 한참 멀었다고."

충전을 마친 나는, 다시 스킬을 내쏘았다.

"펜리르 포스 V!"

이번에는 반동을 고려해서 기를 싣지 않고, 내가 반동을 견딜 수 있을 정도의 위력으로 내쏘았다.

지팡이 끝에서 터져 나온 굵직한 빔이 타쿠토를 향해 발사되었다.

"윽……."

오오, 역시 나한테서 빼앗은 방패가 대단하긴 한데.

타쿠토 뒤에 있는 여자들은 전혀 대미지를 입지 않은 모양이었다.

하지만 가장 앞장서서 공격을 받아낸 타쿠토는 어떨까?

"으끄으으으으윽……."

"아, 깜박했었네. 내가 가진 전설의 지팡이는 펜리르 로드라는 녀석이야. 전용효과 중에 신에 대한 반역이라는 게 있거든.

그 효과는 말이지……."

지팡이를 손에 넣고 나서 처음으로 용사들과 대련했을 때의 일이었다.

적당히 힘을 조절하기도 했기에 포울과 대련할 때는 이렇다 할 대미지가 들어가지 않았지만, 렌을 비롯한 사성용사들은 달랐다.

예상했던 것보다 훨씬 더 아팠다는 반응이 나온 것이다.

그 점으로 미루어 보아, 신에 대한 반역이라는 효과는 칠성무기가 사성무기를 공격했을 때 위력이 증가하는 것이라고 봐도 무방하겠지.

뭐, 상식적으로 생각하면 사성용사를 상대할 때 성능이 오르는 칠성무기라는 건 세계의 법칙상 있을 수 없는 법이지만.

중재자가 올 때까지 버틸 수 있게 해 주는 보험 같은 거겠지.

같은 스킬이 달려 있는 무기는 이것 이외에는 없었던 걸 보면, 빼앗긴 방패와 싸울 수 있도록 지팡이 정령이 힘을 빌려준 건지도 모른다.

다시 말해 이번에만 특별하게 작용하는 것일 가능성이 컸다.

그러고 보면 펜리르 로드는 『특례무기』라는 항목에 들어 있었고 말이지.

곧바로 처치하려면 앵천명석 지팡이 같은 걸 쓰는 게 빠를 것이다.

"방어력이 높을 거라 생각하고 방패를 꺼내 든 거겠지만, 그 방패를 쓰면 꽤 높은 대미지를 받게 될 텐데?"

물론, 방패 자체의 방어력이 높으니까 나였다면 별문제 없었겠지만.

5초쯤 발사하고 나서, 중단시켜 보았다.

그러자 온몸에서 열기를 뿜어내고, 넝마가 되다시피 한 몸으로 숨을 헐떡이며 가까스로 서 있는 타쿠토의 모습이 보였다.

펜리르 포스의 섬광이 타쿠토에게 상당한 대미지를 가한 것 같았다.

"끄…… 윽…….."

"이봐, 왜 그래? 아직 쓰러지면 곤란해. 아직 내 울분도 안 풀렸고, 적어도 포울이 올 때까지는 놀아 줘야 할 거 아니야?"

어쩐지 괴롭히는 것 같은 기분이다. 하지만 지금은 무슨 짓을 해도 괜찮을 것만 같았다.

봉황과의 전투에서 아트라를 잃은 그날 이후로, 나는 이 순간을 애타게 기다려 왔으니까.

"타, 타쿠토를 보호해야 해! 애들아!"

퍼뜩 정신을 차린 여자들이, 양산형 에클레르인 양 고지식해 보이는 여기사의 총지휘에 따라 라이플을 겨누었다. 그리고 그 여기사 같은 녀석은 이목을 끌어 미끼가 되기 위해 세인을 향해 검을 휘둘렀다.

"공격해! 내가 붙잡고 있을 테니까!"

"세인, 좀 놀아 줘. 네가 가르쳐 준 걸로 받아쳐 줄 테니까."

"응. 바인드 와이어."

세인은 내 지시에 고개를 끄덕이고, 여기사 같은 녀석을 실로 옭아매기 시작했다.

"끄악! 뭐야, 이 실은! 움직일 수가 없잖아! 끄윽…….."

그나저나 타쿠토의 떨거지 여자들은…… 그것밖에 없는 거냐?

그렇게 생각했을 때, 때마침 여자들이 의식마법까지 영창하기 시작했다.

아주 생각이 없는 녀석들은 아닌 것 같군. 의식마법으로 나오면 나 혼자 힘으로는 무슨 수를 써도 저지할 수 없을 테니까.

물론, 이렇게 될 것도 예상하고 있었다.

이미 한참 지난 옛날 일처럼 느껴지긴 하지만, 모토야스와 처음 결투를 벌였던 그날의 경험을 통해 뼈저리게 깨달았다.

이런 녀석들은 입으로는 정정당당한 싸움을 요구하면서, 자기들이 위기에 내몰리면 비겁한 수단을 거리낌 없이 써댄다는 걸.

그렇기에 당연히, 적의 떨거지들이 공격이나 지원에 나설 거라는 것쯤은 염두에 두고 있었다.

만약에 타쿠토가 도발에 걸려들지 않았다고 해도, 애초부터 우리는 소수 대 다수의 전투를 전제로 작전을 짜 두었다.

다행히 위협적인 녀석들은 포울 쪽이 상대해 주고 있는 덕분에, 나는 편하게 싸울 수 있었다.

세인은 아예 따분해하고 있을 정도였다. 믿음직한 동료들이 있다는 건 참 좋은 일이군.

"발사━━━━━━━!"

여자들이 내게 라이플을 겨누고 방아쇠를 당기자, 일대에 총성이 울려 퍼졌다.

하지만…… 나는 그 상황에서도 미리 생각해 두었던 방어수단을 전개시켰다.

찰나라 해도 과언이 아닌 엄청나게 빠른 속도의 납탄이 우리를 향해 날아왔다.

레벨 250인 녀석들이 쏜 라이플 사격이니까.

내 세계의 라이플 못지않은 위력을 발휘하겠지.

뭐…… 나는 내 세계에서 진짜 총 같은 건 본 적 없지만.

여자들은 공격이 나에게 명중할 거라 확신하고 있겠지.

하지만 그 얼굴에는 어떻게든 동료를 보호해야 한다는 조바심이 역력하게 드러나 있었다.

이런 표정을 지을 줄 알면서 왜 남의 기분은 이해하지 못하는 건가, 하는 생각도 들었지만 내 알 바 아니었다.

그 마음까지 모조리 짓밟아 주마.

나를 관통하려던 총탄은…… 모두 타쿠토에게 명중했다.

"끄하악!"

"어……."

여자들은 넋이 나가서 라이플을 떨어트렸다.

"대, 대체 왜……."

"아아……. 뭣들 하는 거야. 다들 너무하네."

나는 웃으며 그들의 절망을 부채질했다.

"왜 우리가 쏜 총탄이 타쿠토에게 명중하는 거야?!"

그렇다. 나는…… 세인에게서 배운 기술을 사용해서 여자들이 쏜 라이플 탄의 궤도를 조종, 모두 타쿠토에게 퍼부어 버린 것이다.

"어때, 타쿠토. 레벨 250이나 되는 네 여자들이 쏜 납탄 맛이?"

"가, 감히! 감히 우리 손으로 타쿠토를 쏘게 하다니!"

여자들이 격분해서 나에게 욕지거리를 퍼부었다.

이것 참 통쾌한 장난이군.

……이런 짓을 하면서 즐기는 지경이 되다니, 나도 참 많이 변했단 말이지.

예전의 내가 원래 세계에서 여자들에게 이렇게 욕을 얻어먹었다면, 반쯤 울다시피 해도 이상할 게 없었을 텐데.

강해진 거라고 볼 수도 있겠지만, 그게 좋은 일인지 안 좋은 일인지는 자신이 없었다.

"알 게 뭐야. 애초에 비겁하게 머릿수로 밀어붙이는 전략을 들고 나온 네놈들이 정의 운운하는 소리를 해 대다니, 도대체 생각이 어떻게 돼먹은 거야?"

내 말을 들은 여자들은 퍼뜩 정신을 차린 듯 입을 다물었다.

자기들 논리가 통하지 않는 상대라는 걸 이해한 거겠지.

"뭐, 나는 정 많은 놈이니까, 그런 타쿠토한테도 회복 마법을 걸어 주지. 드라이파 힐."

레벌레이션까지 걸어 주는 건 귀찮으니까.

내 힐이 효과를 본 건지, 타쿠토는 힘주어 나를 째려보며 입술을 깨물었다.

"자, 아직 안 끝났어. 잘 좀 버텨 보라고."

그렇게 얘기하고 있으려니, 상공에서 벼락이 쏟아졌다.

의식마법, 징벌이라고 했던가?

레벨 250쯤 되면 이 정도 인원으로도 사용할 수 있는 모양이군.

자기들 딴에는 징벌의 위력을 나에게 집중시켜서, 타쿠토에게 맞지 않도록 해 뒀겠지.

"징글징글한 놈들이네."

한숨을 내쉬다시피 하면서, 나는 미러를 상공에 전개시켰다.

"안 돼——!"

오? 알아챈 녀석이 몇 명 있는데?

하지만 이미 늦었다.

"맞고 뒈져 버려!"

천둥소리가 울려 퍼지고, 나를 향해 징벌이 쏟아졌다.

미러에 기를 담아서 반사 각도를 조정. 징벌은 내 예측대로 정확히 징벌을 반사해 주었다.

"크허억!"

"타쿠토?!"

"뭣들 하는 거야! 이 녀석은…… 우리의 공격을 모조리 타쿠토에게 명중시킬 수 있는 힘이 있는 것 같단 말이야!"

여자들은 할 말을 잃은 채, 걸레가 되다시피 한 타쿠토를 쳐다보았다.

개중에는 타쿠토에게 달려가려다가 제지당하는 자도 있었다.

"흐음……. 어때? 네 동료가 쏜 마법의 맛은?"

그나저나 나 지금 누구랑 싸우고 있는 거지?

원래는 타쿠토와 싸우려고 했었는데, 언제부턴가 타쿠토의 떨거지들과 싸우고 있잖아.

타쿠토는 방패를 들고 있었던 덕분에 그리 큰 대미지는 들어가지 않은 것 같은데, 그래도 이 지경이 된 건가.

"그나저나 너희들, 계속 자폭만 하고 있잖아? 멍청해도 너무 멍청한 거 아니야?"

과거의 천명 쪽을 슬쩍 쳐다보았다.

과거의 천명과 라프짱은 여전히 여우녀와 환각 대결을 펼치고 있었다.

그야말로 속고 속이는 싸움이었다.

불을 내쏘기도 하고, 물을 불러내기도 하고, 주위 풍경을 일그러뜨리기도 했다.

지난번에 실트벨트에서 싸웠을 때도 비슷한 광경이 펼쳐졌었다. 라프짱의 경우는 재대결이군.

"라프~."

"흥, 분신 마법인가. 내가 고작 그 정도도 간파하지 못할 줄 아느냐?"

라프짱이 과거의 천명과 똑같은 모습으로 변신해서 과거의 천명 옆에 나란히 섰다.

애초에 라프타리아는 과거의 천명과 쏙 빼닮은 외모였으니까. 라프짱이 변신할 수 있는 것도 어쩌면 당연한 일이겠지.

게다가 과거의 천명은 예전에 저 여우녀를 봉인한 장본인이라는 모양이다.

상성이란 참 중요한 거라니까.

그건 그렇고, 나도 싸움에 집중해야지.

"빌어먹을! 동료들의 공격을 나한테 유도했겠다?!"

"이 악마!"

여자들이 타쿠토를 따라 욕지거리를 해댔다.

악마라……. 오랜만에 들어 보는 호칭이군.

"그럼 악마라고 불러. 원래부터 나는 방패의 악마였으니까. 그런데 적의 공격을 이용하는 게 그렇게 나쁜 일이냐? 1 대 1 대결을 펼치는 상황에서 끼어드는 게 더 나쁠 텐데. 뭐, 고작 이 정도에 끝장나 버리면 재미없으니까. 또 회복시켜 줄게."

나는 다시 타쿠토에게 회복 마법을 걸어 주었다.

이제 마력과 SP가 제법 줄어들었군.

나는 품속에서 회복 아이템인 루코르 열매를 꺼내서——.

"어림없는 짓!"

타쿠토의 떨거지 중 하나가 불쑥 나타나서, 내가 들고 있던 루코르 열매를 빼앗으려 들었다.

뭔가 닌자 비슷한 차림이군. 포브레이의 그림자인가?

아, 너무 세게 움켜쥐는 바람에 짓이겨졌잖아.

이것도 은근히 비싸다고. 아깝잖아.

"으악!"

돌격해 온 녀석의 얼굴에 루코르 열매의 즙이 튀었다.

내가 듣기로, 이건 술의 원액 같은 거라고 그러던데?

"메를리스!"

"수, 술 냄새가! 으……."

오오, 벌써 다리가 비틀거리기 시작했잖아. 하긴 나를 제외한 다른 녀석들에게는 독극물이라는 모양이니까.

카르밀라 섬에서 모토야스가 먹었을 때는, 곧바로 뱉어내게 했는데도 그대로 곯아떨어졌을 정도였다.

"마력 회복하는 데 방해 좀 하지 마."

나는 닌자녀를 슬쩍 걷어차서 세인 쪽으로 보냈다. 그러자 세인은 능숙하게 실로 휘감아서 결박했다.

그리고 나는 루코르 열매를 하나 더 꺼내서 입에 집어넣었다.

타쿠토는 울분 가득한 눈으로 고개를 갸우뚱거렸다.

"내가 루코르 열매를 직접 먹어서 자폭하는 거 아니냐고 생각하는 모양인데, 애석하지만 틀렸어."

"그럼 이 자식…… 능력을 받은 거냐?"

"지금 누구 얘기하는 거야?"

이 녀석은 다른 사람에게서 능력을 받은 건가?

라트의 얘기에 따르면, 흰 가운 차림의 앳된 여자는 호문클루스 연구소 출신이고, 육체 개조도 할 줄 안다고 했었다.

내가 라트에게 육체 개조를 받은 거라고 생각하는 건지도 모르겠군.

그나저나…… 방패 정령이 얘기하길, 타쿠토는 파도를 일으키는 주모자들이 보내는 자객 같은 거라고 했었지.

그 흑막의 정체를 물어봐야겠군.

"이건 내 타고난 체질이야. 너는 다른 사람에게서 받은 모양이지만 말이지. 그게 너와 나의 차이다."

이제 마력과 SP도 회복됐으니 싸움을 계속해 볼까.

응? 나를 째려보는 타쿠토의 눈매가 점점 더 매서워지잖아.

혹시 이런 건가? '나는 다른 사람에게서 능력을 받았는데 이 녀석은 처음부터 타고나다니, 가만 안 두겠어!' 이런 거?

완전히 우월감 하나로만 움직이는 놈이잖아.

"자, 잠깐 훼방꾼이 끼어들긴 했지만, 이제 슬슬 재개해 보자고."

충전을 마치고 다시 타쿠토에게 지팡이를 겨누었다.

자신이 버텨 낼 수 없다는 것, 하지만 자기가 피하면 여자들이 죽는다는 걸 잘 알고 있겠지.

타쿠토 녀석이 필사적으로 힘을 주어서 방패에 의식을 집중하고 있었다.

그래, 잘해 보라고.

"펜리르 포스 Ⅵ!"

더불어 변환무쌍류의 『점』을 사용하고, 대형 빔에 곁들여서 내쏘았다.

"끄으…… 끄으으으으으…… 으윽……. 말도 안 돼…… 아까보다도, 훨씬 더 아프잖아……. 뭐야, 이 공격은?!"

오오, 타쿠토 쪽에서 연속 적중하는 것 같은 타격음이 들려오는군.

역시 방패에게는 변환무쌍류의 『점』이 아프게 작용하는 모양이다.

"우와아아아아아아아아아아악!"

끝끝내 버텨 내지 못한 타쿠토가 나선형으로 회전하면서 나가떨어졌다.

좋아, 이쯤 해 두자. 마음만 먹으면 뒤에 있는 여자들을 없애버릴 수도 있지만 말이지.

철푸덕 하고 타쿠토가 바닥에 고꾸라졌다.

"타쿠토 님!"

"타쿠토!"

"타쿠토오오오오!"

떨거지들이 애타게 울부짖었다.

이제 무슨 수를 써도 승부를 뒤집을 수 없다는 걸 이해 못 하는 모양이다.

그래도 타쿠토는 그 응원에 힘을 얻었는지, 가까스로 일어섰다.

떨거지들이 끈질기게 타쿠토에게 회복 마법을 걸어 주었다.

"이봐, 너희 말이야. 회복 마법만 걸지 말고 피로 회복 마법도 좀 걸어 주라고."

스태미나란 중요한 거잖아? 그렇게 넝마가 된 상태에서는 각성해도 못 이긴다고.

"아직 안 끝났어……. 난 절대, 네놈만은 용서 못해."

"사돈 남 말 하고 있네. 네놈은 처참하게, 이 세상에 태어난 걸 후회시켜 주겠다고 다짐했단 말이다. 그리고 그건 나뿐만이 아니야. 메르로마르크 온 나라가 다 똑같은 심정이지."

여왕이 죽은 마당인 만큼, 메르로마르크는 이 전쟁을 설욕전으로 인식하고 있다.

메르로마르크의 원수인 이 녀석들을, 내가 감정에 휩싸여서 함부로 죽여 버리면 안 되겠지.

나도 그 점을 알고 있기에, 주모자인 타쿠토를 직성이 풀릴 때까지 두들겨 패는 선에서 그치고 있는 것이다.

아트라, 여왕, 마을 녀석들.

나와 친하던 사람들만 해도 이렇게 많이 죽었다.

전쟁에서 목숨을 잃은 것은 그들 말고도 많았다.

영귀에게 패배하고 쿄에게 인질로 잡힌 끝에 아무짝에도 쓸모없는 존재라는 딱지가 붙고 말았던 렌, 이츠키, 모토야스.

녀석들은 패배로부터 교훈을 얻고 인간적으로 크게 성장했다.

하지만 타쿠토는 다르다.

파도를 경시하고, 용사를 죽이고, 연합군을 전멸 직전에 몰아넣었다.

그것도 모자라서 또 전쟁을 일으켜서 세계를 지배하려 들고 있다.

반성하는 기색이 엿보였다면, 썩 내키지는 않지만 그래도 유예 기간을 줄 수도 있었다.

하지만 이제, 함부로 전쟁의 불길을 일으킨 대가를 반드시 치르게 해 줘야 한다.

"나는…… 네놈을 죽이겠다!"

타쿠토가 선언하고 방패에 손을 댔다.

아마 커스 스킬을 쓸 작정이겠지.

그러나…… 이미 늦었다고.

나는 한 손에 든 지팡이를 드높이 치켜들고, 주위에 흩어져 있던 마력과 SP…… 기를 끌어모았다.

그리고 글레이프니르를 발동시켜서 타쿠토를 결박했다.

"펜리르 포스와 변환무쌍류의 응용 스킬."

시야에 다음 스킬명이 나타났다.

굉장한데. 에너지 부스트에 이런 응용법도 있었을 줄이야.

반딧불처럼 반짝이는 주위의 마력이 응축돼서 내 지팡이로 모여들었다. 마치…… 애니메이션에 나오는 필살기 같은 느낌이었다.

"자, 한번 막아 보시지!"

나는 시야에 나타난 콤보 스킬명을 외쳤다.

뭐, 죽지 않을 정도로 위력을 조절해야 한다는 귀찮은 면이 있긴 했지만.

그래서 『점』은 섞지 않았다. 그것까지 담으면 녀석을 아예 없애 버릴 수 있겠지만, 그 정도로는 직성이 안 풀리니까.

"블러드 새크리파이스!"

"라그나로크…… 블러스터!"

펜리르 포스의 응축 발전 스킬.

충전하는 데 꽤 오랜 시간이 걸렸다.

타쿠토가 일어서는 동안 잠자코 기다린 건 그것 때문이었고, 루코르 열매를 먹어서 마력을 회복시킨 것도 이걸 쏘기 위해서였다.

그 기대대로, 어마어마하게 압축된 펜리르 포스의 빔이, 나를 향해 날아드는 블러드 새크리파이스를 순식간에 집어삼키고 타쿠토를 향해 날아갔다.

"그아아아아아아아아아아아아아아아아아아아아아아아아아아아악!"

무시무시한 비명이군.

끝끝내 버텨내지 못한 타쿠토가, 라그나로크 블러스터에 떠밀려서 공중으로 내팽개쳐졌다.

그 와중에도 궤도를 수정해서 여자들에게는 맞지 않도록 해주었다.

맞힐 수도 있었지만, 하이라이트는 마지막까지 아껴 둬야지.

라그나로크 블러스터는 온몸을 관통하고, 대기까지 진동시키며 날아갔다.

그 위력에, 상공에서 가엘리온 및 렌과 싸우고 있던 용제까지 휘말리고 말았다.

"억—— 끄아아아아아아아아아아아아아아아아아아악!"

갑작스러운 공격에 용제도 경악에 찬 비명을 내질렀다.

그리고 그 자리에는 그을린 용제의 모습이 남았다.

"이때다!"

"뀨아!"

렌이 가엘리온을 발판 삼아 도약해서 용제에게 검을 휘둘렀다.

"봉황렬풍검(鳳凰烈風劍)!"

"뀨아아아아아아아!"

렌의 검이 붉게 빛나고, 화염 폭풍과 함께 에너지화된 불새가 용제를 스치고 지나갔다.

그에 맞추어 가엘리온이 화염을 휘감은 채 돌격했다.

마치 두 마리의 불새가 용제를 꿰뚫는 것 같은 모습이었다.

"으윽…… 왜소한 조각과 검의 용사 따위가……!"

오오, 이렇게 강력한 공격을 얻어맞고도 치명상까지는 이르지 않은 건가. 제법 강한 녀석인데.

그렇게 생각하면서, 공중에서 곤두박질쳐 쓰러진 타쿠토 쪽으로 눈길을 돌렸다.

"어—이, 살아 있냐?"

거의 넝마나 다름없는 몰골이었다. 딱히 방어 비례 공격 같은 걸 한 건 아니니 죽지는 않았을 테고, 위력도 조절해 줬으니까 별문제는 없을 텐데.

"큭……."

"오오!"

타쿠토가 가까스로 일어서자, 나는 여유만만하게 박수를 쳐주었다.

이제 얻어맞을 만큼 얻어맞았으니 후퇴할 생각도 좀 하는 게 어때?

후퇴하도록 놔둘 생각은 없지만.

그럴 때를 대비해서 가엘리온, 필로, 라프짱 등을 데려왔으니, 육해공 어디로 가건 추격을 따돌릴 순 없을걸.

게다가 이 녀석 스스로가 도주를 불가능하게 만드는 결계를 쳐 놓았으니까.

자기가 만든 감옥에 갇혀 있는 거나 다름없는 신세였다.

뭐, 녀석이 결계를 해제한다 해도 우리 쪽에서 다시 칠 테지만. 커스 스킬 쪽은…… 그냥 라프짱 쪽에 맡겨 둬야겠다.

"도망은 꿈도 꾸지 말라고. 난 아직 성에 안 차니까."

이제 슬슬 원사이드 게임도 질리기 시작했다.

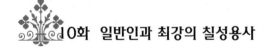

10화 일반인과 최강의 칠성용사

"건방 떠는 것도…… 작작 좀 하시지!"

오? 타쿠토에게는 블러드 새크리파이스의 저주가 안 걸리는 모양이었다.

이거 완전히 사기 수준이잖아.

저주의 영향까지 고려해서 위력을 조절했던 건데, 쓸데없는 배려였던 모양이다.

"자, 너는 이번 공격으로 한 번 죽은 거다. 나에 못지않게 너를 증오하면서도 입장상 여기 오지 못한 지팡이 용사의 대리 역할은 이제 다 완수한 셈이지."

쓰레기……. 마음 같아서는 자기 손으로 여왕의 원수를 갚고 싶었겠지.

나 스스로의 심정으로는 만족 못 할 수준이지만, 너를 대신해서 지팡이 용사의 대리로서 타쿠토를 해치워 줬어.

다음은 아트라, 원래는 죽지 않았어야 할 연합군, 그리고 마을 녀석들의 원수를 갚을 차례다.

"우오오오오오오오오오오!"

타쿠토가 남은 힘을 쥐어짜서 포효를 내지르며 공격해 왔다.

무기를 손톱으로 바꾼 타쿠토의 공격에, 나는 일부러 무기를 맞댄 힘 싸움으로 몰아갔다.

아아, 역시 화력은 무시할 수 없겠군. 버텨내기 힘들 것 같다.

재빨리 튕겨 내고 멀찍이 물러서자 타쿠토가 웃음을 지었다.

"걸려들었어! 이제 그 지팡이는 내 거다!"

타쿠토는 웃음을 머금은 채 고개를 끄덕였다. 상황을 알아챈 건지, 떨거지들의 표정에도 여유가 깃들었다.

"나를 얕잡아 본 게 패인이었어. 내 승리다!"

하긴, 예로부터 상대를 깔보는 강자는 약자의 예상 못한 일격에 중상을 입기 마련이지.

흔히 있는 패턴이다.

그런 만화는 나도 좋아하긴 해.

하지만 이번에는, 그런 일은 절대로 일어나지 않는다.

"이봐, 너무 여유를 부리는 것 같으니까 가르쳐 주겠는데, 지팡이로 싸우니까 너무 싱거워서 일부러 걸려들어 준 거라고."

일명 '비행기 태웠다가 나락에 떨어뜨리기'다.

의기양양해 있다가 엉망으로 얻어터지는 것만큼 처참한 일도 없으니까.

이윽고 타쿠토의 능력이 발동되고, 지팡이에서 불꽃이 튀었다.

그러자 지팡이는 빛으로 변해 타쿠토의 손으로 날아갔다.

지팡이를 손에 쥔 타쿠토는 승리에 대한 확신을 얻은 듯 웃고 있었다.

"징그럽게 히죽거리지 마. 지팡이를 손에 넣은 게 그렇게 좋냐?"

"뭐라고 지껄이건 정신 승리일 뿐이다. 처참하게 죽여 줄 테니까 각오하시지!"

"몇 번을 말해야 알아듣는 거지? 그건 내가 할 소리라고."

나는 렌 쪽으로 시선을 돌렸다.

그러자 사태를 파악한 렌이, 손에 들고 있던 사성의 검과는 별개의, 허리춤에 차고 있던 검 한 자루를 하늘에서 이쪽으로 던져 주었다.

나는 오른손을 들어서, 렌이 던져 준 검을 받아 들었다.

"나는…… 네놈의 자존심, 존엄, 소중한 사람…… 그 모든 것을 파괴하기 위해서 여기에 있는 거다. 그리고 우선 여유와 거만의 절반을 파괴해 주었다. 이제 나머지 반을 파괴할 차례지.

칠성무기 여섯 개, 그리고 사성무기 중 하나인 방패를 손에 넣은 가짜 용사. 전설의 무기도 없는 일반인에게 패배하는 현실을 똑똑히 가르쳐 주마!"

칼집에서 검을 뽑아 들었다.

나는 검술을 써 본 적이 없었다. 하지만 렌과 라프타리아, 에클레르의 검술을 상대해 본 경험은 헤아릴 수도 없을 만큼 많았다.

그러니까 아마 쓸 수 있을 것이다.

이 검은 무기상 아저씨와 이미아 숙부, 모토야스 2호가 봉황 소재를 바탕으로 급히 만들어 준 검이었다.

영귀 소재처럼 까다로운 특징이 있었지만, 바로 대처해서 완성시켜 주었다.

그 이름은 바로 봉황검.

이런저런 효과가 있지만, 영귀검과 마찬가지로 어중간한 안력 스킬로는 감정이 불가능했다.

아까 렌이 사용한 봉황렬풍검이라는 건 이 검을 복제해서 얻은 스킬이었다.

기본적인 스테이터스는 렌이 가진 영귀검의 기본 수치와 별반 다르지 않다고 했다.

시저스 소드 같은 측면도 있어서, 세인도 복제가 가능하다는 장점까지 있었다.

나는 타쿠토에게 검을 겨누고 까딱까딱 손짓했다.

"네놈에게 있어서 용사 무기는 돼지 목에 진주 목걸이라는 사실을 깨닫게 해 주지. 덤벼 봐."

타쿠토의 자존심을 파괴하기 위해 그렇게 선언했다.

바로 그때쯤이었을까.

쿵 하는 소리가 났기에, 소리가 난 쪽을 쳐다보았다.

목이 날아간 용이 지금 막 바닥에 고꾸라지는 순간이었다.

물론, 그 용의 머리를 날려 버린 것은 포울이었다.

"너무 늦어서 미안해, 형."

"기다렸잖아, 포울."

"이 녀석이 하늘로 날아서 도망가는 바람에 처치하는 데 애를 좀 먹었거든."

하긴, 날 줄 아는 녀석이라면 당연히 그렇게 하겠지.

"그런데 이 녀석, 앵천명석 건틀릿은 별 효과가 없었어. 형 같은 용사의 가호는 없는 것 같아. 성장 보정이나 스테이터스 보정 같은 거."

"뭐, 정식 주인이 아닌 녀석의 가호니까. 무력화할 수 있는 범위가 좁은 것도 당연하겠지."

그런 의미에서 보면 앵천명석 무기도 은근히 사용하기가 까다롭다.

상관없다. 포울이 왔으니 이제 봐줄 필요도 없겠지.

"벌써 이 녀석을 몇 번 반죽음으로 만들었는지 기억도 안 날 지경이야."

투덜거리면서, 포울이 이쪽으로 오기를 기다렸다.

그러자 타쿠토는 도무지 믿을 수 없다는 표정으로 절규했다.

"넬리셴!"

하지만 용은 이미 숨이 끊어진 뒤라, 타쿠토의 부름에 아무런 대답도 하지 못했다.

"네놈까지이이이이!"

타쿠토가 피눈물이라도 흘릴 것 같은 얼굴로 포울을 향해 마법을 내쏘며 달려갔다.

"웃차."

"허읔——!"

타쿠토의 공격과 마법을 모조리 회피해 낸 포울이, 재빨리 타쿠토의 안면을 걷어찼다.

"뜬금없이 왜 이러는 거지?"

"소중한 동료를 잃어서 격노한 거야. 아오타츠 종이 무참하게 죽어서 그런 거 아니야?"

"사돈 남 말 하고 있네. 아트라의 목숨은 네놈 주위 여자들의 목숨을 전부 다 합한 것보다 더 무겁단 말이다. 애초에 누나처럼 여겼던 자기 여자를 제 손으로 죽인 건 바로 네놈이었잖아."

"그러게 말이야."

포울은 보란 듯이 체중을 실어서 타쿠토를 꽉 짓밟고 내 쪽으로 다가왔다.

"그나저나, 형, 지팡이까지 녀석에게 준 거야?"

"그래. 약해도 너무 약해서 지팡이를 빌려줬어. 이 녀석에게는 절망을 뼛속 깊이 심어 줘야 하니까. 용사에게 필요한 게 뭔지…… 온몸으로 가르쳐 줘야겠다 싶어서."

"그래? 그럼 나도 용사로서가 아니라 한 사람의 하쿠코로서…… 아트라의 오빠로서 싸우고 싶은데."

그렇군……. 포울도 나와 같은 심정인 모양이다.

그럼 나도 용사가 아니라 한 사람의 인간…… 이와타니 나오후미로서 싸워야겠다.

"용서 못해……. 무슨 일이 있어도 네놈들을 죽여 버리겠어!"

타쿠토가 끈질기게 지팡이를 휘두르며 포울에게 달려들었다.

포울이 건틀릿으로 그 공격을 받아 내고 떨쳐 내자, 이번에는 깔깔 웃어 대기 시작했다.

화내다가 웃다가, 정신 사나운 녀석이군.

아니나 다를까, 건틀릿이 빛으로 변해 포울의 손을 떠나서 타쿠토의 손으로 옮겨갔다.

방금 우리가 한 얘기는 듣지도 않은 건가?

포울은 아트라의 원수를 갚으려고 일부러 용사의 지위를 포기한 건데…….

아니면 분노에 휩싸여서 그런 것도 이해 못 할 만큼 혼란 상태에 빠진 건가?

그게 사실이라 해도, 그 점은 우리 역시 마찬가지였다.

"이제 나는 모든 칠성무기를 손에 넣었다! 세계 유일의 최강 칠성용사가 됐다. 이제 네놈들에게 승산 따윈 없어! 얌전히…… 죽어라!"

"꺄─! 멋져─! 타쿠토 님─!"

"이제 모두의 원수를 갚을 수 있게 됐어!"

그 말에 떨거지들도 흥분한 기색으로 외쳤다.

조금 전까지만 해도 지옥 구경이라도 한 것처럼 얼어붙어 있었으면서.

그나저나 세계 유일의 최강 칠성용사라니……. 뭐냐, 그 낯부

끄러운 문구는.

여기서 사성무기까지 전부 다 얻으면 사상 최강의 용사라도 되는 건가?

유치하다. 미칠 듯이 유치하다. 중재자의 무기로도 손쉽게 죽일 수 있는 수준인 주제에.

"고작 무기가 좀 늘었다고 해서 우쭐대지 마. 이기지 못하면 아무 의미도 없다고. 전에 나와 싸웠던 녀석도 최강에만 집착하다가 무기의 미움을 샀었어."

정말이지…… 타쿠토 녀석은 신기할 정도로 쿄와 비슷한 면이 많았다.

어렸을 때 생이별해서 두 세계로 갈라진 형제지간이라고 해도 믿을 것 같다.

그러고 보니 이 녀석들은 적의 첨병이라고 했었지. 이런 놈들을 양산해서 교육이라도 하는 건가?

"그래서? 최강이 돼서 뭘 할 건데?"

예전에 에클레르가 렌에게 물어본 적이 있었다.

최강이 된 후에 뭘 할 것인가 하는 질문. 적어도 나는 이해 못할 소원이다.

"우선 네놈을 때려죽여 버리겠다! 그러면 세계는 다 내 거다!"

이 대답은…… 렌보다는 나은 건가?

그래도 차라리 렌이 낫다고 믿고 싶다. 겉치레로나마, 렌은 세계를 구하겠다고 했었으니까.

"그럼 최강의 칠성용사님…… 제2라운드를 시작해 보실까?"

나는 검을 앞으로 내뻗고 정신을 집중했다.

포울 역시 같은 자세였다.

""무쌍활성!""

포울과 달리, 나는 그냥 흉내만 내는 것이었다.

그래도 개념은 완전히 습득한 상태니까, 아주 불가능하지는 않을 것이다.

리시아나 아트라처럼 뛰어난 자질을 가진 건 아니니, 몇 분이나 버틸 수 있을지 모르겠지만.

"드라이파 부스트 Ⅲ! 어라?! 녀석의 마법처럼 안 되잖아?!"

타쿠토는 어리둥절한 표정이었다. 그야 지팡이와 레벌레이션은 아무 관계없으니까.

무엇보다 지팡이가 진정으로 힘을 빌려주고 있는 게 아니기에, 최대급 강화는 불가능한 모양이었다.

만약에 최대급 강화가 가능했다고 해도 우리 쪽에는 비장의 카드가 남아 있지만.

역시 쿄가 그랬던 것처럼 강화방법이 어중간하군.

"에어스트 슬래시!"

타쿠토가 손톱을 옆으로 휘둘러서 우리를 찢어발기려 들었다.

그 공격을 종이 한 장 차이로 피하고 접근했다.

지난번에 공격을 받았을 때도 그랬듯이, 안 보여서 못 피하는 게 아니었다.

그때는 단지, 방패 용사가 적의 공격을 피할 수는 없는 노릇이라서 막으려 했던 것뿐이었다.

지금 나는 그저 일반인일 뿐이니, 굳이 공격을 맞아 줄 이유도 없다.

"반진 클로!"

"또 그거냐!"

그나저나 이 녀석, 손톱을 너무 좋아하는 거 아니야?

녀석이 갖고 있는 칠성무기 중에 가장 빨라 보이긴 한다. 스피드광 같은 놈인가?

그렇다고 해서 못 피할 정도는 아니다.

"으음…… 마법검이라는 거, 이렇게 쓰는 건가?"

칼끝에 손을 얹고, 쯔바이트 디케이를 부여해서 있는 힘껏 내질렀다.

디케이라는 마법은 회복 계통의…… 공격마법이다.

모토야스나 렌이 불이나 물 계통의 회복 마법을 쓰는 것처럼, 회복 전용 마법에도 다른 활용법이 있다.

이 마법은 부패를 의미한다.

즉, 대상의 세포를 썩게 만드는 효과가 있다.

세포를 활성화시켜서 회복시키는 힐과 정반대의 효과를 발생시킨다고 하면 이해하기 쉽겠지.

원래는 그렇게까지 강한 마법은 아니다. 상처를 썩게 해서 회복을 늦추는 효과가 있는 마법에 불과하니까.

물론 방어 비례 효과를 가진, 변환무쌍류의 『점』은 미리 첨가시켜 두었다.

"커헉……."

검이 부러지지 않도록 조심해 가면서 써야겠군.

기껏 무기상 3인방이 결집해서 만들어 준 검이니까, 소중히 다뤄야겠지.

"으……. 나의 진정한 공포를 온몸으로 맛보아라! 드라이파 엘레멘탈!"

타쿠토는 지팡이를 휘두르며 마법을 영창했다.

오오, 그런 건 재현할 수 있나 보네.

"소용없어."

엘레멘탈……. 리시아가 즐겨 사용하는 종합 속성마법이다.

나와 포울은 기를 집중시키고, 아트라가 즐겨 쓰던 『집(集)』을 사용해서 타쿠토의 마법을 끌어모으고, 『옥(玉)』으로 만들어서 되쏘았다.

"어──."

하얀 섬광이 타쿠토를 향해 날아가서, 타쿠토를 날려 버렸다.

떨거지들은 그사이에 끼어들지도 못한 채 멍하니 쳐다보고만 있었다.

"뭐야, 그렇게 쉽게 나가떨어지면 곤란하지."

포울이 나가떨어지는 타쿠토를 걷어차서 내 쪽으로 날려 보냈다.

"으윽……. 잔챙이 주제에 내게 공격을 적중시킨 거냐?!"

"너 말이야, 아까부터 누구의 공격을 얻어맞고 계속 위기에 내몰려 있는지 잊고 있는 거냐?"

나는 날아온 타쿠토를 있는 힘껏 검으로 꿰뚫었다.

물론, 남들의 검술을 흉내 낸 검술이었다.

"어쩌고저쩌고 다층붕격(多層崩擊)!"

"으…… 윽…… 컥…… 우욱……."

에클레르가 이걸 보면 어떤 표정을 지을까.

그나저나 공격이 영 안 먹힌다. 조금 전까지 용사의 지팡이를 써 왔기에 더 대비가 됐다.

지금까지 필로나 사디나 등은 이렇게 약한 화력을 활용해서 싸워 왔던 건가.

이러니 변환무쌍류라는 유파가 생겨날 수밖에 없었겠구나 하는 생각도 들었다.

"타이거 렘페이지!"

내가 찌르는 순간에 포울이 달려와서 있는 힘껏 후려치기 시작했다.

나도 거기에 맞추어 봉황검으로 난도질했다.

"아직 더! 한참 멀었어!"

나는 『점』을 섞어 가면서 타쿠토를 향해 연속 공격을 퍼부었다.

솔직히, 위력이 턱없이 부족했다.

그런 만큼 기나 마력을 구사하는 식으로 수고를 들이는 수밖에 없다.

다행히 포울이 있기에 공격 횟수는 충분했다.

무슨 콤보 게임이라도 하는 것 같은 상황이다.

"그, 그만해애애애애애애애애!"

보다 못한 떨거지 여자들이 한 손에 무기를 쥔 채 달려왔다.

"어림없어."

달려드는 여자를 세인이 서걱 베어 버렸다.

발 빠른 여자 하나가 세인의 제지를 뿌리치고 달려들었으나, 포울에게 얻어맞고 볼링공처럼 나가떨어졌다. 일반인인 지금의 우리가 레벨 250인 적들을 죽일 수 있을 만큼의 위력을 낼 수

있을지 의문이었지만, 여자는 급소라도 얻어맞았는지 고통에
몸부림치고 있었다.

"지금의 나에게 힘 조절 같은 걸 기대하지 마! 죽기 싫으면 닥
치고 구경이나 하고 있어!"

나는 피가 들끓는 것만 같은 격정에 사로잡혀 있었다.

방어 이외의 전투 경험이 적기 때문인지, 아니면 적이 용서 못
할 철천지원수이기 때문인지, 그건 알 수 없었다.

어쨌거나, 자신이 생각하기에도 스스로가 낯설게 느껴질 만
큼 감정을 드러내고 있었다.

전에 본 만화에서 전쟁터에서 격렬한 흥분 상태에 빠지면 전
의가 더 달아오르는 캐릭터가 있었는데, 어쩌면 그와 비슷한 건
지도 모르겠다.

그렇게 타쿠토에 대한 추가 공격을 재개해서 마구잡이로 두들
겨 팼다.

"칠성무기를 전부 다 차지한 게 고작 이 정도냐? 장난 좀 작
작 하시지"

"형, 더 할 거야? 난 이제 슬슬 숨통을 끊어 놓고 싶은데."

"미안하다, 포울. 이 녀석은 더 괴롭혀야 해. 안 그러면 세계
가 용서 안 할 테니까. 아니, 세계가 용서하더라도 내가 용서 못
해. 더더욱…… 참혹하게 죽여야 해. 무슨 소린지 알겠지?"

"알았어!"

나는 바닥에 엎어진 타쿠토를 검으로 마구 찔러대고, 포울은
있는 힘껏 짓밟아 댔다.

"뭐 하는 거냐! 더 괴로워하라고! 네놈이 죽인 사람들은 이것

보다 훨씬 더 아팠단 말이다!"

몸이 탄화되는 고통을 네놈이 알기나 해?

"끄아아아아아아아아아아악! 아파! 너무 아파! 그, 그만! 살려줘! 나 죽네 나 죽어!"

치명상을 입고, 사랑하는 사람이 지켜보는 앞에서 죽는 자의 절망을 네놈이 이해할 수나 있을 것 같으냐!

"형, 더 즐기려면 이제 슬슬 힘 조절을 해야 할 것 같아!"

"하아…… 하아…… 그러게 말이야."

나도 모르게 숨이 찰 만큼 인정사정없이 찔러댄 모양이었다.

지팡이를 쓸 때는 거리감도 있고 화력이 있어서 괜찮았는데 말이지. 이번에는 좀 이성을 잃었던 것 같다.

그나저나…… 전설의 무기 없이도 제법 강하잖아.

워낙 녀석의 움직임이 뻔한 것도 있지만 말이지.

정말 레벨 350에 전설의 무기 8개를 가진 놈이 맞는지 의심스러울 지경이었다.

쿄에 비하면, 그냥 레벨과 무기로만 밀어붙이는 잔챙이군.

"윽…… 건방진 놈들!"

우리가 공격을 중단하자, 타쿠토는 다시 일어나 언성을 높였다.

"조금 전까지 '그만―' 이라느니 '살려줘―' 라느니 하면서 목숨 구걸하던 태도는 어디 간 거지?"

"시, 시끄러어어어어어어어어어어어어! 라이트닝 휩!"

우리가 좀 지나치게 건방을 떨긴 했는지, 분개한 타쿠토가 채찍을 꺼내서 광범위 스킬을 내쏘았다.

우리는 몸을 숙이거나 펄쩍 뛰거나 해서 그 공격을 회피한 다음, 포울은 날아차기를 날리고, 나는 검의 칼자루 끝에 손을 대고 타쿠토의 어깻죽지를 꿰뚫었다.

"끄아아아아아아아아아아아아아아아아아악!"

아, 역시 지팡이로 찌를 때보다 대미지가 덜 들어가잖아⋯⋯.
방패가 아니라서 『점』이 효과적으로 작동하지 않기 때문인가?

"이건 네놈 손에 죽은 여왕의 몫! 다음은 마을 녀석들의 몫! 함께 싸웠던 연합군의 몫!"

검의 칼자루에 달린 고정 장치를 벗겨냈다.

봉황검은 말 그대로 시저스 소드, 커다란 가위 같은 검이라서, 두 개로 분리할 수 있는 장치도 달려 있었다.

상대의 몸에 박힌 상태에서 두 칼날이 서로 분리되면 어떻게 될까?

게다가 검신은 붉은빛을 내뿜으며 타쿠토의 살점을 구워 버리고 있었다.

"으끄ㅇㅇㅇㅇㅇㅇㅇㅇㅇㅇㅇㅇㅇㅇㅇㅇㅇㅇㅇㅇㅇㅇㅇㅇㅇㅇㅇㅇㅇ윽!"

이도류는 써 본 적이 없으니, 잘할 자신도 없다.

그랬기에 가위처럼 교차시켜서, 몸 안쪽으로부터 타쿠토의 가슴을 찢어발기듯이 베어 버렸다.

"그리고 이게——!"

"아트라의 몫이다!"

검을 다시 하나로 되돌리고, 포울과 연계해서 타쿠토의 몸을 무참하게 난도질했다.

타쿠토의 옷은 이미 넝마가 되다시피 했고, 온몸이 피투성이였다.

고작 이런 게 최강의 칠성용사라니, 하하, 웃기고 자빠졌군.

그리고 마지막으로.

"드라이파 디케이! 이름은…… 부패검(腐敗劍)!"

"멸룡렬화권(滅龍烈火拳)!"

마력과 기를 최대한으로 섞은 부패 마법을 부여한 부패검으로 찢어발겼다.

그에 더불어 포울이 눈에 보이지도 않을 만큼 빠른 연속타격을 작렬시켰다.

그리고 나와 포울의 일격이 공명하듯이 교차했다.

"끄아아아아아아아아아아아아아아악!"

베어 내자마자 그 상처가 썩어 들어가는 것 같았다.

엄청 징그러운데, 이 공격……. 하지만 그만큼 위력도 강력하다.

그럴 만도 한 게, 이건 변환무쌍류의 진수를 모조리 쏟은 공격이니까.

일반인이 할 수 있는 공격 중 극한의 위력이자, 용사의 힘에 한없이 가까운 공격이라 할 수 있으리라.

그 점은 포울의 공격도 마찬가지였다.

포울이 내쏜 기술은 건틀릿의 스킬을 재현한 것이었다.

지금은 죽어서 땅바닥에 나뒹굴고 있는 용을 죽일 때도 사용했던 기술이었다.

"커…… 헉……."

타쿠토는 나와 포울의 합체기 공격을 견디지 못하고 훅 고꾸라졌다.

"후우……. 이제 조금이나마…… 아니, 전혀 분이 안 풀리는
군."

나는 고꾸라진 타쿠토를 걷어차면서 그렇게 내뱉었다.

"그러게 말이야. 이제 슬슬 죽여 버리고 싶군."

"그건 안 돼. 아트라와 여왕, 마을 녀석들을 죽인 죄를 고작
이 정도로 용서해 줄 순 없어."

"알았어, 형."

자, 다른 녀석들 쪽은 어떻게 돼 가고 있는지 좀 살펴볼까.

우선…… 아직도 우르릉우르릉 천둥소리가 울려 퍼지고 있는
쪽으로 의식을 기울였다.

"뭐야~, 이 언니는 직성이 풀리려면 아직 한참 남았는데~."

이미 생선구이 꼴이 된 적을 공중에 띄워 놓고, 사디나는 더욱
공격을 퍼부으려 하고 있었다.

내가 타쿠토에게 한 짓을 생각하면 남 말 할 처지는 아니지만,
저건 좀 지나친 거 아닌가 하는 생각도 들었다.

내 분노를 대변해 주고 있는 건지도 모르지만…… 전직 수룡
의 무녀이자 처형인이었던 면모가 나타난 건지도 모르겠다.

상대방은…… 이미 죽은 거 아니야? 감전사라니 끔찍한 죽음
이군.

"나오후미, 이 누나 아직 더 싸우고 싶어~."

"질리지도 않나 보네. 이제 그만 돌아와. 내 마력을 얼마나 가
져다 쓸 셈이야?"

"어머나, 이 누나가 혼났네."

사디나는 내 지시에 따라 수화를 풀고 범고래 수인의 모습으

로 돌아왔다.

꺄핫 하고 눈꼴사나운 포즈를 취하며 장난을 쳤지만, 사디나의 전투법은 잔혹함 그 자체였다.

"아트라랑 나오후미 일 때문에 이 누나도 울화가 치밀었었는데, 이제야 좀 분이 풀리는 것 같아."

그렇게 말하면서, 파직파직 전기를 휘감은 채 타쿠토에게 작살을 겨누고 있었다.

입으로는 스트레스가 해소됐다는 식으로 말했지만, 아직 분이 덜 풀린 게 뻔히 보였다.

얼굴은 싱글싱글 웃으면서도 마음속으로는 화를 풀지 못하는 타입인가.

하긴 그럴 만도 하지……. 사디나는 마을 녀석들 가운데 연장자이고, 모든 주민들의 누님 같은 존재니까.

아트라의 일로 분노하지 않을 리가 없었다.

그리고 사디나는, 이번에는 세인에게 제압당해 있는 여자들 쪽으로 작살을 겨누었다.

"약자를 괴롭히는 건——."

"약자를 괴롭히는 취미는 없지만, 무의미한 저항을 상대하는 것도 이제 좀 지겹네요."

"그러게. 이 언니도 세인이 결박하는 걸 거들어 줄게."

사디나는 시커멓게 그을린 여자를 흘깃 쳐다보고 여자들을 위협했다.

본보기로 삼으려고 일부러 저렇게 만든 건가?

"함부로 움직이면 애처럼 될 테니까 얌전히들 있으라구~."

"히익!"

사디나에게 대든 자의 말로를 보고 나니, 여자들도 이제 함부로 움직이지 못하는 것 같았다.

하긴, 타쿠토가 넝마처럼 고꾸라지고, 아오타츠 종의 머리통이 날아가고, 감전사 당한 녀석까지 나온 마당이니까.

솔직히, 내가 녀석들 입장이었더라도 옴짝달싹 못 했을 가능성이 클걸.

"으랏차아아아아아아아아아아아아아아아!"

"뀨아아아아아아아아아아!"

"아아아아아아아아아아아아아아아아!"

응? 렌과 가엘리온의 고함 소리가 들려왔다.

위를 올려다보니, 마침 거대한 용제가 요새 위로 낙하하는 모습이 보였다.

가엘리온은 거대한 용제의 목덜미를 물어뜯고, 렌은 이마에 검을 꽂아 넣고 있었다.

쿵 하고 지축을 울리는 진동이 요새에까지 느껴졌다.

"끄으으으아!"

가엘리온이 위협적으로 울부짖었다.

"허, 헛소리 마라! 용제의 조각을 내놓으라고?! 용사의 도움이나 받아서 싸우는 왜소한 조각 따위가 감히 나에게 이런 헛소리를 지껄이다니!"

용제는 다시 날뛰려 들었지만, 렌이 깊숙이 검을 찔러 넣자 포효를 내질렀다.

승부는 완전히 갈라진 것 같군.

"죽어도 못 넘겨준다!"

"……캬오."

뭔가 분위기가 돌변했다. 보아하니 아버지 가엘리온이 나온 것 같군.

아마 전투 중에 틈틈이 새끼 가엘리온과 인격을 바꾸어 가며 렌과 연계해 온 것이리라.

그리고 이제, 패배한 거대 용제에게 최후의 선고를 내린 셈이다.

와그작 하는 섬뜩한 소리가 일대에 울려 퍼졌다.

"그흑……."

가엘리온이 적 용제의 목을 부러뜨리는 소리였다.

렌은 경련 끝에 축 늘어져 버린 용제의 몸에서 검을 뽑아 들고, 요새의 벽을 발판 삼아서 날렵하게 올라왔다.

"끝났어?"

"일단은."

가엘리온은 뭘 하고 있지?

윽……. 식사 이벤트 중인가 보군.

피가 분수처럼 용솟음치는 가운데, 가엘리온이 용제의 시체를 물어뜯고 있었다.

야생의 마물을 포식하는 광경이라면 필로가 하는 걸 본 적이 있었지만, 이건 그때보다 훨씬 더 그로테스크하군.

렌은 그 광경을 보고 입을 틀어막았다. 구역질을 애써 참고 있는 거겠지.

"지, 지금…… 뭐 하는 거야?"

"적 드래곤이 용제의 조각이니 왜소한 조각이니 하는 소리를 했었잖아?"

"그랬지."

"용제라는 건 수천 개로 쪼개져 버린 조각들이 모여서 한 마리의 용제로서 강림하게 되는 거라나 봐. 과거의 기억 같은 게 한데 모인다고……."

"잘 이해가 안 가는데, 가엘리온은 그 조각을 소유하고 있었고, 아까 그 거대한 용제도 그 용제의 조각을 갖고 있었다는 거야?"

"그런가 봐. 상대가 넘겨주지 않으니까 죽여서 빼앗고 있는 거겠지."

세계의 위기를 앞두고 하나로 모이려는 본능 운운하는 소리가 있었던 것치고 가엘리온에게 덤벼드는 드래곤이 하나도 없다 싶었더니, 타쿠토의 드래곤이 사냥하고 다녀서 그렇게 된 모양이었다.

가엘리온은 우드득우드득 적 용제의 심장 부근을 뜯어 먹고 있었다.

그 부근에 조각이 모여 있는 거겠지.

"아마 레벨 100의 한계돌파는 용제에게서 배운 기술이라고 봐도 좋을 거야. 잘하면 가엘리온이 그걸 가능하게 해 줄지도 몰라."

"그렇군! 마을과 국가 사람들이 더 강해질 수 있다는 거지?"

"어디까지나 그럴 가능성이 있다는 얘기일 뿐이지만."

뭐, 타쿠토를 아직 죽일 수 없는 이유 중에는 그런 점도 있었다.

레벨 100을 넘길 수 있는 방법을 알아내지 못하면, 앞으로 더 고생하게 될 테니까.

상공을 보니, 필로는 아직 적 그리핀과 싸우고 있었다.

"제법…… 강한걸."

"필로 안 질 거야!"

하지만 어느 쪽이 우위에 있는지는 한눈에 알 수 있었다.

필로의 움직임이 훨씬 더 날카롭게 느껴졌다.

적 그리핀은 필로의 공격에 여기저기 부상을 입어서, 그야말로 당하기 직전이었다.

"이제 그만──."

"끝났어. 준비 다 됐어."

"뭐야?!"

"와아~."

필로가 거센 바람에 떠밀려서 강제로 적에게서 떨어졌다.

그리고 바람의 막이 그리핀을 포위하듯 여러 겹으로 접근해 갔다.

저건 땅에 서 있는 실디나가 영창한 마법의 감옥인가?

게다가…… 저 바람, 전기를 띠고 있잖아.

"어머나? 저건 이 누나의 번개잖아."

"크윽! 싸움에 훼방을 놓다니!"

"훼방 놓은 거 아니야. 나와 신조는 처음부터 한 팀이었어. 네 시야가 너무 좁았던 거야."

"이따위 바람 감옥! 당장 벗어나 주마!"

"안 돼. 잘 가."

실디나가 그리핀을 향해 손을 펼쳤다가, 힘차게 움켜쥐었다.

그러자 바람 감옥은 그리핀을 향해 조그맣게 수축되어 갔다.

"끄으윽…… 끄아아아아아아아아아아아아아아아아아아아악!"

절규와 함께 그리핀이 다져지고, 공중에 새빨간 꽃이 피어났다.

"이게 바로 현임 살육의 무녀. 어때? 사디나보다 멋있어?"

"어머나~."

실디나가 슬쩍 내 쪽을 보며 의기양양하게 가슴을 편 바로 그 순간, 일대에 피가 빗발처럼 쏟아졌다.

산산조각이 난 그리핀의 시체가 하필이면 전기구이 신세가 된 녀석 위로 떨어져서…… 시체들이 겹치듯이 쌓였다.

색채는 화려해졌지만 식욕은 전혀 당기지 않았다.

"실디나 너무해~."

필로가 둥실둥실 날아서 실디나 위에 착지했다.

그건 또 무슨 연계기람?

이제 과거의 천명만 남은 건가. 그쪽을 살펴보니, 과거의 천명은 라프짱과 눈빛으로 대화를 나누며 여우녀의 맹공을 회피하고 있었다.

"라프! 라프라프!"

라프짱이 내가 가진 검을 가리키며 이쪽으로 던져 달라고 재촉했다.

적의 날붙이를 상대하는 게 불안하다는 건가.

라프짱도 참 많이 성장했군. 좋아, 나도 변신술 대결에 참가해야겠다.

"받아!"

나는 라프짱을 향해 봉황검을 투척했다.

"라프~!"

라프짱이 뿅 하고 뛰어서, 내가 던져준 검을 받아 들었다.

"그쪽이 진짜였구나!"

라프짱은 내게서 받은 검으로 여우녀의 공격을 막아냈다.

"하하하, 라쿤 종 호박년! 고작 그 정도 환술로 나를 현혹시킬 수 있을 줄── 우욱!"

웃고 있던 여우녀의 등을 옛 천명의 해머가 후려쳤다.

완벽하게 현혹당했잖아.

"현혹당했구나."

"라프~."

"말도 안 돼……. 실체를 가진 환상이라고?! 어떻게 냄새까지 똑같을 수가 있는 거냐!"

"비결을 가르쳐 줄 리가 없지 않느냐. 너는 이래서 늘 현혹에 당하는 것이니라."

"라쿤 종 호박이……. 환각을 보여 줘서 용제와 그리핀의 성역을 돌파한 게……."

타쿠토 측에서는 라프타리아가 생추어리를 사용한 것으로 알고 있었던 모양이군.

환각에 가장 강할 법한 녀석을 위장시켰으니, 라프타리아와 동일 종족으로 착각하는 것도 무리는 아니다. 실제로도 같은 유전자로 만들어진 거고, 그 덕분에 냄새도 같았던 건가.

목소리나 피부의 촉감은 다르겠지만 말이지. 다음에 한 번 조사해 봐야겠다.

"애석하게 됐구나. 자, 가자꾸나."

"라프~."

옛 천명은 여우녀를 사이에 두고 라프짱과 대칭을 이루듯이 포위 공격을 퍼부었다.

한쪽이 미끼 구실을 하고, 다른 한쪽이 빈틈을 찌른다. 그리고 옛 천명과 라프짱이──.

"잘 따라오거라. 자, 몸에 제대로 둘러야 하느니라."

"라프~!"

옛 천명은 다섯 개의 구슬을 전개시켰다.

라프짱도 그걸 따라 하듯이 똑같은 구슬을 발생시켰다.

옛 천명은 여우녀를 향해 고속 연속공격을 퍼부었다.

"어── 으── 윽──."

후려치기, 휩쓸고, 뒤흔들기, 걷어차기, 오행천명 쪼개기, 목극토, 토극수, 수극화, 화극목 등, 지금까지 라프타리아가 써 왔던 기술들을 잇달아 쏟아냈다.

그것을 흉내 내듯이 똑같이 따라 하는 라프짱.

마치 모 격투 게임에 나오는 유명한 필살기 같다. 몽마(夢魔) 캐릭터가 썼던 걸로 기억한다.

마지막에는 둘이서 나란히 검을 아래에서 위로 들어 올리고, 여우녀에게서 등을 돌린 채 검에 묻은 피를 떨쳐냈다.

"환영경(幻影鏡)!"

"라프~!"

퐁 하고 라프짱이 너구리 모드로 돌아왔다.

"나는…… 아직…… 지지 않았다."

쓰러진 줄 알았던 여우녀가 피투성이가 된 채로 뇌까렸다.

'누가 봐도 진 것 같은데'라고 생각했을 때…… 여우녀의 모양이 서서히 변하기 시작했다.

이건 또 뭐야……. 마치 변신이 풀리기라도 한 것처럼 커다란 여우 괴물로 변해 가잖아.

이거, 내가 나서서 도와줘야 하나?

 ## 11화 방패 용사가 명한다

"응?"

"아직…… 안 끝났다."

타쿠토가 의식을 되찾고 벌떡 일어섰다.

"나는…… 아직 안 졌어."

타쿠토는 비틀거리던 다리에 힘을 주고, 우리를 향해 적의를 드러내 보였다.

그리고 주위를 둘러보며 검은 아우라를 내뿜었다.

커스 시리즈의 힘인가? 하긴, 복수를 위해 지금까지 이 녀석의 여자들을 죽여 왔으니까.

커스에 침식당했다 해도 이상할 건 없다.

"용서 못해…… 이 자식들! 에리, 넬리센, 샤테, 렐디아를 죽이다니! 최강의 용사인 내 손으로…… 기필코 죽여 버리겠어!"

타쿠토는 렌에게 시선을 보냈다.

사성무기 중 하나인 검을 빼앗으면 아직 승산이 있다고 생각하는 모양이었다.

이렇게 넝마가 된 상태에서도 일어날 수 있는 건, 칠성무기 덕분인가?

아니, 어쩌면 근성 같은 요소가 얽혀 있는 건지도 모르겠군.

제법 근사한 일이긴 하지만, 이제 슬슬 포기해 줬으면 좋겠다.

아무리 발악해 봤자 우리를 이길 수는 없다는 걸 좀 깨달으란 말이다.

"아직 포기 안 한 거냐? 일반인도 못 이기는 자칭 용사. 네 인생은 이미 끝장났다고 얘기했을 텐데."

"개소리 마! 나는…… 아직 지지 않았어! 이 칠성무기와 사성무기가 있는 한! 파워가 부족하다면 빼앗으면 그만이다!"

"타쿠토! 힘내!"

여자들이 활기를 띠고 타쿠토를 응원하기 시작했다.

만약에 타쿠토가 정신 제대로 박힌 녀석이었다면 우리가 불리해졌을 상황이겠지.

그랬다면 기적이라도 일어나서 힘을 각성하거나 했을 테니까.

"알았어, 알았어. 자기가 전설의 용사라는 자각이 그렇게 네 마음속에 깊이 뿌리 박혀서 행동 원리로 작용하고 있다는 거군."

이것도 처음부터 예상하고 있었던 일이다.

그렇기에 나는 그 마지막 희망을…… 앗아가 버리기로 했다.

"미안하지만, 지금 네 힘으로는 렌을 절대 못 이겨."

"길고 짧은 건 대 봐야 알아!"

타쿠토는 손톱을 꺼내서 렌에게 겨누고, 반진 클로를 발동시킬 준비를 시작했다.

"이제 좀 깨달으시지. 칠성은 절대로 사성을 못 이겨. 그리고 렌에게도……. 아니, 애초에 내가 모든 희망을 봉쇄해 주지."

나는 내 방패가 있던 부분에 손을 대고 정신을 집중했다.

"……힘의 근원인 일반인, 아니── 방패 용사가 명한다."

육체와 혼이 한 쌍인 것처럼.

용사와 무기가 한 쌍인 것처럼.

한때는 서로를 이어 주던, 그리고 지금은 끊어져 있는 한 가닥 실을 바늘귀에 꿰었다.

원래는 분리되어서는 안 됐던 둘 사이를 더 강한 형태로 다시 접속시켰다.

그것은 마치 육체를 위해 만들어진 혼, 혼을 위해 만들어진 육체.

"다시금 이치를 깨우쳐, 나의 방패를 가져올지어다."

쨍 하는 소리와 함께, 타쿠토에게서 빛 하나가 빠져나와 내 손으로 돌아왔다.

강렬한 빛이 주위를 지배하고, 그 자리에 있던 이들 모두는 눈을 질끈 감았다.

그리고 내 시야에는 그리운 방패의 항목이 나타났다.

예전과 마찬가지로 공격력이 극단적으로 저하되고, 그 밖의 모든 스테이터스가 상승했다.

특히 방어력은 조금 전과 비교가 되지 않을 만큼 향상되었다.

앞으로는 다시 공격력을 잃게 될 거라 생각하면 좀 찜찜한 기분도 들었지만, 아트라와 오스트가 힘을 끌어내 주고 있었다.

그러니까, 이제 두 번 다시 이런 녀석에게 지지 않을 것이다.

질 리가 없다.

"마, 말도 안 돼!"

타쿠토는 반진 클로의 표적을 내 쪽으로 변경했다.

나는 방패를 내밀어서 그 공격을 정면으로 막아냈다.

"흥!"

녀석의 필살 스킬을 방패로 쳐내고, 무효화시켰다.

방패와의 결속이 예전보다도 한층 더 강화된 지금, 녀석의 공격은 간지럽지도 않았다.

방패가 돌아오면서 스테이터스도 예전 상태로…… 아니, 예전보다 몇 단계 더 올라 있었다.

뭐, 공격 능력은 예나 지금이나 그대로지만.

"왜 그러지? 빼앗는 능력은 작동했나?"

"말도 안 돼! 말도 안 돼! 말도 안 돼! 어떻게 나에게서 방패를 빼앗아 간 거야?!"

"내가 누누이 얘기했잖아? 넌 나를 이길 수 없다고. 이미 끝장났다고."

타쿠토는 이 상황을 도무지 믿을 수가 없는 듯, 입만 뻐끔거리고 있었다.

하지만, 그럼에도…… 아직 전의를 상실하지는 않은 모양이었다.

"나는 네놈 얼굴이 절망으로 물드는 모습을 보고 싶어서 미치겠단 말이지."

"형, 엄청나게 사악해 보여."

"나오후미, 넌 그 표정 진짜 좋아하나 보네."

"그 점이 나오후미의 매력이라니까."

사디나의 말에 포울과 렌은 시선을 돌려 외면했다.

응, 그 심정은 충분히 이해가 간다. 내 얼굴이 사악한지 어떤지는 접어 두고 말이지.

"그래? 형의 장점은 그런 것보다는……."

"아마 그건 아닐걸. 나오후미의 장점은 배려심이겠지. 노예들을 봐. 나오후미가 더 고생하는 것 같잖아."

렌, 또 그 소리냐! 작작 좀 하라고.

"어머나? 이 누나는 나오후미의 이런 면도 좋아한다구~."

구경꾼들이 시끄럽다. 지금 이 상황에서 내 장점 따위가 무슨 상관이냔 말이다.

"자, 이제 너에게 남은 마지막 희망까지…… 앗아가 주마."

방패에 손을 대고, 아트라와 방패 정령이 가르쳐 준 비장의 카드를 발동시켰다.

지금까지 해 온 건 어디까지나 여흥일 뿐이다. 처음부터 이걸 썼다면, 애초에 싸울 필요조차 없었다.

"방패 용사가 명한다. 권속기여. 내 부름에 응답하여, 어리석은 힘의 속박을 끊고 눈을 뜨라."

타쿠토의 손으로 넘어갔던 손톱이 별안간 어렴풋한 빛을 내뿜기 시작했다.

나는 그것을 확인하고 말을 이었다.

"——그대에게서 권속의 자격을 박탈한다!"

한 개, 두 개, 세 개, 네 개, 다섯 개, 여섯 개, 일곱 개.

손톱뿐만이 아니라, 모든 칠성무기가 빛을 내뿜기 시작했다.

"뭐, 뭐야?! 무슨 일이 벌어진 거야?! 윽…… 힘이 빠져나가잖아!"

타쿠토는 예상도 하지 못했던 사태에 경악을 감추지 못하는 기색이었다.

애초에 한 사람이 전설 무기를 여러 개 갖고 있다는 것부터가 비정상이란 말이다.

사성무기도 칠성무기도, 애초에 그런 게 가능한 구조가 아닌 것이다.

"새로운 소유자를 찾아, 깃들어라!"

일곱 개의 빛이 타쿠토의 몸에서 흘러나오더니…… 상공으로 올라가서, 흩어져 갔다.

마치 소원을 이루어 주는 구슬이 나오는 만화의 한 장면 같군.

오? 빛 하나가 이쪽으로 날아오잖아.

그러고 보니 포울은 건틀릿에게 선택받은 용사였었지.

"너 이 자식…… 나한테서 칠성무기까지 빼앗은 거냐?! 도대체 어떻게 된 거야?!"

바들바들 떠는 타쿠토의 모습이, 내 눈에는 더없이 하찮은 존재로 보였다.

"타, 타쿠토에게서 무기를 빼앗다니 무슨 짓이냐! 당장 돌려주지 못할까!"

"저 무기들의 원래 주인은 네 남자가 아니건만……."

옛 천명은 손으로 해를 가리고 하늘을 올려다보았다.

"음?"

날아가는 빛을 바라보던 옛 천명이 눈살을 찌푸렸다.

그리고 본성을 드러낸 여우녀의 공격을 슬쩍 피했다.

"천명오행상극(天命五行相剋)!"

힘껏 후려치며 일격을 날리자 그 자리에서 음양의 마법진이 나타나고, 여우녀는 마법진에 붙들려 옴짝달싹 못하는 신세가 되었다.

"끄아아아아아아아아아아아아아아아아악——."

마법진에서 빛이 쏟아져 나와서 여우녀를 결박한 후…… 옛 천명이 깡 하는 소리와 함께 망치로 그 머리통을 후려쳤다.

"라프~."

라프짱이 승리의 포즈를 취했다.

"투리나아아아아아아아아아아아!"

듣기 좋은데, 그 절규. 더 듣고 싶어졌다.

내가 생각해도 천박한 생각인 것 같다. 하지만 이 정도는 용납해 줘도 되지 않겠는가.

"처음부터 다 장난이었던 거야. 뭘 그렇게 발끈하는 거지, 잔챙이?"

"뒈져 버려!"

타쿠토는 이런 마당에도 현실을 인정하지 못하고, 맨손으로 나를 후려치려 들었다.

퍽 하는 소리가 울려 퍼졌다.

나는 간지럽지도 않았다.

"윽…… 아…… 아."

"이제 너는 용사도 뭣도 아니야. 자, 어디 이 상황을 뒤집을 수 있으면 해 보시지."

다시 말해, 이제 용사도 아닌 타쿠토를 처형한다 해도 세계에는 아무 영향도 없는 것이다.

물론 이미 죽은 용사들 때문에 이런저런 문제들이 산적해 있긴 하겠지만…….

"이제 좀 알겠어? 이게 용사와 가짜 용사의 실력 차라는 거다. 임시로 얻은 힘을 뽐내던 네 시대는 다 끝났어. 이제 세계를 갖고 논 죗값을 온몸으로 치를 때다. 실드 프리즌! 체인지 실드(공)!"

타쿠토 주위에 방패로 이루어진 감옥이 출현하고, 체인지 실드를 사용해서 가시 돋친 방패로 벌집 신세를 만들어 버렸다.

"──?!"

뭐, 죽지 않을 정도로 위력을 조절했으니 문제 될 건 없다.

마음 같아선 당장에라도 죽여 버리고 싶지만, 함부로 죽일 수 없는 이유가 있었다.

이 녀석의 배후에 뭐가 있는지 자백을 들어야 할 필요도 있고, 윗치도 붙잡아야 하니까.

"자, 이제 이쪽은 정리됐군. 조명 마법을 쏴 줘."

내가 미리 쓰레기와 의논한 대로 지시를 내리자, 사디나가 작살을 하늘로 치켜들고 마법을 발사했다.

뭐, 어차피 지팡이가 다시 쓰레기에게로 날아갔을 테니까, 쓰레기는 그걸 보고 이미 결과를 예측했을 테지만.

"응? 어──."

전장 쪽을 본 나는 말문이 막히고 말았다.

성 밑 도시 쪽이 불타고 있는 것까지는 문제 될 것 없었다.

애초에 화재는 이미 진화된 것 같았고 말이지.

문제는 요새 근처였다.

포브레이의 군대를 두 쪽으로 쪼개 버릴 만큼 경이적인 발톱 자국 같은 게 남아 있었던 것이다.

"나오후미."

렌이 전장 너머를 가리켰다.

적은 이미 쓰레기가 시행한 계책으로 괴멸되어 있었다. 지혜의 현왕이란 참 꿍장한데.

그 와중에도 살아남은 몇몇 녀석들이 저항하고 있는 상태였다.

아마 타쿠토의 여자들 가운데 일부겠지.

그 저항도 이제 거의 다 진압되어 가는 단계였다.

포브레이의 군대 중 반 정도는 거미 새끼들처럼 이쪽으로 도망쳐 오고 있고, 나머지는 투항한 것 같았다. 움직이는 기척을 찾아볼 수 없었다.

타쿠토를 탈환하려 드는 세력이 없으리라는 보장은 없지만…… 그건 내게 중요한 게 아니었다.

"윗치, 도망칠 생각은 꿈도 꾸지 말라고……."

이제 포브레이에 있는 윗치를 생포해서 처형해야 할 차례다.

나는 후후훗 하고 사악한 웃음을 지었다.

음? 가엘리온의 분위기가 어째 좀 이상한데.

새끼 용 모드로 내 근처에 날아온 가엘리온.

뭐야, 피투성이가 된 채로 나 건드리지 마. 나도 타쿠토의 피를 진탕 뒤집어쓰긴 했지만.

"뀨아."

가엘리온이 물 마법을 영창해서 몸을 씻었다.

……물 마법도 쓸 줄 알았었나?

그리고 내 어깨에 올라타서, 조그맣게 속삭였다.

"대부분의 조각을 손에 넣었다. 이제 거의 다 기억났다고 해도 과언이 아닐 정도야."

"그렇군. 한계돌파도?"

"그래, 그 정도는 식은 죽 먹기다. 그리고 용제의 조각에는 그보다 더 중요한 게 있더군."

"뭐지? 내가 모르는 거야?"

"나에게…… 아니, 용제에 봉인되어 있는 응룡을 해방해서, 세계 인구의 대략 3분의 2를 희생시키면 파도는……."

"아니, 아직은 때가 아니야. 그건 보류해 둬."

가엘리온도 오스트처럼 스스로를 희생할 수 있게 되었다……. 그런 뜻이겠지.

나는 그런 행동을 시킬 생각 따위 없었다.

"하여간에…… 이제야 싸움이 끝난 셈이군."

"그러게 말이야, 형……. 드디어 아트라의 원수를 갚을 수 있게 됐어."

"그 전에 이것저것 알아내야 할 일들이 많지만 말이야……."

나는 유유자적하게 망치를 들고 서 있는 라프짱 2호, 즉 옛 천명에게 눈길을 돌렸다.

"참 여러모로 사람 놀라게 만드는군."

"그건 내가 할 소리이니라. 노병의 혼은 이미 이 세상을 떠났건만, 그 조각을 이렇게 실체화할 줄이야……."

"내가 한 일이 아니라고."

라프짱이 의기양양하게 가슴을 펴며 뽐내고 있다.

고맙기는 한데…… 이건 뭔가 좀 아닌 것 같다 싶기도 하고.

"어머……."

실디나는 옛 천명을 대하기가 껄끄러운지 멀찍이 물러나 있었다.

"그나저나, 너는 라프타리아의 조상 맞지?"

"어디까지나 단편적인 인격일 뿐, 지금의 나는 새로이 태어난 존재나 다름없느니라. 기억도 그다지 남아 있지 않지. 별다른 조언은 해 줄 수 없구나."

"뭐가 뭔지 이해가 잘 안 가는데……."

"더욱이…… 이 모습을 유지하는 건 연비가 형편없는 데다, 영 어색하구나."

옛 천명의 모습이 파직파직 뇌전을 휘감은 채 흔들리기 시작했다.

"현세의 방패 정령구 소지자여. 조심하거라. 권속기의 싸움은 아직—— 다프~!"

제한시간이 다 되기라도 한 것처럼, 옛 천명은 퐁 하고 라프짱 2호의 모습으로 변해서 주저앉았다. 힘의 소모가 심하다는 말은 사실인 모양이군.

"그래, 알았어, 알았어. 싸움은 아직 안 끝났다는 거지?"

다음에 여유가 생기면 한 번쯤 대화를 나눠 보는 것도 좋을 것 같았다.

"그럼······."

이번에는 타쿠토 패거리 쪽으로 시선을 돌렸다.

"어쨌든 세계를 장난감 삼아 갖고 논 건 무거운 죄야."

붙잡은 타쿠토에 대한 처우를 고민하면서, 나는 쓰레기의 승리 보고가 들어올 때까지 요새를 점거하고 있었다.

싸움이 끝나고 마을로 귀환했다.

"다들 괜찮아?"

"응! 모두 멀쩡해!"

키르가 기운차게 대답했다.

"아무 문제없었습니다!"

"""와―!"""

모토야스와 필로리알들도······ 멀쩡해 보였다.

"""라프~."""

라프 종 녀석들도 빠진 인원 없이 대답했다.

좋아······. 이번 전쟁에서 전사한 사람은 거의 없는 모양이군.

반대로 포브레이는 괴멸적인 타격을 입은 것 같지만.

"리시아 씨, 칠성용사 취임 축하드려요."

"후에에에에······. 이츠키 님, 벌써 몇 번을 말씀하시는 거예요!"

"사람들 앞에서 정식으로 얘기해야 할 것 같아서요."

이츠키가 돌아오자마자 리시아에게 칭찬 세례를 퍼부었다.

듣자 하니 리시아가 정식으로 투척구의 용사로 선택된 모양이었다.

지금까지 무기가 반투명했던 건, 무기가 타쿠토에게 붙잡혀 있었기 때문……이었겠지.

칠성무기는 아무래도 권속기라는 한계가 있다 보니, 사성이 정식으로 인정했을 때, 사성무기를 축으로 해서 소환되는 모양이다.

권속기가 활을 통해 리시아의 자질을 알아본 것이리라.

그렇지만 지금까지는 타쿠토의 결박에서 반 정도밖에 빠져나올 수 없었기에, 그런 방식으로 리시아에게 깃들어 있었던 것이다.

"축하해, 리시아 씨."

렌이 리시아에게 응원을 보냈다.

"감사합니다."

"흐음…… 리시아 양도 이제 용사가 된 건가……. 나도 이번 싸움에서 배울 점이 많았다. 앞으로 더 정진해야겠군."

에클레르는 라이벌이 한층 더 강해진 것을 보고 의욕을 불태웠다.

"리시아, 너무 재촉하는 것 같지만 강화방법 좀 가르쳐 줘."

"아, 네. 제 무기의 도움말에는 금전에 의한 오버 커스텀이라고 적혀 있었어요!"

흥분해서 목소리가 뒤집혀 있었다.

이제 리시아도 권속기 용사의 자리에까지 올라갔지만, 야무지지 못한 건 변함이 없군.

일단은 이츠키의 보호자 구실을 하고 있는 녀석이 이 모양이니, 좀 불안해지는 것도 사실이었다.

뭐, 이츠키 본인은 얌전하지만.

"……."

"구체적으로는 어떤 거지?"

"저기…… 저도 잘은 모르겠지만…… 돈을 써서 스스로를 강화할 수 있고, 그 방법은 다른 강화와 병행해야만 의미가 있다고……."

"독자적이면서 범용적인 강화……라고 볼 수 있지 않을까요?"

"흐음, 뭔가 좀 어정쩡한 점이……."

리시아의 인생 역정 같은 강화방법이군. 그래, 수긍이 간다.

"그건 그러네요."

"후에에…… 왜 고개를 끄덕이시는 건데요오?"

돈이라……. 그러고 보니 방패에 돈은 넣어 본 적 없었었지. 아까우니까.

천천히 동화(銅貨)를 꺼내서 집어넣어 보았다.

땡그랑 하는 소리와 함께, 시야에 1G라는 글자가 나타났다.

"동화는 1G라나 봐."

……이번에는 은화를 넣어 보자.

이번에도 땡그랑 소리가 나고, 숫자가 101G로 바뀌었다. 뭘할 수 있을지 살펴본다. ……아.

"사성의 강화 방법인, 정련 실패를 되돌려주는 강화 프로텍터?"

"뭐, 뭔가 온라인 게임에서 들어본 적이 있는 얘기 같은데."

렌이 식은땀을 흘리며 말했다.

"그러게 말이야……. 지금 무슨 농담이라도 하는 거 아닌가싶을 만큼 웃기는 강화방법이군."

그런데 필요 금액이 너무 막대한 거 아니야?!

이게 뭐야! 누가 무슨 부르주아인 줄 알아? 이건 무슨 과금 게임도 아니고.

편리하긴 하지만.

"그런데요…… 이건 뭘까요?"

리시아가 그렇게 말하면서, 투척구 밑에 달려있던 스트랩 같은 걸 떼어서 내게 보여 주었다.

"다프~?"

라프짱 2호가 그 스트랩을 가리키고 있었다.

타쿠토가 달고 있던 액세서리인가?

만져서 감정해 보려 한 순간, 소리를 내며 파열되었다.

"뭐, 뭐야?"

건드린 순간에 뭔가 찜찜한 느낌이 들었는데……. 뭘까, 불길한 예감을 씻을 수가 없는데.

뭔가가…… 아직 더 남아 있는 것 같아서 걱정이었다.

"지팡이도 임금님에게 돌아왔어요. 나중에 나오후미 씨를 만나고 싶다고 하셨어요."

"그래, 쓰레기와는 이것저것 해야 할 얘기가 많으니까. 나중에 찾아가지."

포브레이가 이렇게까지 일방적으로 패퇴하다니……. 타쿠토의 최정예 병기들이 완전 고철 나부랭이나 다름없게 됐잖아.

지혜의 현왕은 대체 얼마나 뛰어난 계책을 가진 거냐!

여왕이 계속 데리고 있던 것도 이해가 갔다.

나는 이번 기회에 쓰레기의 실력을 똑똑히 실감할 수 있었다.

# 12화 처형

포브레이가 전쟁에서 패배했다!

그런 정보가 포브레이에 전달되기 전에…… 가짜 전령을 보내서 '포브레이가 전쟁에서 이겼으니 타쿠토의 하렘에 소속된 자들은 메르로마르크로 집합하라'는 식의 선전을 펼쳤더니, 여자들이 줄지어서 몰려들었다.

포브레이 쪽에서 타쿠토와 연관이 있던 여자들을 색출하는 작업도 다 마무리되었다.

참고로 본의 아니게 타쿠토의 하렘에 끌려들어 간 여자들…… 여우녀의 환각에 속아서 조종당하던 여자들은, 여우녀가 죽는 동시에 환각에서 풀려났다고 했다.

그리고 이렇게 타쿠토의 떨거지 여자를 체포하는 과정에서…… 윗치를 붙잡는 데에는 결국 실패했다.

그 여자는 타쿠토의 여자들이 거주하고 있는 건물 안에서 일부 여자들을 데리고 홀연히 모습을 감추어 버렸다고 했다.

전쟁에서 타쿠토가 질 것을 미리 알고 있었던 것 같다는 증언도 있었다.

초조한 기색으로 어디론가 걸어가는 모습을 목격했다는 것이었다.

감이 좋은 건지, 아니면 타쿠토에게 뭔가 장치를 해 둔 덕분에 일찍 정보를 알 수 있었던 건지, 그 점은 불명이었다.

아, 그리고 또 하나. 우리가 처음에 타쿠토와 조우하고 패주했을 때 추격이 늦어졌던 건 윗치에게 걸려 있던 고도의 노예문을 해제하는 데 시간이 걸렸기 때문이라는 모양이었다.

고도의 노예문을 해제하려면 노예 주인의 피가 필요하다고 한다.

이번 경우에는 여왕의 피가 필요했던 셈이다. 방울방울 떨어져 있던 여왕의 피를 이용해서 해제하는 식이었다나.

노예문을 해제해 두지 않으면, 여왕에게 위임받은 주인이 언제 노예문을 발동시켜서 윗치의 숨통을 끊어 버릴지 모른다는 우려가 있었다고 했다.

하아……. 날아간 나머지 네 개의 칠성무기는 아직 행방을 알수 없고……. 도대체 어디로 날아간 건지.

아아, 지팡이는 쓰레기에게로 돌아갔고, 리시아도 정식으로 투척구의 칠성무기로 선정됐지만.

그리고 나는 용사의 자격으로 왕족의 자리에서 처형을 지켜보게 되었다.

쓰레기와 메르티는 그런 처형 광경을 뭔가 떨떠름한 표정으로 지켜보고 있었다.

메르티는 아예 필로와 장난을 치면서, 애써 처형 광경을 외면하고 있군.

메르티 나이의 어린아이에게 이런 광경을 보여 주면 안 되는 거 아닌가…… 하고 지적했더니, 이건 왕족의 의무라고 메르티 본인이 대답했다.

"이 자식! 불어! 네놈의 배후에 누가 있는 거냐!"

"그, 그건──."

"안 불면 어떻게 될지 모르는 거냐? 그럼 알게 해 주마!"

"하, 하지 마아아아아아아아아아아아아아!"

세계를 사유화해서 세계정복을 꿈꾸던 가짜 용사, 타쿠토와 그 일당의 공개 처형식이 열렸다.

용사의 위신 문제도 있어서, 사성용사는 물론 칠성용사들까지 모두 모여서 처형을 지켜보게 되었다.

이번 일에서는 공개 처형 쪽으로 지식이 풍부한 제르토블의 비밀 길드가 대대적인 처형식을 연출한다……라고 연합국과 각국 정부에서 통고해 왔다.

제르토블이 처형 방법을 제안하고, 각국의 승인을 얻는 식으로 처형이 이루어지게 되었다.

그 내용은 나 역시도 대충 훑어보았다.

문제는 그 처형 내용이었지만…….

우선 타쿠토는, 나에게 패배한 후에 의식이 돌아오기 전에 모래시계로 끌고 가서 레벨 리셋의 형벌에 처해졌다.

물론 떨거지 여자들도 마찬가지였다.

그 결과, 최저 레벨 250을 뽐내던 그들은, 눈 뜨고 보기 힘들 만큼 나약한 레벨 1 군단으로 전락해서 제대로 움직이기도 힘겨워하는 지경이 되었다.

뭐, 개중에는 무인계 여자들도 있어서, 그 녀석들은 움직이는 데는 무리가 없어 보였지만.

몇 명이나 모인 걸까? 모토야스가 그 여자들의 포박에 동원되었다고 들었다.

"돼지들이 우글거리는군요. 추잡스럽습니다."

그런 소리를 했다나 뭐라나.

여자만 보면 일단 말부터 걸고 보던 때와는 완전 딴판이었다.

그리고 제르토블에서 보낸 처형인이 한 행동은…… 나무 판에 타쿠토의 머리와 양 팔목을 고정하고, 아예 움직이지 못하도록 발목에 족쇄까지 채워 두는 것이었다.

말 그대로, 그저 지켜보고 있을 수밖에 없는 상황이다.

너무 엄중한 것 아닌가 하는 생각도 들었지만, 이상한 능력을 갖고 있는 녀석이니 주의할 필요가 있는 것도 사실이었다.

그리고 그렇게 특이한 능력을 갖고 있는 타쿠토에게, 어떻게 그런 능력을 얻었는지, 그 밖에 더 알고 있는 게 없는지를 캐내기 위한 고문을 하는 중이었다.

요컨대 여자를 인질로 삼아서 자백을 받아내려는 거였는데…… 타쿠토 녀석은 여자의 목숨보다 그 비밀이 더 중요했는지, 굳게 입을 다물고 입을 열려 하지 않았다.

처음에는 모른다고 잡아뗐지만, 사디나와 제르토블의 처형인은 그 말이 거짓말이라는 걸 이미 간파하고 있었다.

뭔가 비밀이 있는 것 같은데, 타쿠토는 도무지 털어놓으려 하지 않는 것이었다.

눈앞에서 자기 여자들이 죽어 나가고 있건만…… 동료의 목숨보다 자기 비밀이 더 소중하다는 거냐.

뭐, 여자는 얼마든지 있으니까 이렇게 일회용품처럼 소모할 수 있는 건지도 모르지만…….

그리고 여자들의 죄상도 심각한 것들이 꽤 많았다.

뚜껑을 열고 보니, 터무니없이 심각한 죄들이 가득했다고 한다.

타쿠토의 권력을 이용해서 윗치 빼치는 만행들을 저질러 왔다는 것이다.

"꺄아아아아아아아아아아아아아악――!"

옴짝달싹 못하는 타쿠토의 눈앞에서, 한 명 한 명, 갖가지 방법으로 처형해 나갔다.

화형을 비롯해, 물고문, 참수형, 단두대, 놋쇠 황소에 넣어 통구이 하기, 마차로 치어 죽이기, 조리돌림, 갖가지 마법에 의한 마법형, 약물 복용시키기, 마물에게 먹이로 주기 등등, 아침부터 이런 광경이 주야장천 펼쳐지고 있었다.

사디나와 실디나의 마법형은 특히 대단했다.

살지도 죽지도 않을 정도의 아슬아슬한 경계선에서, 능숙하게 죄인 여자들을 고문해 댔다.

역시 처형인 경력이 있는 녀석들은 뭐가 달라도 다르다……라고나 할까?

"너희는 싫으면 억지로 안 해도 돼."

"아니, 이 누나는 아직 분이 안 풀려서 하는 거라구. 일손도 부족한 것 같고."

"응, 하고 싶어."

처형인 자매는 이렇게 스스로 참가하겠다고 나섰다.

두 사람은 번개 마법으로 죄인을 초주검으로 만들고, 바람 마법으로 고통을 주는 고문을 시행하고 있었는데, 그 수완에 제르토블의 처형인도 혀를 내두를 정도였다.

녀석들은 아트라와 여왕의 원수인 만큼 처음에는 속이 시원했지만, 시간이 갈수록 점점 심란해져 갔다.

국가는 물론 교회의 위신을 엉망으로 만들고 용사 신화에 먹칠을 한 존재인 만큼, 타쿠토의 죄는 더없이 무거웠다.

처형이 진행되는 와중에도 국민들은 타쿠토를 향해 돌을 던져대고 있었다.

뭐, 세계정복을 획책하고 용사를 살해하다가, 전설의 무기에게 가짜라는 판정을 받기까지 했으니까.

이 세계에서는 용사 신앙이 성행하고 있으니, 분노가 집중되는 것도 수긍이 갔다.

지금까지 믿어 왔던 자가 가짜라는 게 밝혀졌으니…….

타쿠토는 무력한 상태에서도 필사적으로 버둥거리고, 죽어가는 여자들의 이름을 하나하나 외쳐 부르고 있었다.

목, 손목, 발 등, 구속구가 채워져 있는 부분에서는 피가 배어나왔다.

"끄…… 으…… 그만, 그만해! 죽이려면 나만 죽이면 되잖아! 왜 여자들을 죽이는──."

"그럼 순순히 자백이나 해! 칠성무기를 빼앗는 그 힘은 어디서 난 거지? 어떤 연구를 했던 거냐!"

타쿠토가 파도의 흑막과 연관이 있다는 건 아트라와 오스트의 얘기를 통해 알고 있었지만, 혹시 모르니 그게 정말 사실인지 자백을 들어 두는 게 좋겠지.

"그, 그건…… 끄으으으윽……."

하아……. 나는 벌써 몇 번째인지 모를, 우울한 한숨을 내쉬었다.

타쿠토를 찍어 누르고 있는 처형인이 타쿠토를 향해 선언했다.

"도대체 몇 번을 말해야 알아듣는 거냐! 네놈의 죄는 죽는 것 정도로 용서받을 수 없다는 분부가 내려왔다!"

그리고 타쿠토의 안면을 곤봉으로 후려친 다음, 회복 마법을 걸었다.

죽지 않도록 회복 마법을 걸면서 고문하는 건, 이세계만의 독자적인 방식이겠지.

잔혹하기 그지없다. 주최자인 내가 할 소리는 아닌지도 모르지만.

아무리 상대가 아트라의 원수라고는 해도, 다른 사람에게 너무나도 잔인하게 고문당하는 모습을 한 발 뒤에서 지켜보니, 의외로 냉정을 유지할 수 있었다.

타쿠토의 떨거지 여자들 중에도 라프타리아나 요모기 같은 동료가 있었더라면, 이 정도까지 폭주하는 건 막을 수 있지 않았을까?

아니, 그렇지는 않았을 것이다.

키즈나 쪽 세계에서 만났던 요모기의 케이스를 보면 쉽게 알 수 있다.

듣자 하니 타쿠토가 알던 여자 중에 그런 부류의 여자는 없었다고 한다.

그런 타쿠토를 올바른 길로 이끌려 한 녀석이 어떻게 되었는가 하면…… 쿄와 요모기의 경우와 같은 결과가 벌어졌을 것으로 추측할 수 있는 사건들이 있었다는 모양이었다.

요컨대…… 타쿠토를 훈계한 여자들은 모조리 행방불명되거나 의문의 사고사, 혹은 전사했다는 것이었다.

리시아가 당했던 것처럼 추방당하는 정도로 끝났다면 그나마 나았겠지만.

그 정도였다면 처형 대상에는 들어가지 않았을 것이다.

하여간 뼛속까지 구제불능인 녀석이다. 쓴소리는 들으려고도 안 하는 놈이라니.

이 녀석들에 비하면 쿄나 그 떨거지 여자들은 그나마 말귀를 좀 알아듣는 편이었다.

나에게 있어서의 라프타리아 같은, 폭주를 막아 줄 사람들을 모조리 없애 버린 녀석의 말로가 이 꼴인 것이다.

하나부터 열까지 쿄를 빼다 박은 놈이군.

타쿠토는 쿄와 같은 파도의 첨병이라고 그랬었지.

배후에 뭐가 있는 거지? 흑막의 정체를 알 수가 없다. 빨리 자백을 받아 내야 할 텐데.

"그나저나…… 나는 고문이라는 걸 이해할 수가 없군."

"그러게 말이야."

렌이 동의했다. 요컨대 나는 결국 현대인이라는 뜻이리라.

고문 장면을 오락으로 받아들이지 못하는 걸 보면, 나도 독한 놈은 못 되는 모양이다.

"단…… 세계를 장난감으로 삼은 책임을 저 녀석에게만 전가할 수는 없어."

타쿠토의 부모——모친밖에 없었지만——는 물론, 그 혈족들도 처형당할 예정이었다.

부친은…… 없었다. 이미 죽었다고 했다.

그리고 포브레이의 왕족들은 타쿠토의 손에 이미 대부분 처분되었음이 밝혀졌다.

왕족들이 거의 다 죽어 나갔다니, 녀석은 대체 얼마나 손을 피로 물들인 거냐…….

"나나!"

"오빠!"

여동생인가? 제법 기가 드세어 보이는 여동생이 있군.

"나를 좀 이겼다고 건방지게 굴지 말라구! 오빠! 빨리 이 녀석들을 죽여 버리고 메르로마르크의 인형 공주를 내 노예로 만들어 줘!"

분명 레벨 1일 텐데도, 연행하던 병사가 밀릴 지경이었다.

저 여동생, 자기가 어떤 상황에 처해 있는지 이해 못 하고 있는 거 아니야?

아니, 오빠가 자기를 구하려고 일부러 붙잡힌 거라고 착각하고 있는 걸까?

"그러고 보니 전장에서도 엄청나게 날뛰었었죠. 저분의 여동생은."

"으~응? 메르도 애썼어?"

"그래, 내가 붙잡았어."

메르티가 필로를 쓰다듬으면서 가만히 대답했다.

……뭐라고?

"그게 정말이야?"

"응, 내가 아버지와 함께 싸우고 있을 때 덤벼들었거든. '내 레벨은 130이라구. 너 같은 잔챙이의 모가지를 비트는 것쯤은 식은 죽 먹기야!' 라고 얕잡아 보면서……."

"메르티가 타쿠토의 여동생을 생포했소. 역시 나와 밀레리아 사이에서 나온 혈통은 어디 안 간 셈이지. 조금의 빈틈도 없는 완벽한 움직임이더군. 아내도 기뻐할 거요."

쓰레기가 메르티를 칭찬했다.

딸바보 성격은 어디 안 가는군. 쓰레기의 가족 사랑은 전부터 알고 있었지만.

"인형 공주라는 건 뭐지?"

"내가 포브레이에 있을 때 저 애가 나에게 시비를 걸면서 부르던 별명이야. 상대하기도 귀찮아서 완전히 무시하고 지냈더니 이상한 별명을 붙이지 뭐야."

별생각 없이 귓전으로 흘려들었겠지……. 그나저나, 메르티를 자기 노예로 달라고 하다니, 참 대단한 녀석이군.

공적인 자리일 경우 메르티는 여왕이 시키는 대로만 했다고 한다.

아직 보고 배우는 단계였다는 것이다.

"레벨 하나만 믿고 조잡한 동작으로 다짜고짜 돌진해 와서…… 얼마나 황당하던지."

"메르는 있지~ 필로랑 같이 대련한 적도 있는걸."

"그래 봤자 필로에 비하면 형편없는 실력이야. 그래도 마법은 언제든지 쓸 수 있도록 훈련해 뒀고, 레벨에 의지하지 않고도 싸울 수 있도록 기술을 갈고닦아 두긴 했으니까."

그러고 보니 피트리아가 메르티의 자질을 향상시켜 주었다고 들었었다.

그 후에 필로와 같이 레벨업 수행을 떠났다 오기도 했으니…… 실제 레벨로 환산하면 어느 정도 실력일까?

"후에에에."

용사 자격으로 이츠키와 함께 자리한 리시아가 맥없는 목소리를 흘렸다.

"아아, 리시아도 있었군. 마침 잘됐어. 전장에서 메르티는 어느 정도의 전력이었지?"

"후에에에에에."

"언제까지 놀라고 있을 건데. 이제 적응 좀 해! 싫으면 보지 말든가!"

"리시아 씨, 정신 건강상 안 좋을 것 같으니까 일단 방으로 돌아가는 게 좋겠어요."

"후에!"

리시아는 이츠키의 설득을 듣고서야 퍼뜩 정신을 차렸다.

"메르티 왕녀님의 전력 말인가요? 으음…… 에클레르 씨보다 더 강하신 것 같아요. 전장에서 에클레르 씨가 '나는 왕녀보다도 미숙한 건가!' 라고 한탄하시는 걸 들었으니까요."

"뭐야, 불길한 소리 하지 말라구."

"호오……."

기술에서도 전력에서도 뒤진다면, 에클레르의 존재 가치가 좀 불안해지기는 하는군.

"변환무쌍류라고 했던가? 나는 그 기술을 배우지도 않았는 걸. 마력을 몸속에 순환시켜서 능력을 향상시킨 것뿐이니까."

그거면 충분한 거 아니야? 변환무쌍류와 비슷한 거잖아?

"필로가 나중에 가르쳐 줄까? 필로도 대충 비슷하게 할 줄 안다구."

"그럴 것 없어, 필로. 전선에 나서는 건 내 역할이 아니니까!"

뭐, 그냥 메르티도 그럭저럭 강하다고 쳐 주자.

생각해 보면 쓰레기와 메르티는 왕족이고 중요인물인 만큼, 자기 힘으로 자기 몸을 지킬 줄 안다는 건 반가운 일이다. ……여왕을 지켜 주지 못했던 것에 대한 책임을 전가하려는 건 아니지만.

"그래, 마음대로 해. 그래도 메르티가 강해진 걸 보니 좀 마음이 놓이네."

"나오후미?"

"무슨 일이 생기면 내가 최선을 다해 지켜 줄 거야. 그래도 역부족일 때는…… 최선을 다해서 살아남아 줘."

"아, 알았어."

메르티와 그런 얘기를 주고받고 있으려니 타쿠토의 여동생이 발악해 댔다.

"뭐야! 이거 놓지 못해?! 오빠는 세계 최고의 용사란 말이야! 이런 짓을 하고도 무사할 줄 알았다간 큰코다칠 줄 알아!"

여동생은 타쿠토의 제지를 무시한 채 뻔뻔하게 소리쳤다.

어라, 아직도 떠들고 있는 거냐. 상황 파악이 전혀 안 되고 있는 모양이군.

"나나! 빨리 도망쳐! 어서!"

응, 엄청나게 드센 여자다. 이 정도면 메르티의 평소 태도보다 더 드센 것 같은데.

"오빠에게 무례한 짓을 하다니 절대 용서 못해! 네놈들 다 죽여 버릴 거야!"

"죽는 건 네년이다! 자기가 저지른 죄를 알고는 있는 거냐?!"

처형인이 타쿠토의 여동생을 다그쳤지만 타쿠토의 여동생은 한 발짝도 물러서지 않았다.

"죄는 무슨 죄? 우리가 뭘 잘못했다는 건데?!"

"칠성용사들을 잇따라 살해하고, 과거에 헤아릴 수도 없을 만큼 많은 죄를 저질렀다. 게다가 포브레이의 왕과 왕족들을 살해하고, 메르로마르크의 여왕을 살해했을 뿐만 아니라, 심지어 세계 정복을 선언하고 세계를 혼란에 빠트린 죄, 이게 백 번 죽어도 마땅한 중죄라는 걸 모르는 거냐!"

하나같이 어마어마한 죄목들이군. 사형이 아니라면 징역 몇 년쯤이 될까?

무기징역은 당연한 거고…… 네 자릿수의 징역에 해당될 법한 범죄자다.

"흥! 오빠 이외의 다른 용사들은 하나같이 쓰레기들이었으니까 죽여도 상관없어. 범죄? 오빠가 한 일이 나쁜 일일 리가 없어! 세계가 글러 먹은 거야! 왕족들도, 그런 쓰레기 같은 작자들이 몇 명이 죽건 슬퍼할 사람은 아무도 없잖아? 그리고 메르로마르크의 암여우를 죽인 건 누가 봐도 옳은 일이었어!"

"……."

혼이 쏙 빠진다는 건 이런 걸 두고 하는 말이리라. 엄청난 속도의 속사포 토크다.

무심코 메르티 쪽을 쳐다보니, 감정이 사라진 살벌한 눈으로 타쿠토의 여동생을 쳐다보고 있었다.

"와……."

필로마저도 겁에 질릴 정도였다.

타쿠토는 한시라도 빨리 도망치라고 여동생을 향해 처절한 절규를 내질렀지만…… 여동생은 그런 절규 따위는 귀에 들어오지도 않는지, 타쿠토에게 도와 달라며 악다구니만 쓰고 있었다.

"세계 정복? 오빠는 세계를 구하려고 한 거야! 오빠에 의한, 오빠를 위한 세계를 만들려고 했던 것뿐이잖아! 잘못 같은 건 하나도 없어!"

완전히 글러 먹었군. 오빠의 악행을 듣고도 미안한 기색 따위는 티끌만큼도 보이지 않다니.

대화가 통할 상대가 아니다. 시간을 들여 설득해 봤자 헛수고일 것 같고, 현재까지 들은 정보로 보아 전장에서 수많은 병사들을 죽인 녀석인 모양이었다.

감싸 줄 이유 따위 없겠지. 살려둬 봤자 계속 반항적으로 굴게 불 보듯 뻔했다.

"잠깐! 뭐 하는 짓이야! 오빠?!"

어차피 말이 안 통할 상대라는 걸 깨달은 처형인이 타쿠토의 여동생을 형틀에 매달았다.

"나나아아아아아아아아!"

"살려줘, 오——!"

처형인이 타쿠토의 여동생을 꼬챙이로 꿰어 버렸다.

그 광경은 눈 뜨고 보기 힘들 만큼 끔찍했고, 단말마를 들으니 기분만 더러워졌다.

이런 걸 구경거리로 삼다니 도무지 이해하기 힘들었지만, 내 세계에서도 비슷한 짓을 하던 시대가 있었다는 모양이니, 무턱대고 비난만 할 수도 없는 노릇이었다.

무엇보다 굳이 녀석들을 구해 줄 이유도 없는 데다, 애초에 우리는 녀석들을 처치해야 할 입장이다.

"끄으으으윽──."

타쿠토 녀석, 끈질기게도 또다시 살의 섞인 눈으로 나를 쏘아보고 있었다.

나는 자리에서 일어서서 타쿠토 곁으로 다가갔다.

"포로는 정중히 대우해야 한다는 생각이라도 하고 있었던 거냐?"

"당연하지! 이런 짓은 용사가 절대 용서 안 할 거다! 나한테서 무기를 훔쳐간 가짜 놈!"

"이건 또 무슨 소리야……. 너, 알고는 있는 거냐? 네가 죽인 사람 중에 제일 높은 사람이 바로 메르로마르크의 여왕이었어. 그러니까 이건 메르로마르크 입장에서는 설욕전이었다고."

"넌 또 무슨 헛소리를 하는 거야?"

타쿠토 녀석이 고개를 갸웃거리며 업신여기는 눈길로 나를 쳐다보았다.

표현을 좀 신중하게…… 아니, 상관없겠지.

"메르로마르크 입장에서 너와 그 패거리들은 철천지원수와도 같은 숙적. 국가의 적을 무참하게 처형하는 건 당연한 일이잖아? 용사니 뭐니 하는 건 상관없어. 게다가 포로 대우까지 바라다니, 그게 말이 되는 소리냐?"

메르로마르크는 공화국이 아닌 왕국이다. 피라미드형 수직 체계를 갖추고 있는 나라다.

타쿠토는 그 정점을 죽인 것이다.

그런 나라와 전쟁을 벌여서 패한 이상, 패전국의 대표자와 관계자들은 목숨을 부지하지 못하는 게 당연한 일이다.

"너 말이야······. 메르로마르크에 쳐들어오는 길에서 물리친 나라 사람들에게 자기가 무슨 짓을 했는지 잊어버린 거냐?"

그렇다. 타쿠토는 이것과 비슷한 짓을 하며 메르로마르크로 진군해 왔다.

말 안 듣는 자들은 죽이고, 자기를 따르는 자들만 받아들여서 쾌속 진격해 온 것이다.

단순히 메르로마르크를 멸망시키는 것만이 목적이었다면······ 어쩌면 다른 여러 나라들도 묵인했을지도 모른다.

애석하게도 그런 나라는 없었지만.

그나마 그런 경우에 해당하는 건 대표가 타쿠토의 하렘 멤버였던 실드프리덴 정도였지만, 그 나라는 현재 책임 떠넘기기가 한창이라 타쿠토와 전임 대표는 국가의 적으로 취급하고 있다.

그리고 그런 짓을 저지른 녀석의 말로가 어찌 될지는 쉽게 상상할 수 있으리라.

"네 활약으로 세계를 해방시키려고 했다고? 그 일방적인 만행을 저지르면서 얼마나 많은 사람들의 피를 손에 묻혔지? 자기만 만족하면 무슨 짓을 저질러도 된다는 식으로 멋대로 설쳐댄 대가를 치르게 된 거라고 생각해. 함부로 세계 정복 따위를 시도한 벌이란 말이다."

"죽여 버리겠어! 목만 남는 한이 없더라도! 영혼만 남는 한이 있더라도, 네놈을 저주해서 죽여 버리겠어!"

"내 세계의 창작물에 나오는 탐정의 말을 좀 빌려 쓰지. '쏴도 되는 건 맞을 각오가 있는 녀석뿐이다'. 너는 그 손으로 얼마나 많은 자들을 죽였지? 그 손으로 만든 총에 얼마나 많은 사람들이 죽었지? 네가 관여해서 죽인 사람들의 원한을 감당할 각오도 없는 놈이 무슨 소리를 지껄이는 거냐!"

만약에 내가 패배했다면 나 역시도 모든 것을 잃었겠지.

뭐, 이 가짜 용사의 성격으로 보아 마을 사람들 중에 예쁘장한 여자들은 살려 두고…… 겁탈한 후에 세뇌 같은 짓을 했을지도 모른다. 지금 현재 벌어지고 있는 사태와 비슷한 몰살도 벌어졌을 것이다.

그 점은 충분히 이해하고 있었고, 적의 손에 죽을 각오도 하고 있다.

무엇보다 나는 아트라에게…… 죽어 간 마을 녀석들에게 맹세했었다.

반드시 원수를 갚고 말겠다고.

그걸 위해서라면 그 어떤 비겁하고 천박한 짓이라도 다 할 작정으로 여기까지 왔다.

녀석들이 그런 걸 원할지 어떨지는 모르지만, 그래도 그걸 중단할 생각은 없었다.

터무니없이 오만한 소리지만…… 나는 나 혼자서 여기까지 온 게 아닌 것이다.

이 잔혹한 처형을 저지른 게 나의 죄라면, 죽은 뒤에 지옥이든 뭐든 가 줄 것이다.

적어도 천국에는 못 갈 테니까…….

"결국 네가 저지른 만행이 너를 이렇게 결박한 거다. 받아들여. 결국은 이긴 놈이 관군, 진 놈은 역적이 되는 거니까."

"개소리 집어치워어어어어어어어어어어어!"

"닥쳐!"

지금 개소리를 하는 게 누군데?

타쿠토의 눈이 젖어 있었다. 조금만 더 가면 피눈물이라도 흘릴 것 같은 기세였다.

아니, 이미 눈물이 빨갛게 물들기 시작했다. 눈물샘에 이상이 생기기 시작한 모양이군.

그리고, 뒤에서 들려오는 째질 듯한 비명도 이제 넌덜머리가 나기 시작했다.

"그나저나…… 동료들의 목숨보다도 소중한 비밀이라는게 대체 뭐지? 이제 슬슬 부는 게 어때? 나는 네놈과는 다르게…… 최소한의 약속은 지키는 놈이라고."

이렇게 끔찍한 꼴을 당하고도 입을 안 여는 걸 보면 뭔가가 있는 거라 생각할 수밖에 없다.

능력을 주는 동시에, 우리도 간파할 수 없는 고도의 노예문 같은 걸 심어 놓은 건가?

으음……. 짐작이 안 가는군.

그렇게 타쿠토의 자백을 기다리고 있으려니── 몇 명의 여자들이 이쪽으로 걸어왔다.

아무래도 눈앞에서 처형하는 것만 가지고는 끝이 나지 않을 것 같아서 수단을 변경하기로 한 모양이군.

여자들의 걸음걸이는 여유가 있었다.

아아, 보아하니 자기들은 절대 처형당하지 않을 거라 생각하는 모양이군.

하나같이 윗치 같은 여자들이라 넌덜머리가 난다.

이 중에 윗치가 있었다면 좋았을 텐데.

"얘들아!"

"어머나? 가짜, 여자들도 다 죽고 불쌍하게 됐네."

"뭐?! 하여간! 빨리 여기서 도망쳐!"

"함부로 말 걸지 마!"

윗치와 비슷한 분위기를 지닌 여자가 퍽 하고 타쿠토의 얼굴을 걷어찼다.

이 여자들이 어떤 위치에 있는지를 설명하자면, 얘기가 약간 길어진다.

처형 몇 시간 전, 타쿠토의 여자들은 한곳으로 끌려가서 이런 질문을 받았다.

"너희는 정말 용사를 사칭하는 타쿠토와 친한 사이 맞지? 타쿠토의 비밀을 자백해!"

충성심 강한 여자들은, '친한 사이인가'를 묻는 질문에는 고개를 끄덕였지만, 비밀에 대해서는 시종일관 모른다고 잡아뗐다.

그렇지 않은 자들도 애매한 대답을 할 뿐이었다.

결코 모든 동료들이 타쿠토를 맹신하고 있었던 건 아니었다.

"나는 아니야!"

그 상황에서 가장 먼저 타쿠토와의 관계를 부정한 쓰레기들이 바로 이 여자들이었다.

"이 배신자!"

"부끄러운 줄도 모르고!"

"은혜를 원수로 갚는 거야?!"

물론, 그 광경은 나도 똑똑히 지켜보았다.

지저분한 녀석들이라니까.

"호오……. 그럼 그 가짜의 동료가 아니라고 처형 전에 선언하면 돼. 가짜의 동료가 아니라면 살려주마."

그렇게 처형인은 내가 지시한 대로 말했다.

여자들은 처음에는 배신자들을 욕했지만, 그중 일부는 자신의 안위를 챙기기 위해 타쿠토를 욕함으로써 살아남으려 했고, 그게 바로 이 여자들이었다.

"흐윽──. 이, 이게 무슨 짓이야?"

"당신한테 속아서 이런 험한 꼴을 당하게 됐잖아!"

다른 여자들도 타쿠토의 안면, 팔다리, 급소를 걷어차며 조롱해댔다.

볼썽사납기 짝이 없는 광경이었다. 이 방법을 생각한 녀석은 머리가 어떻게 된 게 틀림없다.

"그, 그렇구나! 나를 욕하면 너희는──."

"닥치라고 했잖아. 더러운 놈!"

있는 힘껏 걷어차는 여자들의 모습을 보고, 타쿠토도 뭔가 이상하다고 생각한 모양이었다.

타쿠토의 감은 적중했다. 물론, 절반만 맞은 거지만.

"감히 우리를 속이다니."

"가짜 주제에 그렇게 거들먹거리다니……."

"모두 널 믿고 죽어 갔단 말이야. 이 살인마!"

"세계를 걱정하는 척하면서 실은 자기 욕심만 채웠어! 이 냉혈한!"

"변태! 악마!"

"너 때문에 얼마나 많은 사람들이 죽었는지 알기나 해?"

여자들은 각자 타쿠토를 향해 더러운 욕을 퍼부어댔다.

앞으로의 전개를 알고 있는 나조차도 불쾌해질 정도였다.

"우리는 너한테 속은 것뿐이야. 그러니까…… 아무 죄도 없어. 이렇게 너를 두들겨 패는 게 바로 그 증거야."

타쿠토의 전직 떨거지 몇 명이 히죽히죽 웃으면서 타쿠토를 고문했다.

처형인에게 명령해서 손가락을 하나하나 부러트려 가며 조롱해 댔다.

"끄…… 윽……. 이 악마 놈……. 그렇게까지……."

타쿠토는 여자들이 자신을 괴롭히며 진심으로 웃고 있다는 걸 이해했는지, 그 눈빛이 아까와는 다른 의미에서 죽어 갔다.

"이, 이건……."

아…… 무슨 소리를 하려는 건지 짐작이 가는군.

꿈이라고 하려는 거겠지. 그리고 나를 쏘아보며 절규했다.

"이럴 리가 없어! 이런 일은 절대 일어날 리가 없어. 이건 당연히 꿈이지! 꿈이 아니라면…… 어이! 보고 있는 거 다 알아! 재시작을 요구한다! 반드시 되살아나서 녀석들에게 죗값을 치르게 해 주겠어! 빨리 오란 말이다!"

타쿠토는 처형에 입회한 용사들 전원, 그중에서도 특히 나와 쓰레기 쪽을 삿대질하며 소리 높여 선언했다.

"호오…… 뭔가 좀 알고 있는 모양이네. 네 배후에 뭐가 있는 거지?"

이런 상황에서 타쿠토를 구해 줄 녀석이 나타난다면, 그 녀석은 반드시 해치워야 한다.

뒤에서 실을 당기는 흑막…… 바로 그 녀석을.

타쿠토는 퍼뜩 정신을 차리고 입을 다물었다.

되살아나서 재시작을 요구한단 말이지……. 쿄가 하던 연구 내용으로 미루어 보아, 흑막은 대상이 죽어도 문제가 되지 않도록 예비용 몸통 같은 걸 준비해 두고 있는 걸까?

윗치가 도주에 성공한 것도 연관이 있을지도 모른다. 쿄와도 연관이 있는 협력자인가……?

잠복해 있다가 또 뭔가 성가신 문제를 일으킬 가능성도 부정할 수 없다.

기린을 처치했다고 들었는데, 그 에너지는 어디로 간 거란 말인가?

그런 갖가지 의문들이 아직 남아 있었다.

방패 정령의 말에 따르면, 흑막은 자신들이 당해 낼 수 있는 존재가 아니며, 세계를 잡아먹는 존재이고, 그 존재가 세계에 들어오지 못하도록 저지하는 게 용사의 임무라고 했는데…….

마치 악의의 결정체처럼 느껴지기까지 할 정도다.

어둠이니 뭐니 하는 추상적인 존재일까?

아니면 좀 상투적이지만 마왕이니 마족이니 하는 것들? 으음.

하는 수 없지. 이렇게까지 했는데도 자백을 안 한다면 다른 방법으로 캐묻는 수밖에.

"말하려거든 지금 하는 게 좋을걸? 윗치…… 네놈은 마르티라고 불렀던가? 그 녀석이 어디로 도망쳤는지 불어. 그러면 그냥 얌전히 죽여 주지."

"헛소리 마! 왜 내가 마르티의 위치를 알고 있다고 생각하는 거냐! 나도 몰라!"

……보아하니 정말로 모르는 모양이었다.

이것으로 한 가지 사실이 밝혀졌다. 윗치와 흑막은 별개의 세력이라는 것이다.

"호오……. 네 배후에 있는 건 윗치가 아닌 다른 녀석이라는 거지?"

"그, 그건……."

완고한 녀석이군. 자신의 소중한 여자들이 하나하나 죽어 가고 있는 마당에.

그나저나 타쿠토의 여자들은 바보들이 많은 건지, 윗치의 행방을 아는 자가 하나도 없었다.

그러다 보니 결국 타쿠토의 자백을 끌어내는 수밖에 없게 되었다.

"미안하지만 타쿠토, 이 세계에는 죽음보다 더 고통스러운 형벌이 있어. 너는 알 턱이 없겠지만 말이지."

슬슬 때가 된 것 같군. 처형대 아래쪽을 향해 지시를 보냈다.

그러자 어떤 마물의 사슬을 손에 쥔 처형인이 나왔다.

그 마물은 바로── 소울 버큐머.

이 세계에 소울 이터는 없지만, 혼을 잡아먹는 마물 자체는 존재했다.

외형은…… 파르스름한 거대 지렁이.

내 마을에 서식하는 듄의 친척뻘 되는 마물이었다.

포브레이 인근에서 사육되던 녀석을 빌려 온 것이었다.

이름 그대로, 혼을 먹어치우는 마물이라고 했다.

"전에 얘기했었지? 너를 편히 죽게 해 줄 생각 따위는 없다고. 혼까지 모조리 없애 버리겠다고!"

참고로 이 처형장 안에는 이것 말고도 많은 소울 버큐머들을 데려다 놓았다.

그리고 이 처형장에서 죽은 녀석들의 혼을 먹어치우라는 명령을 내려 두었다.

이미 꽤 많이 먹어서 배가 부른 개체들이 많다고 했다.

"죽어서 이 마물에게 혼을 잡아먹히면…… 부활 같은 것도 못 할 텐데?"

타쿠토의 얼굴이 눈에 띄게 창백해져 갔다. 그야 그럴 만도 하지.

이건 다 꿈이다, 혹은 처음부터 다시 재시작할 수 있다, 나아가 다른 누군가의 도움으로 혼을 가지고 돌아가서 소생할 수 있을 것이다, 그런 식의 안이한 생각을 갖고 있었던 것이리라.

그랬다가 영혼을 잡아먹는 마물의 먹이 신세가 될 수도 있다는 사실을 알게 되면 어떨까?

다음 기회가 있기에 그런 안이한 생각을 할 수 있었던 것이다.

자신이 처형당하더라도 여자들이 살아남기만 하면, 그 여자들을 구해 줄 기회도 생길 거라 생각했던 거겠지.

그래서 그렇게 위선을 떨 수 있었던 것이다.

"그럼 어디……."

"그, 그만!"

이제 드디어 타쿠토의 차례가 됐다.

"그만둬 주길 원한다면 아직 안 늦었어. 자백해. 빠짐없이 다 불어."

"끄으으으으……. 알았어. 그러니까 여자들은 더 이상 괴롭히지 마!"

"명령하는 거냐?"

"큭……. 나한테 이 힘을 준 건── *끄꺄아아아아아아아아아아아악*!"

타쿠토가 별안간 절규를 내지르고, 물컹물컹 머리가 변형되기 시작했다.

"뭐, 뭐야?!"

설마 정말 입막음을 위한 문양이 타쿠토의 몸속에 심어져 있었다는 건가?

이윽고 푸걱 하는 소리와 함께 타쿠토의 머리통이 파열되고…… 혼은…… 어? 혼도 찢겨져 버려서 흔적조차 남지 않았다.

"잘 가. 사람을 자기 소유물처럼 취급했던 거랑, 대단한 은혜라도 베푼 듯이 생색냈던 것, 그리고 주위 여자들을 불쾌하게 만들었던 결과가 이 꼴이구나."

어째선지 재수 없는 여자들이, 마치 윗치가 할 법한 말로 상황을 정리했다.

그건 그렇다 치고…… 대체 어떻게 된 거야?

타쿠토의 갑작스러운 절명과 혼의 파괴. 이런 장치를 해 두다니…… 파도의 흑막은 대체 얼마나 강력한 힘을 갖고 있는 거냐.

"타쿠토 니이이이이이이이이이이이이이임!"

아직 남아 있던, 타쿠토를 진심으로 믿던 여자들이 절규했다.

그 충성심을 좀 다른 방향으로 썼다면 제2의 요모기가 될 수도 있었으련만……. 그나저나 이건 어쩐지 불길한 예감이 뇌리를 스치게 만드는 처형이었다.

"자, 우리는 가짜를 처분하는 데 협조했잖아. 빨리 풀어 줘!"

몇몇 여자들이 무슨 대단한 일이라도 했다는 양 말했다.

"그래, 알았어……. 해치워!"

처형인이 명령하는 모습을 흘깃 쳐다보고, 나는 말없이 그 자리를 떴다.

그런 내 뒤에서, 윗치 같은 여자들을 향해 마법과 화살이 빗발처럼 쏟아졌다.

"꺄아아아아아아아아아아아아아악!"

"이, 이게 뭐 하는 거야?! 지금 약속을 어기려는 거야?!"

알 게 뭐야. 이제 더 이상 여기 있을 필요도 없다.

정신 건강에도 해로우니, 뒤처리는 전문가들에게 맡기기로 하고, 우리는 다음 행동으로 이행하는 게 낫다.

타쿠토에 얽힌 수수께끼는 지속적으로 조사해 나가는 수밖에 없겠지.

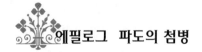

에필로그 파도의 첨병

"자, 이제 파도도 얼마 안 남았어. 싸움에 대비하는 것도 중요하지만…… 어떻게든 라프타리아를 이 세계로 데려와야 해."

타쿠토의 처형이 끝난 후, 우리는 휴게실에서 차후 방침에 대해 의논하기로 했다.

용사들과 리시아, 쓰레기, 메르티, 근위병인 에클레르가 입회한 상태다.

고문으로부터 라프타리아를 구해 내기 위해서인지, 도의 권속기가 라프타리아를 키즈나 쪽 세계로 소환해 버렸다는 건 분명한 사실이었다.

"근시일 내에 일어날 파도 때 키즈나 쪽 세계와 매치되면 좋을 텐데……."

"불가피한 사정이었긴 하지만, 약간 곤란한 문제가 생겼군, 이와타니 공."

"그래……. 다행히……라고 말하기는 좀 그렇지만, 이제 곧 파도가 발생할 테니, 운이 좋으면 라프타리아가 이쪽으로 와 줄 수도 있을 텐데……."

글래스나 라르크는 키즈나가 설득하고 있고, 뭔가 사정이 생겨서 싸워야 할 상황이 발생했을 때는 사전에 대화를 나누기로 약속해 두기도 했었다.

가장 난감한 건 다른 세계와 매치되었을 경우였다.

세인과 적대하고 있는 세력과 싸우게 될 날도 언젠가는 찾아올 거라 생각하고 있다.

하지만, 지금 당장 그렇게 되지는 않을 것이다.

그 밖에, 이 세계 어딘가로 흩어져 버린 칠성무기들도 다시 모아야 한다.

그야말로 수많은 문제가 쌓여 있는 셈이다.

유일한 위안거리라고 한다면, 포브레이를 물리친 덕분에 대부분의 국가들이 우리 산하에 들어오게 되었다는 점이었다.

……뭐, 그건 어디까지나 결과론적인 얘기지만.

윗치도 아직 붙잡지 못했고, 이츠키의 원래 부하들도 행방불명 상태, 거기에 세인의 숙적들까지 있으니 그야말로 머리가 지끈거릴 지경이었다.

게다가 라프타리아는 이세계에 있지 않은가?

그때 문득…… 뒤에서 낯익은 기척이 난 것 같았다.

『나오후미 님, 이럴 때일수록 더 힘을 내셔야 해요.』

……그래, 맞아.

보이지는 않지만, 항상 내게 힘이 되어 주고, 남몰래 지켜봐 주는 존재가 있다.

그렇게 생각하니 기운이 나는 것만 같았다.

"천 리 길도 한 걸음부터라는 말도 있으니, 착실하게 하나하나 해결해 가자."

"그럼 밀레리아의 뒤를 이어, 나도 세계를 위해 최선을 다하겠소."

쓰레기가 그렇게 말하고, 여왕이 남긴 서적을 읽기 시작했다.

흐음……. 이 쓰레기와 리시아가 있으면, 암호화된 파도 관련 서적도 해독할 수 있지 않을까?

"리시아, 키즈나 쪽 세계에서 구한 책들 있었지? 해독은 잘돼 가고 있어?"

"으, 으음……. 조금씩 알아낸 게 있긴 하지만, 그렇게 판명된 것들도 거의 다 나오후미 씨가 이미 발견한 것들뿐이라……. 그리고 아직 반 정도는 해독하지 못했어요. 다만…… 자료 소실이나 정령에 간섭하는 존재가 우리의 적이라는 건 분명히 밝혀졌어요."

"그렇군."

마키나 같은 녀석이 파도와 연관되어 있을 가능성이 아주 큰 셈이었다.

옛 천명이 하던 행동도 그랬었고 말이지.

"쓰레기, 리시아와 함께 이세계 서적 해독 작업을 맡아 주겠어?"

"이와타니 공의 명이라면 힘을 보태겠소. 아이비레드 가문의 딸이자 투척구의 용사여. 나도 작업을 돕도록 하지."

"후, 후에……."

이렇게 해서 쓰레기와 리시아는 고문서 해독 작업에 집중하기로 결정되었다.

그때 병사들이 휴게실에 찾아왔다.

"방패 용사님, 용사님이 관리하시는 마을에서 전언이 왔습니다."

"응? 뭐지?"

"인간화하는 특이한 형태의 우사피르가, 상처투성이인 상태로 방패 용사님의 영지에서 발견됐습니다."

"뭐라고?"

인간화하는 특이한 형태의 우사피르……?

내가 아는 녀석들 중에 인간화하는 토끼류 마물이라고는 에스노바르트 정도밖에 없는데…….

그러고 보면 이세계로 날아갔을 때 필로가 다른 종류의 마물로 변이했던 적이 있었다. 만약에 정말로 에스노바르트가 이쪽 세계에 왔다면…… 우사피르 같은 모습이 됐을지도 모른다.

에스노바르트는 예전에 쿄를 물리치러 갔던, 이 세계와는 별개의 이세계에서 만난 키즈나의 동료였다.

녀석이 왜 여기에? 키즈나 쪽 세계에 있어야 하잖아? 아니, 상처투성이라는 말도 마음에 걸렸다.

타쿠토를 만나기 전에 닻 모양 액세서리가 흔들렸던 일과도 관련이 있을지도 모르겠다.

"나오후미, 뭐 좀 짐작 가는 거라도 있어?"

"그래, 빨리 가 봐야겠어."

이렇게 해서 우리는 마을의 치료소로 향했다.

마을 치료소로 가 보니, 에스노바르트가 치료소 안 침대에 누워 있었다.

우사피르치고는 덩치가 크군. 나중에 조사해 보니, 우사피르 중에 레쉬언트라는 종족이라고 했다.

인간화 상태를 유지하지 못할 만큼 중상을 입은 모양이었다.

"역시 에스노바르트였군. 대체 무슨 일이지?"

여기까지 오면서, 짐작 가는 녀석이 있다고 동료들에게도 설명해 두었다.

그래서인지, 다들 경계하면서도 에스노바르트의 상태를 걱정하는 기색이었다.

"아, 나오후미 씨. 겨우…… 이렇게 만났네요."

몸에는 붕대를 두르고 있었다.

아트라처럼 중상을 입은 게 아니라면, 회복 마법류를 착실히 사용하기만 해도 부상 치료는 별문제가 없을 터였다.

나는 필사적으로 몸을 일으키려 애쓰는 에스노바르트를 부축해 주었다.

……이거, 상처 회복 지연 저주인가?

성가신 부상과 저주에 당한 모양이군.

이미 성수를 이용한 응급처치는 해 둔 상태였다. 생명에 지장은 없을 것 같지만, 뜻대로 돌아다니기는 힘들 것이다.

나는 방패에 의식을 집중해서 회복 마법을 걸었다.

"이건……."

조금씩이나마 저주가 해제되어 갔다.

용사로서의 자각을 얻고 강화능력을 시행하는 과정에서, 그 부산물로 저주 해제 속도 향상이라는 효과도 딸려 온 것이다.

"에스노바르트, 무슨 일이 있었던 거지? 네가 왜 우리 쪽 세계에 와 있는 거지?"

"이 세계로 올 수 있었던 건…… 나오후미 씨에게 드렸던 액

세서리 덕분이었어요. 그 액세서리만 있으면, 배의 권속기는 파도 없이도 주인이 있는 세계로 갈 수 있으니까요."

"그렇군······."

"원래는 나오후미 씨 일행에게 도움이 될 수 있도록 언제든지 올 수 있게 해 둔 건데······."

결계가 있는 덕분에 외부 세계와 단절되어 버린 것이었다.

결국 파도 발생이라는 전제가 없으면 정상적으로 이 세계에 올 수는 없는 거겠지.

그나저나······ 그럼 우리가 타쿠토에게 당해서 위기에 빠졌을 때 구하러 왔었어야 하잖아?

아니······ 아마 키즈나 쪽에도 뭔가 문제가 생겨서 우리를 구하러 올 수 없었던 거겠지.

"위기에 빠졌을 때, 배의 권속기가 나오후미 님에게 도움을 청하도록 저를 이쪽으로 날려 보낸 거예요."

"맞아! 라프타리아는 어떻게 됐지?!"

나는 에스노바르트를 다그쳤다가······ 뭔가 위화감을 느꼈다.

갖고 있어야 할 배의 권속기가 없잖아?

불길한 감각이 등을 타고 흘렀다.

"에스노바르트, 라프타리아가 어떻게 됐는지 몰라? 분명 그쪽 세계로 소환됐을 텐데······."

"몰라요······. 시기적으로 서로 엇갈렸을 가능성이 있네요. 저도 전송된 후에는 부상을 입은 채로 나오후미 씨를 찾아다니느라 바빠서······."

"그랬구나······."

"무슨 일이라도 있었나요······?"

나는 에스노바르트에게 타쿠토 사건에 대해 설명해 주었다.

"다행히 적은 해치웠어. 희생된 용사도 없었고."

그러자 에스노바르트는 안도한 표정으로 가슴을 쓸어내렸지만······ 이내 긴장이 풀어지지 않도록 심호흡을 하고 나에게 대답했다.

"저희 쪽도 비슷한 상황······ 아니, 그보다 더 안 좋아요."

쿄 쪽에 권속기를 지배하는 녀석이 있었을 가능성은 충분히 존재했다.

생각해 보면 쿄나 거울 권속기의 소지자 등은 권속기의 선택을 받은 후에 문제 행동을 되풀이하지 않았던가.

그 결과, 권속기의 미움을 사서 힘을 끌어낼 수 없게 되었지만.

또한 우리 쪽 세계에서도 타쿠토가 칠성무기를, 나아가 내 무기까지도 빼앗았었다.

타쿠토나 쿄는 파도를 일으키는 흑막의 첨병일 가능성이 있다는 게 밝혀졌다.

그러니까 키즈나 쪽 세계에서도 비슷한 첨병이 다시 나타난 것 아닐까?

"쿄처럼 나라를 뒤에서 조종하던 권속기 소지자가, 파도에 대비하기 위한 교섭에 응하지 않은 채 키즈나 씨 이외의 사성용사를 살해했어요. 문제를 일으킨 권속기 소지자를 토벌하기 위해 편성된 각국의 동료들 중에 권속기를 빼앗는 능력을 가진 배신자가 있어서, 기습에 의해 라르크 씨는 낫을 빼앗기고, 키즈나 씨는 적의 책략에 걸려서 붙잡히는 신세가 됐어요······."

……장난 아닌데. 얼마나 심각한 난장판이 벌어졌을지 훤히 보이는 것만 같았다.

예전의 나였다면 방관하는 선택지도 생각했겠지만, 이제 그런 짓은 하고 싶지 않았다.

"키즈나 씨 탈환 작전을 결행하려 했을 때, 정체불명의 세력에게 습격을 받았어요……. 저도 적의 공격 때문에 이렇게 중상을 입었고, 배신자와 비슷한 능력을 가진 적에게 권속기를 강탈당해서……."

"정체불명의 세력……."

타쿠토처럼 무기를 빼앗는 능력을 가진 녀석이 도대체 몇 명이나 있는 건가, 하는 한탄이 절로 나올 지경이었다.

"그 직전에 권속기가 동료들을 빼돌리고, 저를 나오후미 씨 쪽으로 전송시킨 거겠죠."

에스노바르트는 나를 향해 깊숙이 고개를 숙였다.

"힘드실 줄은 알지만 부탁드리겠습니다. 부디…… 저희를 위해 힘을 좀 빌려주실 수 없을까요?"

에스노바르트의 얘기를 정리해 보자면, 키즈나 쪽 세계에서는 키즈나가 붙잡히고, 키즈나 이외의 사성용사들은 모두 살해당했다는 것이었다.

게다가 라르크는 쿄와 타쿠토처럼 무기를 빼앗는 능력을 가진 녀석에게 무기를 빼앗겼다.

거기에 정체불명의 세력까지 출몰하는 지경이라니…….

"그쪽 세계로 갈 수 있는 방법은 있는 거야?"

"네. 전에 나오후미 씨께 드린, 권속기를 빼앗기기 전에 힘을 담아 두었던 액세서리를 사용하면, 편도로나마 갈 수 있어요."

에스노바르트가 닻 모양 액세서리에 손을 갖다 대고 마력을 불어넣었다.

"보아하니 제가 있는 세계와의 연결은 끊어지지 않은 것 같네요. 붙잡힌 권속기의 의지가 느껴져요. 동료들은 아직…… 무사한 것 같아요."

나는 방패를 쳐다보았다.

어쩐지 방패에서 아트라와 오스트의 목소리가 들려오는 것 같은 느낌이었다.

모든 결정은 내게 일임하겠다는 마음.

그래…… 해 보는 수밖에 없다.

어차피 라프타리아를 데리러 가야 하는 상황이지 않은가.

게다가 제2의 쿄…… 제2의 타쿠토 같은 녀석들의 습격을 받고 있는 상황이다.

내가 도망칠 시간을 벌기 위해 홀로 타쿠토 패거리를 막아섰던 라프타리아를, 이번에는 내가 구하러 가야만 한다.

모든 일이 마무리된 후에 방패의 능력을 이용해서 라프타리아를 내가 원래 살던 세계로 데려가느냐 마느냐 하는 문제와는 별개로 말이지.

한시라도 빨리 달려가고 싶다는 충동을 억누르고, 최대한 철저하게 준비를 해야 한다.

키즈나 일행을 구하러 간 사이에 우리 쪽 세계에서 말썽이 일어날지도 모르니까.

멤버 구성은 물론, 무기며 방어구 등도 여러모로 고민해 봐야 할 것이다.

"그래, 가 주지! 타쿠토 같은 녀석은 우리가 기필코 해치워 버리겠어!"

이렇게 해서 나는 라프타리아를 데리러 가는 동시에 키즈나 일행을 구해 주기로 마음먹었다.

방패 용사 성공담 16

2017년 10월 13일 제1판 인쇄
2017년 10월 20일 제1판 발행

지음 아네코 유사기 | **일러스트** 미나미 세이라 | **옮김** 박용국

펴낸이 임광순 | **제작 디자인팀장** 오태철
편집부 황건수 · 신채윤 · 이병건 · 이홍재
디자인팀 박진아 · 정연지 · 박창조 · 한혜빈
국제팀 노석진 · 엄태진

펴낸곳 영상출판미디어(주)
등록번호 제 2002-000003호
주소 21311 인천광역시 부평구 평천로 132 (청천동)
전화 032-505-2973(代) | **FAX** 032-505-2982

ISBN 979-11-319-6650-1
ISBN 979-11-319-0033-8 (세트)

Tate no yuusha no nariagari 16
ⓒAneko Yusagi 2017
First published in Japan in 2017 by KADOKAWA CORPORATION, Tokyo.
Korean translation rights arranged with KADOKAWA CORPORATION, Tokyo.

영상출판미디어(주)

아네코 유사기
작품리스트

◆

**영상출판
미디어(주)**

트랜드를 이끄는 고품격 장르소설

대인기 이세계 판타지 『방패 용사 성공담』의 아네코 유사기, 대망의 최신작!
밑바닥을 벗어나 살아남아라! 학급 전체 소환 이세계 서바이벌, 드디어 개막!

나만 집에 가는 학급전이
1~2

하네바시 유키나리(고2)는 같은 반 아이들과 함께 이세계로 소환된다.
반 아이들이 능력을 각성해 가는 가운데, 유키나리가 얻은 능력은 물체를 이동시키는 『전이』.
그러나 비전투계 능력인 탓에 학급 내에서 밑바닥 취급을 받아
전투계 능력자들에게 지배당하는 하루하루가 이어지는데…….
그 와중에 유키나리는 자신이 얻은 능력의 특이성을 깨닫게 된다.
물체 말고도 움직일 수 있는 게 하나 있다는 것을.
자기 자신만, 집으로 돌아갈 수 있다는 사실을──!

아네코 유사기 지음 / 유큐폰즈 일러스트

**영상출판
미디어㈜**

방패 용사 성공담
1~16

헤쳐 나가겠어…… 이런 세계에서라도!

용사로서 소환된 이세계에서 비열한 배신으로 모든 것을 잃어버린 주인공 나오후미. 검, 창, 활과 달리 주역이 될 수 없는 방패 용사니까?
방패 용사만의 특성을 살린 격정적이고 독특한 판타지 배틀 + 인생의 밑바닥까지 떨어져 상처입고 뒤틀렸던 용사가 진정한 용사가 되어가는 성공담!

일본의 소설 연재 사이트 『소설가가 되자』에서 총 조회수 8500만을 기록한 대작 이세계 판타지! 당당하게 등장!

아네코 유사기 지음 / 미나미 세이라 일러스트

영상출판
미디어㈜

백마의 주인
1~5

청년은 병실에서 그 생을 마치고, 세계를 넘어갔다. 「힘」을 가진 자에게 「마왕(魔王)」의 낙인을 찍어 박해하는 세계에서, 청년——— 멜레아는 살해당한 영웅 백 명의 능력과 미련을 계승해 다시 태어난다.

마침내 국가에 쫓겨 도망쳐 다니는 「마왕」들을 만나 세계에서 횡행하는 「마왕 사냥」의 참상을 깨닫고, 멜레아는 결의한다.

'나는 「마왕」의 영웅이 되겠노라.' 고———.

미쳐 날뛰는 세계를 바로잡기 위해, 멜레아는 고대 영웅의 힘을 해방한다!!

이것은 훗날 「백마(百魔)의 주인」으로 그 이름을 역사에 남기는 남자의 이야기.

아오이 야마토 지음 / 마로 일러스트 / 박용국 옮김

영상출판
미디어㈜

중후, 파격, 참신——
새로운 이세계 판타지의 새로운 가능성, 지금 여기에——.

변경의 팔라딘
1~3

과거에 멸망한 망자의 도시—— 외딴 이 땅에 한 명의 살아 있는 소년이 있었다.

그 소년, 윌을 키운 것은 세 명의 불사재(언데드).

소년은 그들 세 명에게 사랑을 받으며 자라났고, 하나의 의심을 품는다.

「…………『나』의 정체는 대체 뭐지?」

윌에 의해 밝혀지는, 변경의 도시에 숨겨진 불사자들의 수수께끼.

그리고 선한 신들의 사랑과 자비, 악한 신들의 집착과 광기.

——그 모든 것을 알았을 때, 소년은 팔라딘이 되는 길을 걷기 시작한다.

© Kanata Yanagino/OVERLAP
Illustration:Kususaga Rin

야나기노 카나타 지음 / 린 쿠스사가 일러스트

영상출판
미디어(주)

세계 최전선을 공략하라! 가슴 뜨거운 던전 판타지!

리월드 프런티어
1

효율이 낮은 지원 술식을 메인으로 다루는 탓에 언제나 외톨이 신세인 라트와
과거에 극동의 땅에서 신으로 떠받들어진 '현신' 소녀 하누.
달의 탑에서 두 사람이 만난 순간, 잠든 능력이 각성한다!
「나는 너와 함께 세계의 최전선에 서겠어!」

가슴 뜨거운 던전 판타지, 《리월드 프런티어》가
한국어판 출간 기념 신규 일러스트를 사용한
어나더 커버 등 호화특전 사양으로 제1권 발간!

Copyright ⓒ 2017 Sengi Kunihiro
Illustaration : Tozai
TO BOOKS, Inc.

쿠니히로 센기 지음 / 토자이 일러스트

영상출판
미디어㈜